一口装满黄金的棺材，葬着一段悲壮的护金传奇

黄金秘棺

夏龙河◎著

台海出版社

图书在版编目（CIP）数据

黄金秘棺 / 夏龙河著.—北京：台海出版社，
2019.4

ISBN 978 – 7 –5168 – 2288 – 3

Ⅰ.①黄… Ⅱ.①夏… Ⅲ.①长篇小说 – 中国 – 当代
Ⅳ.①I247.5

中国版本图书馆 CIP 数据核字（2019）第 061777 号

黄金秘棺

著　　者：夏龙河

责任编辑：王　萍　　　　　　装帧设计：天下书装
版式设计：天下书装　　　　　责任印制：蔡　旭

出版发行：台海出版社
地　　址：北京市东城区景山东街 20 号　邮政编码：100009
电　　话：010 – 64041652（发行，邮购）
传　　真：010 – 84045799（总编室）
网　　址：www. taimeng. org. cn/thcbs/default. htm
E – mail：thcbs@ 126. com

经　　销：全国各地新华书店
印　　刷：三河市人民印务有限公司
本书如有破损、缺页、装订错误，请与本社联系调换

开　　本：710mm × 1000mm　　　　1/16
字　　数：270 千字　　　　　　　印　张：19.5
版　　次：2019 年 5 月第 1 版　　印　次：2019 年 5 月第 1 次印刷
书　　号：ISBN 978 – 7 – 5168 – 2288 – 3

定　　价：68. 00 元

黄金秘棺

目录 contents

黄金秘棺

目录

contents

黄金秘棺

目录
contents

黄金秘棺

目录 contents

楔　子

太阳刚刚落山，东北老林昏暗的山间小路上，走着一队奇怪的队伍。

走在前面的是两个模样迥异的汉子，一个很高，一个很矮。高的略瘦，鹰视狼顾，走起路来嗖嗖带风。矮的横宽，无论脑袋还是胳膊腿还是拳头，都是方着长的，人似乎是由许多正方形组成的，躺下也是个标准的四方形。

前面的瘦高个儿走得快，后面的方形矮子似乎过于笨重，脚步落下山路"扑通扑通"地响，竟也一步不落地紧跟在瘦子身后。

两人的后面跟着八个人，这八人抬着两口棺材，一声不响，唯有脚板翻飞，追命似的赶路。棺材上的绳子磨着木头，发出"唧唧呀呀"的响声。响声犹如梦呓，被越来越浓重的暮色压着，似乎很痛苦，很想挣扎而出。

这条由淘金人和挖参人踩出的小路，异常崎岖。有时候直入树林，简直就看不出路径，有时候一头扎进了山涧，要在溪水里走一段。

这些人却如水中游龙一般，在这复杂的环境里一路疾行，如履平地，显然是在这里出入已久。

星星渐渐繁密起来，他们走到一块比较开阔的山谷。那个方形壮汉说："王大哥，我们已经走出他们的巡查范围了，我看还是扔了这棺材，快些走吧。"

瘦高个儿四下看了看，说："不行，这些日本人不是原先的大清税巡。他们行事诡秘，往往出其不意，过了前面那个谷口再说。"

方形壮汉不出声了，瘦高个儿没有停下，带着众人继续朝前走。天上有依稀的月亮，朦朦胧胧地照着路。走过山谷，前面是个两山夹着的出口，小路蜿蜒着，像是被从山口吐出来一样。

瘦高个儿低声对后面的人说："大家注意了，这个地方是进入金沟的第一个关卡，也是走出去的最后一道关了。大家多加小心，能过了这儿，就应该安全了。"

后面的人也跟着压着嗓子答应了一声。一行人在两人的率领下，进入这狭长的小路。

小路两边山势起伏绵延，把中间的一条小路夹得细如鸡肠。山脊挡住了月光，因此小路显得黑暗寂静。有经验的淘金人都知道，在这里算计淘金人的各种势力多如牛毛。这条不过几百米长的小路，是淘金人真正的鬼门关。走在前面的瘦高个儿和方形壮汉都紧紧地攥住了刀把，警惕地看着两边。

在这个广袤的大森林里，各种势力错综复杂，土匪遍地，大的土匪绺子有几百号人，小的可能只有一人。

大些的绺子一般比较正规，势力庞大，遇到淘金客，先把队伍摆开，由老大或者专门的"师爷"给淘金客们讲道理，让他们知道性命比金子重要，况且他们不是把他们的金子全部抢去，只是要一部分而已。懂事理的淘金客们只有无奈地朝外贡献金子，很少有人跟土匪们动刀枪。

小股的土匪，特别是一个人的土匪就不一样了。他们势力弱小，为了能震撼住这些同样剽悍的淘金客，他们只能躲在暗处，先发制人。打冷枪放暗箭，给淘金者们一个下马威后，人才出来，咋咋呼呼地要钱。这种情况下，一般的淘金客也不敢反抗，只能掏出金子，买条性命。这些小股的特别是单个的土匪当然只能抢劫落单的淘金客，他们势力弱小，怕报复，很多直接就把淘金客杀了。因此淘金客一般出山时，都是尽量壮大力量，越多的人走在一起越安全。

大清兴旺的时候，为了从淘金客身上多收些税金，税官们曾经要求在这些要害处设关卡，一是收税，二是保护从此经过的淘金人。大清王朝灭亡后，虽然在东北也有一个傀儡政权，却是千疮百孔，根本无力顾及这些。像这种地方，即便是一个人的土匪，只要从山上倒腾一块大石头推下来，就能砸烂一个人。

因此这十个人皆惶恐不安。他们加快脚步，就在快要走出去的时候，突然从两边蹿出几个人，挡住了他们的去路。

为首的一身日本武士打扮，用蹩脚的汉语喊道："八嘎，什么的干活？"

瘦高个儿把攥着刀的手松开，走过去鞠躬，说："我们是山里的猎户，这两个兄弟，被黑瞎子拍了，我们连夜送回去安葬的。"

从那个日本武士身后挤过来一个戴着眼镜的中国人，他上下打量了瘦高个儿一眼，狐疑地说："我怎么看你像王进举啊？"

瘦高个儿哭丧着脸说："这位老兄，我们刚死了兄弟，难受着呢！您就别给我们添堵了，那个王进举谁不认识他啊！别说是那些淘金的，就是我们这些猎户，打了只狍子，他都要割一条腿去。他死了有十多年了吧？他早死，我们就早好过。"

戴眼镜的看着胡子拉碴的瘦高个儿，鼻子哼了一声，说："把棺材打开，我们是黄金稽查队的，我怀疑这个棺材里有金子，麻溜打开，让爷看看。"

矮个儿伸手攥刀，被瘦高个儿轻轻碰了碰手。瘦高个儿赔笑说："各位爷，我们是住在山中的猎户，穷得响叮当的主儿，哪儿有金子？死的这两个都是凶死呢，棺材见不得光，所以我们才在夜里走，要不是人说这俩货能尸变，我们也用不着赶时辰，大半夜地抬着棺材到处跑。几位爷，您就高抬贵手，别耽误他们入土的时辰啊！"

瘦高个儿边说，边从兜里掏出一把钱，双手献给戴眼镜的中国人，说："我们都是穷打猎的，金子没有，这点儿小钱，给大爷们去七道拐泡个妞。望大爷高抬贵手，行个方便。唉，棺材钉上了，要看的话有些麻烦啊！"

戴眼镜的中国人接过钱，双手递给旁边的日本人。日本人看都不看，朝着两人大叫："八嘎，良心坏了的有！马上开棺！不得啰唆。"

戴眼镜的中国人一看日本人发火了，赶紧把钱给塞了回去，对后面的人喊道："还站着干吗？等死啊？开棺！"

后面的几个人呼啦啦围了上来，看着两口大红的棺材，有人从腰里拽出了刀，围着棺材转圈看着。

瘦高个儿朝旁边的方形壮汉摆摆头，方形壮汉走过去。那几个人开始忙活，有人用刀，有人用斧头，都在努力想把棺材撬开。棺材很重，那些人对着一口棺材忙活半天，也没有成效。其中一个人急了，举起斧头对着棺材就要砍。方形壮汉猛然大吼了一声，这一声吼，似龙吟虎啸，众人皆吓了一跳。

举起斧头的那人吓得一哆嗦，手不由得就松开了，那斧头就在众人的注视中，朝着棺材落了下来。方形壮汉跳过去，猛然出手，在斧头就要落在棺材上的一刹那，把斧头稳稳地抓住了。

方形壮汉的速度之快，可谓是电光石火之间，把围着的几个人都看愣了。要砍棺材的那个汉子，看着眼前的这尊矮金刚，身形陡然就矮了下去，朝后缩了好几步。

在东北老林里混日子的最会看人下菜碟，遵照着弱肉强食的丛林法则。凡进入丛林，无论官民，皆需遵循这个法则。方形壮汉的这一吼一动，哪怕是个傻子，都能看出来，这个人不好惹。

方形壮汉转身，看着那日本人和那戴眼镜的中国人，问道："真的要看棺材吗？"

戴眼镜的中国人没敢搭话，日本人点点头，说："是的。"

方形壮汉说："行，爷今天就揭开棺材让你们看看，不过爷有话在先，你们要是什么都找不到，爷可不能白给你们开了，爷要收费的。"

戴眼镜的中国人忍不住喝道："你这个矮冬瓜，真是不知天高地厚。我告诉你，海再大，也是龙王爷说了算。这树林再大，也是日本人的天下，我们可是替日本人做事，敢收我们的钱！是不是真活烦了？"

方形壮汉吐了一口唾沫，说："小子，你恶心死你爷爷了。给日本人当狗，还觉得挺光荣？呸，就冲这个，不拿钱别想开棺！"

戴眼镜的中国人刚要张口，日本人先说话了。他问道："说吧，开一次棺要多少钱？"

方形壮汉显然没料到对方会真的问价格，因此愣住了。瘦高个儿在那边搭话了，说："不多，一两黄金。"

戴眼镜的中国人一听就火了，喊道："你还真敢要！"

日本人倒是比较大方，对着愤怒不已的戴眼镜中国人摆摆手，戴眼镜的中国人边嘟囔着，边掏出小块金子，递给了方形壮汉。方形壮汉接过，仔细看了看，还不放心，把金子递给瘦高个儿。瘦高个儿看了看，鼻子里"嗯"了一声。

方形壮汉转身，来到一口棺材前，双手各用几个手指插进被他们撬开一条缝的棺材盖里，先晃了几下，然后猛然吼了一声，浑身一发力，几个人用斧头和撬棍没掀动的棺材盖，竟然在他的手下发出了"吱吱呀呀"钉子从木头里拔出来的声音。

众人皆惊，即便是那个看来煞气很重的日本人，也不由得张大了嘴巴。

方形壮汉又大吼了一声，跟他较力的棺材盖子猛然被他掀翻，"扑通"一声摔在地上。

方形壮汉朝后退了一步，吼道："各位，请看吧。"

日本人带着那一帮人凑过来，朝棺材里看。

有人点亮火折子，把棺材里的情形照得清清楚楚。

棺材里仰脸躺着一个精瘦的中年人，穿着一身崭新的寿衣，不过只是露着半边脸，另半边被一顶帽子遮着。

在日本人的授意下，几个人把尸体抬起来，解开寿衣，把死人从里到外摸了个遍。众人摇头，示意什么都没有。日本人不信，戴着手套，亲自摸死人的肚子。也是毫无所获。这个死人肚子瘪瘪的，似乎能摸到他的每一根肠子。

几个人把死人扔进棺材。这时候戴在死人头上遮着他半边脸的帽子，引起了日本人的注意，日本人让戴眼镜的中国人把帽子摘下来。

戴眼镜的中国人找了根树棍，去挑那帽子，却没有挑起来，好像那帽子是长在死人的头上似的。

方形壮汉走过去，满脸凶光地看着这个哆哆嗦嗦的戴眼镜的中国人，看得这爷们心里没底。他颤着声音问道："你看我干吗？"

方形壮汉一字一顿地说："我看你怎么给日本人当狗的。"

戴眼镜的中国人被这话激怒了，怒道："你到底想……"

但是抬起头，他看到了方形壮汉冷硬的眼神，就把下句话吞回去了。日本人走过来，亲自拽着死人戴的帽子，一用力，把那帽子就拽了下来。

随着那帽子一起下来的，是一部分头皮和脸皮。死人的血还没有完全凝住，因此随着帽檐朝下缓慢地滴答着。日本人惊愕地看着血肉模糊的帽子和同样血肉模糊的人脸，似乎不知道该怎么办了。

瘦高个儿走过来，从日本人手里接过帽子，盖在死人脸上，沉声说："我的兄弟和媳妇，都被黑熊舔了，半边脸不成样子了。"

戴眼镜的中国人过来看了看，摆手说："行了，盖上吧。"

瘦高个儿问日本人："先生，后面的那个也要看吗？"

日本人说："这个盖上，后面的看看的有。"

方形壮汉又把另一口棺材揭开，日本人带着几个手下凑过去搜查。

这口棺材里躺着的是个俊俏的小媳妇。这次，没用日本人动手，瘦高个儿小心地把盖住小媳妇半边脸的头巾揭开，那半边脸也是血肉模糊，不成样子。日本人让手下草草搜了几下，就挥挥手，带着人离开了。

几个人盖上棺材，重新用绳子捆好，摇摇晃晃抬着棺材重新上了路。

走出狭窄的山间小路，周围又是密不见光的丛林。几个人加快步伐，继续朝前走。

刚走了一会儿，前面忽然又蹿出一队人马。瘦高个儿看着眼前这群端着各式武器的黑布蒙脸的汉子，惊问道："我们是送葬的，你们是什么人？"

前面的人却用高傲的、带着俄语味道的蹩脚汉语说道："哈哈，王进举！大清朝的正六品税官，在老金沟消失了十多年，今天终于让我莫德洛夫找到了！老朋友，亲爱的王，我终于见到您了！"

瘦高个儿一愣："莫德洛夫？是你！"

"是啊，我亲爱的朋友，正是您忠实的朋友莫德洛夫。如果不是我，在这片老林子里，有谁会认得您呢？"

莫德洛夫曾经是俄罗斯占领东北时期的一个下级军官。在日俄战争时期，曾经是俄罗斯特使，专门联系盘踞在老林里的土匪，给他们提供武器，让他们对日本人发起袭击。

俄罗斯被打败后，莫德洛夫没有随着残部撤回俄罗斯，而是找了个中国姑娘，住在了哈尔滨。小军官不会做生意，做工又不能出力，唯一的嗜好就是喝酒，因此日子过得非常拮据。

后来莫德洛夫跟着一帮俄罗斯混混进入老林淘金，被一帮土匪抢劫。俄罗斯人倚仗他们人高马大，又有枪，没把那帮小土匪放在眼里，跟他们干了起来。

没想到他们遇到的是老林中最嗜血的一股绺子，并且这股绺子在日俄战争期间，是日本人花田仲之助手下的"花膀子队"。莫德洛夫曾经带人剿杀过他们，让这些土匪损失惨重。有土匪认出了莫德洛夫，非常愤怒，带着人就朝他扑过来。

莫德洛夫双拳难敌四手，落荒而逃。因为慌不择路，独自一人逃进了深山老林。要不是遇到了王进举，他就成狼粪了。

王进举觉得自己当年救过莫德洛夫，他应该不会伤害他们，因此，王进举脸上堆了笑，对莫德洛夫说："莫德洛夫先生，在这里见到您，真是太高兴了。我是送我死去的弟兄回家的，希望能得到您的帮助。"

莫德洛夫戏谑地问："亲爱的王，您只是送他们回家？没有带金子吗？"

王进举一愣，忙说："没有啊，我是送死去的猎人兄弟回家的。"

莫德洛夫边摘下蒙面眼罩，边哈哈大笑，说："亲爱的王，您真的太幽默了。大清金税官出山能不带金子？王，您自己相信您的话吗？"

王进举仔细看了看莫德洛夫身后的土匪，不禁抽了一口冷气。这些土匪手中拿的不是刀剑，不是火枪，而是一色的快枪！

王进举再去看紧靠莫德洛夫站着的几个人，不由得大吃一惊。他问莫德洛夫："莫德洛夫先生，您加入了黑雕的绺子？"

莫德洛夫显得非常遗憾地说："是啊！王，我们是老相识，我很想帮您，可是您知道，我是指挥不了黑雕的。当然，如果您缴出金子，我可以让他们饶了你们的性命。王，我这也算是报答您的救命之恩了吧？"

王进举骂道："莫德洛夫，早知道你是这样的小人，我当初就该一刀杀了你，你……"

话未说完，莫德洛夫旁边的几个人就操起枪，对着王进举开枪猛射。王进举躲避不及，倒在了血泊中。几乎同时，从两边树林涌出十多个汉子，他们手持弓箭或者火枪，朝着莫德洛夫等人就开火。

土匪们显然没有料到这一招，马上有几个人随着枪声倒下。方形壮汉抱着王进举躲到一棵大树后，然后朝着莫德洛夫连发几把飞镖。莫德洛夫是老江湖，都侧身躲了过去。疾如流星的飞镖把他身边一个正端着枪要射击的土匪的头打烂了，脑浆子溅了莫德洛夫一身。

莫德洛夫吓得紧紧趴在地上，喊："杀，杀光了他们，金子就是我们的了！"

从树林涌出来的人用弓箭和火枪跟对方的机枪、钢枪对射，显然不占优势。一会儿工夫就有五六个人趴在地上，一动不动了。

从树林里冲出来的一个精壮汉子对方形壮汉喊道："段钢大哥，你赶紧走，再耽误会儿，就完了。"

段钢朝敌人扔出两支飞镖，杀了两人，喊道："张大爪子，这些畜生凶啊，你们能行？"

叫作张大爪子的精壮汉子喊道："别啰唆了！你们走了，我们也要跑啊！咱打不过他们。"

段钢说："兄弟，那老地方见了！"

张大爪子边朝对方开枪边喊："回去别忘了搞点酒，半年没有见到烧刀子了！"

段钢背着王进举，指挥着八个抬棺材的，推着棺材爬到树林边，抬起棺材，几个人飞快地消失在树林中。

有土匪喊道："当家的，不好了，金子……金子跑了！"

莫德洛夫带着几个人刚要去追，被精壮汉子这边一通乱枪，打死了好几个。

莫德洛夫恼了，喊道："杀，杀光！一个都不能留！"

第一章 / 九宫八卦阵

1. 逃犯

张雷是无意中用枪指着那两个逃犯的，当然，他也不知道他们是逃犯。

张雷是七道拐到白虎屯这十多平方公里一带大名鼎鼎的猎手，是当年的山林之神张大爪子最得意的徒弟。

张雷下山买粮食，回来的路上看到了一只狍子。它在他的右前方站住，瞪着一双天下第一好奇的眼睛，仔细地偷看着张雷。

人人都把狍子叫作"傻狍子"，因为它们发现人跑开后，还会跑回来。有经验的猎人发现了它们，只要朝前走一段，然后藏起来等着它们自己上门就行了。其实这东西不傻，反而太聪明，好奇心重。走开后，觉得刚刚看到的东西很有趣，并且还有很多疑问没有解开，好奇的狍子就会跑回来，暗中观察。

可惜它们终究没有人狡诈，人们充分利用了它们的这种好奇心，利用它们第二次回来的机会，让它们成了他们的猎物。

张雷把玉米放下，端起枪，偷偷地瞄准了这只狍子。

就在他刚要放枪的时候，狍子突然没了，眼前出现了两个人。要命的是，那两个人也发现了他，朝他摇着手。

张雷端着枪朝他们瞄准，那两个人一看这架势，吓得趴在了地上。不过张雷是在那儿找狍子，对他们根本就没有兴趣。那两个人趴了一会儿，又站了起来，朝他打招呼。

张雷没找着狍子，就放下枪，朝这两个倒霉鬼走去。

那两个人一脸畏惧地看着张雷。他们吓走了张雷就要到手的狍子，张雷恨他们恨得要死。因此他老远就骂道："你们这两个，哪个屯的？上山干什么？把山货给老子交出来！"

太阳已经开始朝西斜了，上山采山货的，都是一早就出来。张雷觉得他们两个肯定是弄了些东西，野鸡兔子，肯定还有松蘑。

那两个人一脸苦相，说："大哥，我们什么都没有，我们……是来玩的。"

"玩？城里人？"张雷发出疑问。他只听说有城里人来爬山玩，没听说屯子里的人还有出来爬山的。他看这两人穿着破布鞋，天已经开始暖和了，还穿着破棉袄，戴着破棉帽子，一看就不是城里人的做派。

其中一个朝张雷笑了笑，说："我们不是城里人，我的兄弟是从山东过来的，所以带他来玩玩。"

张雷听说是山东人，心里就软乎了些。他的祖籍是山东，他的父亲当年是被抓来给日本人修要塞才到东北来的。他仔细看了看这好像比他还穷的两个人。两人确实什么也没带，没野鸡兔子，也没松蘑，甚至他们连袋子或者弹弓都没带，显然不是进山来找山货的。

他懊恼地骂道："你们这两个熊货，玩就玩呗，还把我的狍子吓没了。算了，算我倒霉，你们走吧！"

两个人对他又是鞠躬又是作揖的，转身就跑了。

张雷挑起二十斤玉米，继续朝家走。走到半路的时候，他发现了有一趟血迹经过山路，没入了树林中，张雷一下子就来了兴致。

从血迹来看，这应该是中型动物，好像是狍子或者梅花鹿留下的。这说明有人偷猎，并且这猎物没死，跑到了树林中，或者从树林穿过，跑到前面的山坡去了。

张雷分析了一下，受伤的猎物一般的习惯是找隐蔽的地方，并且因为伤势的问题，它们大都是从高处往低处走的。张雷四下看了看，顺着血迹就找了下去。

他跟着点点血迹，一直走下了这个山坡。血迹一路下行，拐进了一个山沟。山沟里有一人多深的山草，张雷心想这玩意儿真会找地方。他就掂起枪，顺着山沟走。

山沟里的草被压倒很多，给人的感觉好像这受伤的家伙是爬着进来的。走了一会儿，压痕没有了。前面有一块大石头，遮住了半个山沟。大石头下面，好像趴着一个东西。

张雷小心翼翼地走过去，却没有注意脚下，被脚下的什么绊了一下，差点儿摔倒。

张雷低头一看，脚下是一只鞋，一只崭新的军用皮鞋。

他一愣，朝那趴着的东西仔细看了看，竟然是个人。没错，他跟踪一路，没有发现他希望的、能吃的动物，却发现了一具趴在山沟里的尸体。

2. 偷袭

张雷知道，他不能再朝前走了。再朝前走，就要破坏现场了。

他看了看脚下的这只很新的军用皮鞋，心里很是有些不舍，真想去把那只也扒下来，穿在自己的脚上。他穿的是一双已经烂边了的布鞋，有的地方已经烂得缝不住了。

张雷想到这里，突然想到了这双鞋的主人。

能穿这样一双鞋的，不是军人就是警察，或者是政府官员，普通老百姓是没有这样的鞋穿的。

张雷想到这里，猛然感到了事情的严重性。从这双鞋上来看，死的这个人应该不是一个普通人。

张雷猛地站直了，看了一眼那个躺在那里的人，犹豫了一下，他决定还是先把玉米送回家去，再下山去报案。

这儿离家已经不远了，张雷脚下加速，一会儿就到了。

妻子高大花正拿着一把小镢头，在整理院子里的菜地。看到张雷回来，高大花放下镢头，把手在腰布上擦了一下，过来接过他扛着的袋子。

看到袋子里的一点点粮食，高大花轻轻地叹息一声，却说："怎么回来得这么晚！真让人担心。上午我好像听到有人喊叫，大黑一个劲儿地叫，我也没敢出去。对了，你中午还没吃饭吧？我给你在锅里留着窝窝头呢。"

张雷说："先不能吃饭了，我还得下去，有事忘了。对了，你好好在家待着，哪里也不能去啊，让大黑好好守着门。我走了，黑天前我就回来了。"

高大花把玉米放在地上，疑惑地看着他："出什么事了？怎么刚刚回来又要出去？"

张雷已经走了好几步了，急乎乎回头摆摆手，说："没事，回来再说，反正你下午别乱跑啊。"

张雷利用跟师父张大爪子学到的本领，在自己的房子周围设了很多陷阱，加上有狗，如果高大花不出去，无论是野兽还是人，想伤害她是不容易的。

张雷急惶惶地朝山下走，走了一会儿，他似乎听到身后有声音。张雷是个非常警觉的猎人，他边走边仔细分辨着身后那很有规律的、细微的脚步声。

是人！他心头一震，自己被人跟踪了，并且是两个人。张雷马上想到了自己用枪指着的那两个人。不过，张雷根本没把他们放在眼里。在他的眼里，这是他的一亩三分地，还没有人敢在这儿朝他撒野。

张雷真是大意了，他没有把这两个人跟那个死去的人做联想，因此也不会想到，跟踪他的人是两个连警察都敢杀的犯人。

当他拐过一个小山，刚要走入一片小树林的时候，后面突然有人喊了起来："大哥，大哥，救命啊！"

张雷一愣，转身朝后看去。

他看到刚刚被他用枪指着的两个人，其中的一个人张皇地朝他招手，边招手边喊："大哥，救命啊，我哥哥被狼拖住了啊！大哥，救命啊……"

张雷知道，自从去年冬天开始，这附近就有一只老狼在转悠。它有一天饿急眼了，还想跑到他家去研究点吃的，被他一枪打瘸了一条腿。

张雷没想其他，转身就朝那人跑去。边跑的时候，他边想，忘了老狼这码事儿了。那死人不会让这玩意儿给啃了吧？

跑到那人面前，他问："那狼在哪儿？"

那人大喘着气，指着前面的一条小沟，说："刚刚还在那儿呢，妈呀，是不是给咬死了啊？"

张雷骂道："你怕什么，真个尿货……"

张雷再没骂下去，只觉得头猛然被什么撞了一下，他还想：这是什么撞着我了？

还没想明白，张雷就晕了过去。

张雷醒来的时候，已经是夜晚了。

他睁开眼睛，首先看到的是天上的星星。刚刚他还做了一个梦，梦中自己好像还在山东，哥哥张凯打了个野兔，让他去家里吃饭。因此他还想，自己这是睡在山东的家里吗？可是家里怎么能看到星星？

刚想到这里，他听到了动物走路的声音。

跟这些野物打了几十年交道的张雷马上惊出了一身汗。这是狼在潜行！警觉，小心，但是坚定。别的动物没有这样的胆量和身手。

张雷想爬起来，刚动了一下，就觉得头疼得厉害，浑身上下没有不疼的地方。

他这才想起来下午的那一幕。那个惊惶的男子的嘴张到极限，对他叫喊着的情景让他感叹不已，这个人真是太会演戏了。

动了一下手脚，他这才发觉，自己的手脚都是被捆着的。不过，这两个人显然还是比较有良心的，把他仰放在地上，把两只手放在胸前捆在了一起，两只脚也是被捆在了一起。

显然，他们知道他不会死，也就是说，他们没想杀死自己。那他们还暗算自己干什么呢？

张雷想坐起来，想把手脚解开。他刚要动弹，就听到了另一种脚步声。他听得出来，这是人的脚步声。轻灵，迅捷，即便在这漆黑的夜里，依然行走自如，显然是个常年行走于山林中，并常在黑暗中行动的人。

张雷心里哀叹一声，只能一动不动，听着这两方的动静。

3. 狼煞

那边的狼似乎听到了什么，突然就不动了。风微微地吹着，却只吹得树木飒飒作响。

那人的脚步却不停，一直走到了张雷的眼前。他站在上风头，所以张雷闻到了一股浓重的类似于野兽身上的臊臭味道。那味道浓重霸气，几乎让人窒息。张雷几乎都不敢相信自己的鼻子了，有这样味道的"人"，到底是人，还是别的动物啊？

他偷偷地睁开眼睛，看到了让他惊悚的一个类似于人的动物。这个"人"的头发挡住了他的半张脸，剩下的那一半，刚好在侧影中，模糊不清，所以张雷能看到的只是他的头发和长长的胡须。

还有就是那种要进棺材的人才穿的长袍马褂。马褂破烂不堪，很多地方都是丝丝缕缕的，在微微的小风中，兀自晃动着。

这"人"，到底是人还是鬼啊？

张雷从十多岁就跟师父张大爪子在这深山老林中混日子，足迹踏遍老林各个角落，见过各种怪人异兽。他们跟深山里的土匪打过架，跟杀人犯抢过猎物，同日本人拼过刺刀，还跟偷渡过来的俄罗斯人喝过酒，但是，像这样似人似鬼的东西，张雷还真是第一次见到。

这人走到张雷身边，弯腰看了看他。张雷都能感觉到，这人臭烘烘的头发从他的脸上扫过，痒得难受。

他运用功夫，屏息静气，一动不动。

那人看了张雷一会儿，站起来，对着狼压着嗓子喝叫了一声。

张雷惊恐地听到，那狼从嗓子眼里哼了一声，又朝他走了过来。

张雷大骇。莫非这人跟狼是一伙儿的？他们要干什么？不是要把自己分吃了吧？

张雷现在是恨死那两个把自己扔在这里的人了，哪怕就是杀了自己也行啊，总比被活吃了要好。

这样想着，他就睁开了眼。

张雷惊愕地看到，那只狼来到这个怪人面前，乖得就像他家养的一条狗，匍匐在地上，摇晃着尾巴，头不断一上一下地摆动着，那样子颇像一个臣子在对着主子跪地叩首。

张雷看得目瞪口呆。

那人蹲下身子，张雷这才能看得出来，这人虽然毛发皆长，却非常壮实。

他把手放在狼的头顶，那狼呜咽着，一脸哀怜地看着他。这人对狼说："畜生，看我也没用。我都半年没有喝狼血了，今天不吃你，我这狼煞就没力气爬山了。再说，你活了十多年了，吃了那么多的生灵，你被我吃掉，也是应该的。这样吧，我让你好过点儿，先杀了你，再喝你的血，你应该没有意见了吧！"

那人给狼做完思想工作，这个自称为"狼煞"的人，手掌抬起。张雷看到那狼竟然好像叹了口气，闭了眼，一动不动地等着巴掌落下来。狼煞丝毫不手软，手掌砰然落下，一阵断金裂铜的声音过后，那只狼痛楚地叫了一声，身体就软了，躺在了地上。

那人坐在地上，抓起狼的两只前爪，把狼搭在自己的膝盖上，从身上掏出一把小刀子，在狼脖子处豁开了一道口子。

一阵浓重的血腥味儿，马上在空中弥漫开来。

那人捧起狼脖子，饿鬼似的，咕嘟咕嘟地猛喝了起来。

张雷忍着恶心，脑子里却是翻江倒海，惊涛骇浪。

狼煞！他竟然就是老人们口中传说的狼煞！

在当地传说中，有个狼煞的故事。

抗日战争期间，有两个女抗联带着十多个负伤的男兵，被日本人追杀，逃进了深山，藏进一个被荒草覆盖的山洞里，要出来的时候，却发现被一群饿狼包围了。

那个时候，正是白雪皑皑缺粮断草的季节，大部分动物趴在窝里不出来，或者冬眠了。那群狼显然也是断粮多日，看到这么多的伤兵，狼显然明白，好吃的就在眼前。

抗联子弹缺乏，伤兵们扛的枪大都是空的。女兵带着手枪，枪里不过各有五发子弹。最要命的是，日本人还没走远，正在满山搜寻，他们如果开枪，无异于给日本人报信。

没办法，两个女兵和几个轻伤伤员就用刺刀，对付起了一群饿狼。

那是抗战最艰难的时期，弹尽粮绝。伤员们没有吃的，伤口还都发着炎，战斗力可想而知。一会儿，就有两个伤员被拖进了狼群，被啃了个精光。

没有吃到肉的狼更发疯了。两个女兵和剩下的两个能拿起枪的伤员，不得不开枪暂且自保。

枪声引来了日本人。日本人也不是很多，十多个人。他们远远地躲着狼，看着狼和这几个人死拼。

很快，抗联的子弹打光了，狼群和抗联开始了短暂的对峙。日本人依旧躲在远处，饶有兴趣地看着这一幕。

狼群开始一点一点地朝前磨蹭。生死之战一触即发。正在危急关头，突然从树林里传来一声号叫。

那声号叫，跟狼嚎有点像，却不完全一样，比狼嚎更显凶恶，更加凄凉。

狼群在狼王的带领下，纷纷转头，朝着传来号叫的方向轻轻地回应着。

一会儿的工夫，从树林里钻出一个人影。那人须发皆长，看不清面目。他来到狼群前，伸手就抓住了一只狼。

几十只狼都匍匐在地，摇尾乞怜，就像一群大臣看到了皇上。

日本人看到这个人破坏了他们看好戏，非常愤怒，其中一个日本人端起枪，就朝这个人开了一枪。

那人看都不看，俯身躲过子弹，把手中的狼放下，对着狼群吼叫了一声。

群狼齐吼，朝着日本人就扑了过去。

日本人虽然子弹多火力足，却畏惧群狼凶恶，边开枪边狼狈逃窜。群狼猛追不舍，一直把日本人追得没有了影子。

两个女抗联带着伤兵脱险后，找到了抗联大部队，说了他们的奇遇。有个曾经当过土匪的老兵惊讶不已，说你遇到的这个人，是"狼煞"。

但是，"狼煞"到底是什么样的一个人，老兵也不知道。他只知道，"狼煞"轻易不露面，遇到"狼煞"恐怕不是好兆头。果然，那年冬天，森林中的动物几乎绝了迹，很多抗联饿死了。

这两个女兵，一个未能逃脱饥饿加上日本人围剿，另一个饿晕在了深山老林里，被一个猎户给救了。据说，这个女兵是那支抗联队伍里唯一活下来的人。

这个女兵现在还活着，是张雷屯子里的邻居。任张雷怎么想象，也无法把她跟勇敢的女兵对上号。

张雷听着狼煞"咕嘟咕嘟"地喝着狼血，心里暗暗叫苦。他不知道这个狼煞是否对人血有兴趣。如果对人血有兴趣的话，那他真的就完了。

正在他六神无主，忐忑不安的时候，从远处传来了一阵阵的呼喊声："张雷，张雷，你在哪儿？"

终于听到人类的声音了，张雷感动得要哭。他听得出来，这声音中，有高大花带着哭腔的喊声，还有陌生人的喊声。

狼煞不管，抱着狼脖子还是大口的"咕嘟咕嘟"地吞咽着。张雷不敢答应。直到远处出现了手电的光芒，声音也越来越近了，狼煞才把狼放到地上，朝张雷走过来。

这次，他竟然握着张雷的手，试了试脉搏。张雷大脑一片空白，心里直喊，完了，完了，这玩意儿竟然会把脉。

狼煞显然知道张雷还活着，他"嘿嘿"笑了几声。这几声笑，就像极寒的冷气，直接把张雷吓了个透心凉，一动也不会动了。

但是，狼煞没有伤害他。

狼煞似乎用什么把绑着他手的绳子给割断了，然后，又割断了他脚上的绳子。

张雷纳闷，狼煞这是想干什么？莫非吃人还要让这人先活动一下，通通血脉？

让他非常意外的是，狼煞嘴里嘟囔了一句他听不懂的话，背起那只狼，竟然飞快地消失了。

张雷猛然坐起来，对着手电的光芒大喊："我在这里！"

4. 消失的尸体

高大花先听到了张雷的喊声，马上就回应起来："张雷，你在哪儿？我们看不到你，你快走过来呀！"

张雷站起来，腿却很疼，不敢走。他喊道："你们朝左走五十步，然后往山坡下走，就看到我了。我腿疼，不敢走。"

那边似乎有很多人答应着，接着张雷就看到许多人影晃动，按照他的指示，朝这边走过来。

高大花走在最前面，看到张雷在那里木呆呆地站着，一下子就扑了过来，抓住张雷的手问："你没事吧？急死人了你，你怎么……在这里？"

张雷安慰她说："没事的啊，这不好好的吗？你哭什么啊！"

保长走过来，连连说："没事就好，没事就好。张雷，你可把我们都急死了。喔，这位是县警察局的王队长，下来破案，听说你失踪了，很关心你，就要来找你呢。"

王队长健步走过来，握着张雷的手，很用力地摇了摇，说："张先生，辛苦你了。你……能好好的，真是太好了。"

保长喊了几个村民过来抬着张雷，他们怕有人受伤，来的时候就准备了担架。

张雷感觉这会儿腿脚好多了，但是走路显然还是不行。他躺在担架上，王队长走在担架旁，边走边询问事情经过。

张雷把怎么遇到那两个人，怎么被打昏的事情都说了。当然，为了不引起不必要的麻烦，他隐瞒了狼煞那一段情节。

王队长听完，非常惋惜地说："那两个人，正是从监狱逃出来的两个犯人，可惜，又让他们跑掉了。"

张雷这才想起还有个死人在沟里躺着呢，赶紧说："报告王队长，我在山沟里还发现了一个死人。他穿着一双新皮鞋，那鞋我穿着正合适……"

王队长打断他的话，急问："他穿着什么衣服？长什么样？"

张雷说："这个没看到，我只看到了一只新皮鞋，离那人还远呢，我怕破坏现场，没敢靠前。"

王队长骂道："深山老林里有什么现场？那人应该是被杀的警察！有四个警察追那两个混蛋，到现在还无影无踪呢。那个死……警察在什么位置？我们马上过去。"

张雷一看情况严重了，也不敢提皮鞋的事了，说："在前面，小虎头沟。"

保长一听说是小虎头沟，蒙了，说："怎么在那里？那个地方可邪门呢，张武大叔有一年在那里看到过两个光着身子的姑娘洗澡，回家就病倒了，躺了半年，要不是王半仙救了他，他早去跟女鬼做伴去了。"

这件事屯子里的人都知道，几个猎人也纷纷说晚上不能去小虎头沟。

王队长恼了，掏出枪，喊道："老子在，有什么可怕的！都别叽歪了，赶紧走，不管出来的是男鬼还是女鬼，老子都干死他！"

众人无奈，只得跟在保长后面，朝虎头沟方向走。

张雷看着高大花也跟在这些人中间，急了，说她："你怎么也跟着啊，这黑灯瞎火的！"

高大花安慰他说："没事，我就跟在你们身后，不会有事的。"

几个人上坡下坡，又上了一个坡，下面就是小虎头沟了。

看着下面漆黑一片的小虎头沟，保长怕了，不敢再往前走了。有个胆大的猎人说："王队长呢？咋了这是？你不是要干死女鬼吗？来啊！"

王队长却缩在了后面，推托说："这个地方我不熟悉，万一掉沟里怎么办？"

那个猎人笑道："算了，都别吹了，咱这些人里头，除了张雷就没个胆大的。跟我走吧，我先声明啊，这地方玄着呢，大家跟在我后面，出了事我可不负责。"

有人带头，后面的人自然也不害怕了。保长说："快走吧，那个警察还在下面躺着呢。"

几个人跟着那个猎人朝下走，下了坡，在张雷的指挥下，又朝北走了一会儿，就看到了那条小沟。

大概是夏季雨水充足，因此沟里的草长得很高，里面似乎藏了不少的东西，晚上看起来就让人害怕。那个胆大的猎人也不敢朝前走了。张雷觉得可以下地走路了，于是从担架上下来，带着大家继续朝前走。

在手电的光芒下，张雷看到了那块挡住了半条沟的巨石。

张雷跟身后的人要了手电，朝石头下照去，石头下空空如也。

那个死人没了！就连那只皮鞋，也不见了踪影。

5. 张大爪子

张雷几乎不相信自己的眼睛，下午那人好好地躺在那里，已经死翘翘了，怎么说没就没了？

王队长现在也不害怕了，他来到大石头下，照着手电，上下左右都看了个遍，也没有发现什么有用的线索。

唯一可以证明这里曾经有人的，就是沟里被压倒的山草和滴滴血迹。

王队长让大家都靠后，自己带着几个警察四下仔细察看。看了半天，他们也没说出个所以然来，只是说，人肯定不是被狼吃了，要不是苏醒过来，自己走了，要不就是被那两个人抬走了。

大家说，那两个人是逃犯，怎么会抬着一具尸体去逃命？

如果是苏醒了的话，他应该是走不远。

王队长下达了分散搜索的命令，还让几个嗓子好的开始喊人，边走边喊。

张雷和保长以及几个猎人一组，高大花作为编外人员，专门负责喊人。

几个人转了一大圈，一直到天亮，也没有看到什么蛛丝马迹，只好疲惫不堪地回到张雷家。

一会儿，其他人也陆陆续续回来了，也没什么收获。

到该吃早饭的时候了，张雷家里也没有什么好吃的，王队长就招呼张雷和他们一起下山，说要跟头儿汇报一下，同时研究一下案情，计划下一步的工作。

下山后，王队长他们先到警察局吃饭去了。张雷临走的时候，带了十多斤腌制的野猪肉，去看师父张大爪子。

师父前些年在老林子里当过"游侠"。给淘金人保过镖，送过金，还给抗联带过路，参加过绺子，打过日本人。

有一年师父帮部队运送黄金，被日本特务盯上了，在二道拐遭了伏击。他们二十多个人，只有两个人逃了出来，并且还被追到了深山里。日本人加紧了搜索，把张大爪子困在山里，他在山里转了半个多月才逃了出来。

那是个奇寒的冬天，张大爪子好几次差点儿被冻死。九死一生逃出来后，张大爪子有一次去风月场，发现自己完蛋了，他再也不能像以前那样一逞雄风了。

张大爪子结婚前，就把这事告诉人家姑娘了。但是新娘子因为张大爪子对其父有救命之恩，报恩心切，没计较这些。后来，新娘子的姐姐过继给了他们一个女儿。

张雷每年都要来看师父几次。六十多岁的师父，依然天天练功，身手不减当年。看到张雷来了，张大爪子非常高兴，让闺女烫酒，要跟张雷喝一盅。

张大爪子因为多年的山林生涯养成的习惯，三餐不定时，喝酒也是，只要他高兴了，无论是早是晚，随时都可以吃饭喝酒。张大爪子的闺女做了两个菜，一个是用张雷带的野猪肉炖了松蘑和粉条，另一个是几条两寸长的小鲫鱼。

边吃饭，张雷边把自己在山里遇到的事讲给师父听。当张雷说到狼煞的时候，张大爪子猛然把手中的酒杯放下了。他的手有些抖，喃喃地说："狼煞？你竟然看到了狼煞！"

张雷喝了一口酒，吧嗒了几下嘴，问："师父，怎么了？您认识他吗？"

张大爪子摇摇头，说："当然不认识，我也没见过他。能见到狼煞的人不多，这人到底是人还是狼？如果是人，他怎么能变得这样？"

张雷问："师父，那狼煞是不是也有师父呢？您的师父没跟您说起过他吗？"

张大爪子摇摇头，说："没有。不过，小日本去年秋天刚投降的时候，我听一个兄弟说起狼煞，他说的跟别人说的都不一样。他说这个狼煞虽然样子凶狠，但是很善良。我那兄弟，在山林里被一帮俄罗斯残匪追杀，是狼煞救了他。狼煞头发很长，他没有看清狼煞的样子。"

张雷跟师父碰杯，把一杯酒喝光，然后给师父和自己都满上，问："师父，我觉得奇怪，咱当年在老林子里，您带着我几乎转了个遍，怎么就一次没有遇到过这个狼煞呢？"

张大爪子摇头，说："遇到过狼煞的人很少，我那时候被人追杀，还要……唉，人活着都是命啊。"

张大爪子只要一提起当年的事，情绪就会很低落，心里好像被很多事压着一样。张雷问，他也不说，每次都会找别的话题，从这件事上转出去。

今天也是这样，张雷知道问也没用，只好劝师父喝酒吃菜。

刚喝了两盅酒，有人就在外面喊了："张雷，张雷，王队长叫你呢！"

张雷一听，赶紧放下筷子，对张大爪子说："师父，您慢慢喝，我先走了，恐怕要进老林了。这小日本刚投降不到一年，看来，林子里也不省心啊。"

张大爪子听说他要进老林，让他稍等，从柜子里找出一把短刀，递给他说："这是当年我师父给我的，如果老林子里还有我们那辈的人，他们会认识这把刀的。老林子里混的人，最讲究一个义字。当年我在老林子里救人无数，你带上，说不定有用得到的地方。"

张雷心说：师父这是老糊涂了。都那么多年过去了，哪还能有认识他的人呢？不过张雷知道自己不能这么说，就双手接过师父的刀，道了谢，走出了院子。

6. 女鬼

张雷来到保长家里，王队长他们已经回来了。

王队长给大家介绍了一下情况，老林子里很危险。据警察署判断，在这一年内，最少有上百名犯人为了逃避惩罚，逃进了老林子，这还不算一些警察没掌握的势力。

刚刚逃进去的这两个逃犯，是两个非常危险的犯人，如果让他们逃了，必然会给当地老百姓造成极大的隐患。因此县警察局要求，无论如何，也要趁他们对老林还不熟悉的时候，把他们抓捕归案。

行署和县两级警察局要求他们马上组织人手，以最快的速度上山抓捕，援助的人马随后就到。

王队长是带着六个警察过来的，加上村里的五个猎人和张雷，总共十三个人，警察都带着手枪，猎人有四支步枪和一杆冲锋枪，但是猎人的子弹很少，每人只有五发子弹。王队长已经打发带头的猎人到县警局领子弹去了，等他们回来，就可以出发了。

张雷没有枪，原先他在山上的时候，是有一支火铳的，现在火铳也让那两个人给抢了去。王队长写了条子，让保长出面去别的村借了一支步枪。武器的问题就算解决了。

趁着去县上的人还没有回来，王队长给大家开了个小会，把情况简单地介绍了一下。

这两个逃犯一个是日伪时期牡丹江保安大队的大队长，另一个是日本人的翻译。两个家伙心狠手辣，每个人手里都是血债累累，并且手里掌握着很多日本人的机密。当地政府本来打算把他们押到南京审讯的，经过此地，两个家伙借口小解，杀了押解他们的两个警察，逃到了山里。那个保安大队的大队长是个武功高手，加上日本翻译深受日本武士道精神影响，因此，这是两个非常危险的人物。看到他们，如果活捉不成，完全可以将他们击毙。

保长吩咐准备的食物已经送过来了，猎人们和警察各自找袋子，盛了吃食和水。弄完这些，到警察局领子弹的人也回来了，大家都领了二十发子弹。张雷也领到了一支步枪和子弹，把枪背在背上，他感觉自己马上雄壮了很多。

由王队长带队，大家雄赳赳气昂昂地跟送行的人道别，就进山了。

按照新的搜索路线，大家在张雷的带领下，从一条当年挖参人走的小道，直插老林深处。

中午，他们在白桦林边上歇了会儿，吃了点饭。王队长在附近发现有人活动的痕迹，就在饭后简单开了个小会，建议应该分开搜索，十多个人在一起，目标大，搜索范围太窄。

大家讨论了一下，觉得应该先在人数上保持绝对优势。就把十三个人分为三路，每路人马中有两个猎人两个警察。张雷这路人马加上了王队长，一共五个人。

各自行动前，张雷提议大家要定个地方，晚上好集合。王队长一拍脑袋，说："对啊，还是张雷有经验。这地方不是在县城，晚上就都回到警察局了。但是我们对这个地方不熟悉，你们几个猎人商议一下，晚上到哪里集合。"

张雷沉吟了一会儿，说："这样吧，这里的人都知道凌云观，日落之前咱就到凌云观集合，怎么样？"

有个年轻的猎人说："张大哥，俺不知道凌云观。"

张雷笑了笑说："你不知道没关系，二愣知道。"

那个叫二愣的猎人看了旁边的年轻猎人一眼说："跟着走就是了，说那么些废话干吗？张雷大哥，你也是，凌云观现在连堵完整的墙都没有了，你还凌云观呢。"

张雷说："即便是没墙了，那地方还是凌云观。好了，走吧。"

王队长又补充了一下，他给这三个队编了号，如果哪个队需要救援，就放枪，再后，二队打两枪，三队打三枪，一队，自然就是打一枪。三支队伍都准备好了，想了想也没什么要补充的，就各自分开，开始搜索。

张雷和王队长带着几个人，走在中间的地带，这样方便他跟两帮人联络。

张雷天天在山林里行走，对走山路没什么感觉，可是那些警察尤其是王队长就不行了，刚走了一会儿，他就喊着没力气走了。张雷他们只好让他歇一会儿，大家就近搜索一下。

后来张雷他们干脆让这个王队长在原地待着，他们四下搜索，朝前直着走一段。剩下的两个警察倒是不错，跟着这些天天在老林子里乱窜的猎人，竟然能咬着牙一直不掉队。

后来，因为觉得太不方便，张雷干脆提议让一个猎人先把王队长送到凌云观。王队长表示不同意，说要在这里指挥工作。警察们都不说话，张雷不是他手下的兵，说话就直接些："算了吧，王队长，您在这里净给我们添麻烦。我们本来搜索前进就行了，现在搜索完了，还得回来找您。您就先走吧，您放心，我们一定干好工作，保证不放跑一个坏人。"

王队长想了想，对张雷说："要不这样吧，咱这些人再分开，我和一个猎人小范围搜索前进，你带着两个警察大范围搜索，这样我就能走在前面，跟上你们了。唉，我就是老了，想当年……"

张雷没有给王队长回忆当年的机会，说："行，那您就先走吧。"

张雷等人看着王队长和那个猎人朝前走了，三人这才继续搜索。

这附近都是比较稀疏的杂木林，放眼一看，能看出老远，因此三人边聊天边观察。张雷看到松树上的松蘑，总忍不住要抠下来。两个警察表现出好像很瞧不起他的样子，张雷也不管。

张雷正在忙活着，那两个警察大概没太多话说了，都跑到一边撒尿去了。张雷让他们别走远了，说这山里怪东西多着呢。两个警察正是血气方刚的年龄，根本不把张雷的话放在心上，张雷这么说，他们反而走得更远了些。

张雷心里叹口气，就忙活自己的了。

旁边有棵松树倒下的时候，位置非常好，在山沟里，还躲在一丛灌木后，因此长了很多的松蘑，张雷忙着采摘松蘑，也没顾得上那两个警察。

张雷正忙活着，突然听到一声惊恐的喊叫："鬼啊，有鬼！"

张雷把采到手的松蘑一下子就扔了，边朝他们跑去边喊："别开枪啊，别……"

张雷确定他们应该听到了自己的话，但是他们没有管张雷的话。张雷听到了几声清脆的枪响，然后整个山林都静寂下来。

张雷跑过去，两个警察正背靠背，警惕地四下转着圈看。

张雷压抑着愤怒，问道："哪里有鬼？你们看到什么了？"

其中一个不搭理他，继续拉着架子，四处瞄准。另一个说："我们都看见了，一个长发女鬼，穿着戏服，一阵风就跑没了。"

张雷头大了，问道："你们朝她开枪了？"

"当然。"那个警察不容置疑地说，"我们不开枪，等她杀我们啊？她是鬼，又不是人，我们开枪不犯法。"

张雷质问道："你们怎么知道她是鬼？万一她是人呢？"

另一个警察瞪大眼睛说："张大哥，你别胡扯了好不好？现在什么年代了，还有人穿着古代的长袍？你要是可怜那女鬼，你去帮助她啊。大白天出来，说不定饿坏了呢，你把你摘的松蘑给她炖汤喝。"

两个警察笑了。张雷气愤地说："我早就说过，这林子里什么人都有。

有坏人，也有好人。但是有一样，就是不能随便杀人。这里跟外面一样，杀人会遭报应的！那人朝哪里跑了？"

一个警察用手朝一丛小树后指了指，张雷就朝那里走了过去。

在小树下，他发现了几滴血迹。

7. 老林人

两个警察也走过来，看到地下的血迹，年轻些的警察疑惑地说道："鬼也流血吗？"

张雷瞪眼看了看他，没应声。他顺着血迹抬眼看去，仿佛看到了森林深处，有个怨恨的眼神，正在看着他们。张雷喃喃地说："坏了，我们一进来就破了这林子里的规矩，麻烦大了。"

年轻警察还不服气，说道："什么狗屁规矩，一帮罪犯，我见一个杀一个。"

张雷没心情跟他斗嘴，转过身说："走，快走，赶紧到凌云观去。"

另一个警察疑惑地问："张大哥，那咱不搜索了？"

张雷说："先不搜索了，我有大事要跟王队长汇报。"

那个骂张雷的年轻警察狐疑地看了他一眼，说："什么事能比抓人重要？我们的任务是进来抓人的，要汇报你自己去汇报，我们没时间陪你。"

年轻警察说完，拉着旁边的警察就走。张雷气得直瞪眼，但他又不能扔下他们自己走了，只好跟着他们一起，继续搜索前进。

张雷比他们清楚这个老林的底细。老林子里有各个时期逃避战乱的难民，有逃犯，有喜欢住在山林里的山民，有淘金客的后代，当然，还有冒险者，有土匪，有盗墓者，有翻越过境的俄罗斯人。

这里虽然混乱、残酷，但是自成体系。他们同外面的世界一样，有朋友、有敌人，他们互相帮助，互相依存。

这是一个外人看起来异常神秘，但是很顽固的小部落。因为地理条件的复杂，又紧靠着俄罗斯远东地区，千百年来，主政东北的军政要员，都想把这个小部落消灭，但是都没有成功。

清朝统治者为此曾经派了无数兵马进山，最后也是损兵折将，无功而返。

清兵战斗力不用说，但是粮草的运输成了问题。一开始清兵运送的粮草大都送给了土匪和森林里的土著，后来他们加大了打击力度，那些人全都没了，大清的上万兵力到处扑空。

他们跟清兵打游击，实在不行就跑到俄罗斯一侧。等清兵撤退后，他们再回来。在看到了这森林的优势后，更多的人逃了进来，森林里的人马反而比从前更多了。

后来清政府施行怀柔政策，给里面的土著分发粮草，出来耕种的不收皇粮国税，里面的人才少了些。

日俄战争时期，又有大量的土匪兵痞逃进了深山里。"九一八"事变后，日本人野心大增，想长期霸占东北，在老林里修建地下要塞，同时出兵"剿匪"。但是，在东北大地上横行的日本人，在东北老林深处却不断地被杀。日本人无奈，只得从老林深处撤军，从此不提"剿匪"。

张雷跟着张大爪子在老林子里混的时候，两人因为不是老林子里的住户，对老林子的土著都是敬而远之。土著们也敬重张大爪子的信义，凡事都给他个方便。现在十多年过去了，老林子里变成什么样了，张雷心里一点也没底。

还好，他们一直到了凌云观，再没遇到什么蹊跷事。那两队人马也过来了，都算平安。

第三组人马在一处山谷中发现了一个小小的土地庙，土地庙前还有一些刚烧的纸钱。张雷知道那是树林里的土著所为。他们很多人都是来自山东或者山西等地，那里的风俗是，人死后要去土地庙里"报庙"、送盘缠等，土地爷负责安排死去的人去阴间报到，还要打通各种关节。因此有人的地方，必定有各种各样的土地庙。

警察很惊讶，说："这林子里还住着很多人吗？"

张雷说："当然了！这里面的人还分等级呢。我师父说，古代老林子里的人是分官、商、隐的。当然，老林子没有政府，没有做官的。这个'官'的意思，就是指那些光明正大在林子里生活的人，他们有的是某个朝代被消灭的山民部落，有的是住在树林里的猎人或者淘金者。这些人都是在林子里住了很多辈的，他们形成了自己的交际和生存方式，因此他们在各自的行业里都立了很多规矩，后来者必须遵守这些规矩。这些人实际成了森林里的管理者，地位比较高。商，是指商人，还有来老林子暂住的人。这些人，也是明面上的人。不过，商人有自己的切口，也就是黑话。隐，指的是那些不愿意表明身份的人，包括逃犯、三合会的人、土匪、盗墓者等等，只要有人逃进老林子，老林子就能接纳这些人。当然，这些人也自成一个小部落，有各自的黑话和行动准则。隐者在外界社会中都是横行霸道的角色，但是在老林子里却不太能吃得开。因此，隐者大都活动在老林子外围，偶尔被追杀才逃进老林子里。老林子里真正的主人，是官和商，特别是官。都说狡兔三窟，但是跟老林子里的'官'比起来，兔子就差多了。'官'的住处不下十处，还有秘密通道直通俄罗斯。因此，林子里的人只能顺着，不能欺负。"

王队长显然也是第一次听说这些，连连惊叹，说："人真是厉害了，没想到啊，在这样的地方，竟然也会住着这么多的人。"

张雷说："我师父其实也只是知道个皮毛，他也很少跟老林子里的'官'打交道，我们不知道的东西，其实多着呢。"

有个警察说："既然有土地庙，有刚烧的烧纸，说明这里面还是有人。"

张雷含混地说："应该是有的。"

其实张雷蓦然想到了一个问题，那两个警察开枪打的那个女人，是不是家里刚死了人呢？她是中午去"报庙"，回来的路上遇到了他们，又挨了他们两枪。如果真是这样，那按照张雷对老林人的了解，她肯定会来报复的。

大家拉了一会儿闲话，带锅的猎人就在凌云观的墙角支起了锅，开始做饭。

张雷突然想起了当年他和师父去过的地道，就甩开那些猎人和警察，自己来到了那个有地洞的房间。可惜的是，地洞被从外面堵上了。为了防止有人发现，洞口处还堆了一堆乱石。

张雷看着茫茫群山，看着被挡住的夕阳，山顶上布满的余晖，回想当年在老林子里的日子，百感交集。

听到那边有人叫他，张雷转身。转身的时候，他似乎看到山下的树林里有几个人影晃动了一下。他一惊，忙回头寻找，却什么都没有看到。

张雷心下疑惑，跟王队长打了个招呼，就朝山下跑。王队长在上面喊道："张雷，你还跑什么？下面有你媳妇还是怎么的？我们可开始吃饭了啊！"

张雷顾不得理睬他，一路猛跑。下山后，他从山下的小沟里，朝着看到人影的地方迂回。那儿只有几棵稀疏的小树，视野比较开阔。夕阳还未落下，因此周围的情况看得一清二楚。

什么都没有，包括周围，都是平静如常。只有一只兔子，突然从远处跑过来，看了看张雷，又仓皇而逃。

8. 报复

简单吃了饭后，大家都累了，就各自找地方歇。张雷对王队长说不能都睡了，要安排执勤。王队长笑了，说："你以为这是军队啊？咱这么多人，又有枪，谁敢来袭击咱？那两个逃犯？还是树林里的土著？再说了，这地方又不是老林子，我说没事就没事，睡吧。你负责带好路就行，别的就不用担心了。"

王队长说得很霸气，张雷没法，只能跑到一边睡下。

看到张雷垂头丧气走过来，那个跟他斗过嘴的年轻警察朝他笑笑，说："张大哥，你放心，不管怎么说，这还是在政府的地盘上，谁敢袭击警察？睡吧，今天可真累坏了。"

张雷也朝他笑了笑，就找了个地方，坐下了。

天还没黑透，大家分成三四堆，有一搭没一搭地说着闲话。王队长喊了几个警察，商量着明天的行动方案。谈了一会儿，王队长把张雷喊了过去。

　　王队长说："老张，我们刚刚研究了一些问题。按说我们警察的内部会议，不应该跟你说的，不过为了工作，加上我个人比较相信你，所以啊，我把我们讨论的内容跟你说一下，也征求一下你的意见。是这样，我觉得我们这么多人一起行动，目标太大。不等我们找到罪犯，他们就能看到我们了。经过今天的行动，我们对这山林也有了些了解，我们研究了一下，明天的行动略微做了改动。这样，咱虽然还保持三个组的行动方案，但是每组分成两帮，两个人一帮，并且这两帮人要稍微拉开距离，可以独立行动，又能互相接应。这样万一逃犯发现了第一帮，肯定不会想到后面还有一帮，他们以为躲过了一组人马，就会没事，他们一大意，就会被后面的人马发现，这叫立体搜索。老张，你对这山里熟，你的任务就是给警察讲解地形，让警察怎么搜索，然后在哪里集合。具体行动和联络方法，每个组的警察都知道，你负责分配路线就行。"

　　张雷惊讶地问："王队长，万一遇到意外怎么办？"

　　王队长摆摆手说："这个不需要你担心，我们这么多人，子弹又充足，没什么事。再说了，又不是离得很远，可以互相接应。"

　　张雷强调说："万一遇到什么，他们不会给我们接应的时间。"

　　王队长不耐烦了，说："屁！你别老吓人好不好？这老林子里的是人，又不是神，只要他们是人，我们就没必要怕他们！日本人都让咱打跑了，你还怕这几个淘金的和打兔子的？没事，就这么办了，你跟他们两个小组说说路线就行了。"

　　张雷看王队长根本不想听他的意见，只能叹口气，在心里默念"山神爷保佑"了。

　　张雷跟另外两组人说了明天的路线，定下了中午集合的地方，就找了个地方，准备睡觉。

　　劳累了一天，张雷一会儿就睡了过去。但是多年的猎人生涯，他还是比较警醒。在睡梦中，他听到有细微的脚步声，马上就醒了。

天已经完全黑了，张雷也不知道现在是几点了。夜色漆黑，张雷的眼睛适应了一会儿才看出来，在他的左侧，王队长带着几个警察靠在一起的地方，站着几个人影。

张雷四下看了看。他知道这些人的后面，肯定还有人埋伏在树林里，在暗中监视着他们。所以，他一动没动，只是看着他们。

张雷数了数，站在那些警察面前的有十个人。他们似乎刚跑过来，看着眼前熟睡的人，束手无策。

张雷想到了师父曾经告诉他的，懂规矩的老林人，面对毫无防备的人，是不会杀人的。当然，闯进他们领地的除外。

现在这个地方是凌云观，原来是日本人的势力范围，不属于他们的地盘，因此，这些冷酷却有着自己行事规矩的杀手们，面对这些呼呼大睡的人们，显然是不知道该怎么下手了。

张雷闭上眼，他知道，如果这些警察们争气，能够继续睡觉，这些呆瓜们待上一会儿就会离开，或者躲在山下的树林里，等着他们醒来。那样张雷他们也就有了脱身的时间了。

让张雷没有料到的是，这时忽然有人醒了。有个警察被尿憋醒了，看到了眼前站着的一群穿着破烂的人，迷茫地问了句："你们是干什么的？"

问完，他就继续朝前走，到一边撒尿去了。

那些被问的人，也愣了一下，没法回答。一阵凉风袭来，撒尿的人打了一个哆嗦，猛然醒了。转头看了眼那些拿着刀枪的人，吓得大叫："快起来啊！要杀人了啊！"

要说那些警察真不是吃素的，醒来的同时就把枪掏出来了。王队长看着眼前的人，厉声喝道："你们是干什么的？马上走开，再不走我开枪了！"

那些人看到警察们都爬了起来，挥刀就扑了过来。

张雷在那边喊："别开枪，王队长，千万别开枪。"

随行的猎人们也醒了，看着有人要砍人，上刺刀就往上冲。王队长他们没有应手的武器，眼看这些穿着破烂衣服的人朝自己冲了过来，王队长急眼了，喊道："打他！"说着王队长朝一个冲上来的人打了一枪。

警察们纷纷开枪，冲在前面的两三个人躲避不及，中弹倒了下去。

几乎在同时，不知道从哪里射来了几支箭，有一个警察被射中咽喉，捂着脖子就摔倒在地上。

接着箭矢如雨，王队长等人赶紧躲避。那些人背着受伤的人，霎时间也没了影子。

王队长等人躲避好，看着那些人跑了，懊恼地骂道："便宜了这些小子，真应该杀了他们！"

张雷看看四周，说："王队长，麻烦了。咱得赶紧找地方藏起来。他们吃了亏，是不会轻易算了的。这些人的报复心非常强，咱的麻烦大了！"

张雷的话说得很沉重，王队长也受了感染："真的？"

张雷说："真的！这些人是真正从刀尖上滚出来的人，他们不怕死，但是绝对不能让人欺负了。其实我刚刚看到了，他们想杀咱很容易，你们都没醒，他们在你们旁边一直站着。刚刚如果……"

一声呼啸打断了张雷的话，这声呼啸刚刚落下，从远处又传来一声呼啸，第二声呼啸落下后，他们能隐隐约约地听到在更远处接上了。给人感觉好像打呼啸的这个人在空中飞，边飞边一声声地叫。

张雷大惊，对大家喊："不好，大家赶紧收拾东西快走！这是'传啸'，是求救的意思。附近的人听到了都会赶过来，那我们可就惨了。"

王队长也慌了，对大家喊："快点，快点，让人家'包了饺子'，就麻烦大了。"

张雷约莫了一下那些老林土人的包围方向，带着大家从东北角下山，秘密突围。

9. 棺材邪局

东北角很陡，除了东坡悬崖，是这个小山最陡的地方。夜色漆黑，张雷让大家小心些，别摔着，也别弄出声响。

大家安全地下了山，进入到山坡下的那条水沟里。这条水沟是当年凌云观的道士们砌的，因为年久失修，很多地方的石头塌陷了，因此沟里乱石成堆，荒草萋萋。

为了不暴露，大家都没有打手电，互相搀扶着，小心地跟着张雷走。

张雷找到一个塌陷口，手脚并用，从水沟爬上来。站直身子，他看到在前面一块没有树木的平缓坡地上，竟然趴着一个庞然大物！

因为夜色太黑，张雷只看到这个黑黑的东西呈长方形，趴在地上，一动不动。从那外形上，张雷就知道这是个人工做成的东西。现在他们不怕狼，不怕虎，就怕老林子里的这些人。所以张雷带着大家朝另一侧山坡走，绕过了这个鬼魅一样的东西。

这是一面很陡的山坡，很难走。王队长边走边骂，说真不该怕那些人，直接冲过去杀了他们，最干净利索。

张雷没接他的话，他们都不知道这老林子里的可怕，所以对于王队长的抱怨，张雷能理解。现在张雷只想赶紧带着他们走出这些人的包围，顺利地抓住或者击毙那两个罪犯，再回去过自己的太平日子。

绕过这个山坡，然后经过一片平地，再走过一个平缓的小山坡，坡下有个破旧的山神庙。那里，是张雷这几年偶尔去过的地方。打猎经过附近，张雷都是在那破庙里歇歇脚。在古代，那里是进出老林子的人歇脚拜神的地方。张雷师父说，他年轻的时候，那山神庙香火还非常旺盛。

在山坡上走了一会儿，张雷觉得这地方有些不对劲。平常夜晚能听到的各种野兽叫声，现在都没有了。山坡上，唯有他们的脚步声，在沉寂的夜里显得非常沉重。平常不注意的脚步声，现在显得出奇的响。

好不容易过了山坡，他们的眼前出现了一片平地。张雷觉得这地方有些眼熟，最主要的是他觉得有些别扭。张雷转头喊曾经跟他一起进过山的二愣，说："二愣，你看看这儿，你不觉得有些别扭吗？"

二愣看了看，说："我看不出来，大哥，也许是好多年不来了，觉得生疏了吧。"

张雷摇摇头，相反，他没觉得生疏，而是感到太熟悉，好像他昨天还从这儿走过的样子。

王队长凑过来，问："怎么不走了？又有什么情况了？"

张雷说："没什么情况，我只是感觉有些怪怪的。"

王队长上下打量了张雷一眼，说："兄弟，这么黑的天，你可别吓唬人啊。这路你不是知道吗？"

张雷说："知道啊，我感觉这地方好像太熟悉了。可是我两三年没到这儿来了，不应该有这种感觉。"

王队长骂了一句："神经病！快找逃路吧，还找什么感觉。是晚上做梦梦到这里了吧？你就告诉我，朝这个方向走对不对？"

张雷四下看了看，肯定地说："对，方向没错。"

"没错就行，走。"王队长说完，一马当先，走在了前面。张雷看着几个警察从眼前经过，犹豫了一下，只得快走几步，走在了前面。

越走，张雷越觉得蹊跷，看着平坦的没有几棵树的山谷，他竟然有种做梦的感觉。难道自己真的做梦的时候到过这里？张雷想到这里，心里就释然了。

因为是逃命，大家都拼了命地向前走。张雷走在前面，竟然被后面的人追得有些累。那些猎人自是不必说，即便是在下午几乎累瘫了的王队长，也没有掉队，气喘吁吁地跟在张雷身后。

王队长问张雷："前面还很远吗？"

张雷想了想，说："不远，得走一个小时吧。咱明天要抓人，走远怎么行？到了那儿，白天你就在那儿待着就行。我们在附近搜索。如果他们真的朝老林里走，最远也就能到那附近。是东北人都知道，老林子不是能随便进的。"

王队长说："妈的，这话我是信了。这简直是要人命啊！"

张雷安慰他说："老林子有老林子里的规矩，只要咱不惹他们，他们不会乱杀人的。等到了山神庙，你也就能捞着歇息了。那儿还有泉水，附近有条河，咱可以烤鱼吃。"

听说有泉水喝有鱼吃，大家的情绪有些好转，三三两两地说起话来。

王队长叹息一声，说："没想到刚进来就牺牲了一个人！唉，我这个队长，不称职啊！"

张雷不小心，踹着了几块石头，脚碰得生疼。他嘴里嘶嘶地呻吟着，说："王队长，这儿有石头，你小心点儿。"

王队长却惊愕地喊道："张雷，你看前面那是什么东西！"

张雷抬头一看，一刹那就像掉进了一个冰窖里，浑身冰凉。

就在前面不远处，那个长方形的东西，静静地躺在那里。从这边看过去，看得清楚些。张雷知道了，那是一口棺材。

二愣也看出来了，说："那不是一口棺材吗？"

王队长的声音发抖了，问："张雷，这是怎么回事啊？那里怎么会有一口棺材？"

刚刚只顾低头走路，没有看周围。现在张雷抬头四下看了看，不由得长叹一口气，说："这是我们刚刚看到的那个东西。就是说，我们眼前的这口棺材，就是我们刚刚从沟里爬上来，看到的那个长方形东西。"

王队长不相信："这不可能吧？我们没有朝它走，我们是绕过山坡，朝另一个方向走了，怎么又看到了它？张雷，难道它会走路？"

王队长说到最后，声音都发抖了。张雷说："不是，它没有动，还在那地方，我们这是转回来了。看到没有，右边的这个山，没有山尖，这就是咱刚刚下来的凌云观。"

此时的凌云观在黑暗中沉默着，似乎太多的沉重和苦难，让它疲惫不堪。那边的山坡也看着他们，看着这些迷途羔羊一样的人，和那口诡秘的棺材。

张雷一会儿就出汗了。

他能感觉到，他们应该是被一种阵法困住了，他刚刚踩到的石头，应该也跟这阵法有关。

王队长看了一眼前面那个黑黑的长方形棺材，再也不敢看了，问："怎么办？张雷，咱怎么办？你快说啊！"

张雷想了想，抹了把脸上的汗，说："不敢硬闯，还是回去吧。"

王队长说："回去？那还不是转个圈回来了？"

张雷说："走到半路破了它。"

中国从古代就有八卦阵，可以困住千军万马。传说诸葛亮曾经用石头摆出八卦阵，困住东吴的万千兵马，帮助蜀国成功撤退。随着历史的演变，八卦阵也在不断发展变化。其实无论是什么八卦阵，原理无非就是利用了地形地貌、石块等周围环境，使得对方迷失了方向。

张雷回想师父曾经告诉自己有关八卦阵的原理，结合他们目前的情况，张雷判断他们此时遇到的应该是"九宫八卦阵"。摆阵的人还在阵中放置了一口棺材，让人产生恐惧，加上夜晚人的神经本就脆弱，慌乱中难免会产生差错。

大家走过平地，要到达山坡的时候，张雷让大家停下，然后他爬上山坡的最高点，用牙咬破了自己的指尖。十指连心，张雷咬破指尖时，眉毛不自觉地颤抖了一下。

张雷不管正在流血的指头，探着身子在山坡上张望。但是让他失望的是，周围的景象依然没变，张雷知道今天是真的麻烦了。

他闭眼，把指尖上的血抹去，转过身对王队长说："王队长，我不知道你信不信，咱今天是被九宫八卦阵困在这儿了。就是说，咱不管怎么走，都是绕着这棺材走。我师父曾经告诉我，破九宫八卦阵最主要的就是让自己的意识保持清醒，才可以识破其中的陷阱，找到出路。我刚才咬破自己的指尖，想用疼痛来提神，但还是没办法破阵。"

王队长当然不信，他说："什么八卦阵？都是传说中骗人的玩意儿？不就是一口棺材吗？下次再看到，给它拽沟里不就得了。"

张雷真是哭笑不得，这个王队长，看到棺材就吓蔫了，现在什么没有又开始吹嘘了。张雷恨恨地说："那更好，一会儿再看到，你就把它扔到沟里去。"

王队长说："咱现在不是朝着另一个方向走吗？怎么会看到它？"

张雷说："但愿看不到它吧，我担心我们走不出这个九宫八卦阵。我现在带着大家朝另一个方向走，能走出去更好。走不出去，那就看王队长的了。"

王队长听了又有些害怕了，说："真的能有这么玄乎？"

张雷说："我也是第一次遇到这种事，走着看吧。"

张雷想了想，问身后的人："我现在看到的是一个平坡，左边是一个不高的小山，右边也是，我感觉现在是朝北走，刚好是背朝棺材，有谁看到的跟我说的不一样的，赶紧说说。方向不重要，重要的是眼前看到的东西，都说说啊！"

大家看了看四周，七嘴八舌地说了起来。让张雷泄气的是，他们所有人看到的景象都跟他一样。

张雷知道没有别的办法，只有朝前走了。

还是他带路，张雷边走，边朝四周看。他知道，他们不能在这里耽搁久了。如果耽搁久了，那些人的援军来到，他们就绝对逃不出去了。摆这个九宫八卦阵的人，跟那些袭击他们的人应该是一伙的。

走了一会儿，看到了凌云观，看到了左边平缓的山坡，直到看到眼前的棺材，张雷身子晃了晃，差点儿一屁股坐在地上。

王队长看着眼前的棺材，大骇着说："这……这是怎么回事？咱明明是朝着它相反的方向走啊，这怎么又走回来了呢？"

张雷说："我说过，这是九宫八卦阵，我们今天晚上是走不出去了。"

王队长问："现在我们怎么办？咱这么多人，总不能一直在这里转圈子吧？"

张雷恨恨地说："你不是说你能把这棺材拽沟里吗？你去拽沟里吧！"

王队长看着趴在前面的棺材，朝后退了退，说："如果是平时，我还真能给掀沟里。可现在……我怎么觉得这东西邪气呢？"

张雷没工夫跟他闹着玩了，说："开枪吧，大家一起开枪，用枪声吵醒一些林子里的动物，跟着它们，我们说不定可以走出九宫八卦阵。"

王队长喊道："等等，张雷，这枪一开，不是给那些人报信吗？咱好不容易逃出来的，等他们发现咱在这里，咱还能逃出去吗？"

张雷说："这个九宫八卦阵应该就是他们摆的，待会儿咱逃不出去，他们照样来抓咱。到时候咱跑没地方跑，干脆就是等死。弄不好，他们来抓咱的时候，咱连人都看不见呢，不是更麻烦？还有，他们的援兵应该马上就到了，咱得抓紧时间逃出去要紧。开枪肯定能把他们招来，不过如果能破了阵，咱就有逃出去的可能。现在从他们藏身的地方跑过来，还需要时间。我现在没有别的办法了，这是唯一的办法。"

王队长担心地问："这万一要是破不了阵呢？"

张雷低下头，重复说："我也就没有办法了。"

王队长看看张雷，看看那个稳稳地趴在前面的棺材，跟那几个警察一起嘀咕了一会儿，说："真没法儿了，上学不少，就没学过怎么对付这东西。我就不信了。大家注意了，第一排枪朝棺材上空打，实在不行，咱就朝棺材打，我就不信，把棺材打成木条，我再把它烧了，这个破阵还怎么弄？给我听着，朝棺材上空瞄准，每人两发子弹，打！"

随着王队长一声令下，十多支枪"砰砰啪啪"地响了起来。枪声响完，林子里果然响起了一阵动物逃窜的声音。

张雷眼尖，看见一只狍子正在向他们的右侧奔跑，他赶紧对王队长说："王队长，我们跟上那只狍子！快点，别让它跑远了。"

王队长骂道："我都快成上山打猎的啦，还得跟在狍子后面跑！"

张雷朝山上看去，因为太高和天太黑，看不到山上有人，但是，能隐约听到很多人在喊："在山下呢……快下山啊……"

张雷喊了一声"跟我来"，转身就跑。

张雷带着他们一路跟着狍子跑。要命的是，刚跑到山后，狍子就不见了。

张雷知道，这次是真的麻烦了。

10. 逃出生天

王队长也发现狍子不见了，着急地喊道："张雷，这下该怎么办？"

张雷后悔不已，说："狍子跑得太快了，早知道就应该找个速度慢点的动物跟着了。"

王队长急得直转圈，说："怎么办？得赶紧想法啊！要不那些人就追过来了。"

二愣说："还有什么想法，赶紧跑啊。"

张雷说："跑没用，咱无论怎么跑，都是在九宫八卦阵里面，说不定等追我们的人到了，我们还在原地打转呢！所以我建议，咱还是就地找个地方躲起来，黑灯瞎火的，那些人过来找咱也没那么容易，等天亮了，咱将周围的环境摸清了，自然就没事了。"

王队长想了想，好像只能这样了，就让大家就地隐蔽，等待天亮。

大家藏好后，已经能听到远处的说话声和脚步声了。张雷屏息静气，一直听着那声音离他们越来越近，近得能听到他们的喘息声了。

那些人在附近搜索。他们之间很少搭话，因此张雷只能听到那些足以让人发狂的脚步声和偶尔的咳嗽声。

脚步声时近时远地在附近转了一圈后，慢慢朝他们藏身的地方走来。张雷绝望地闭上了眼睛。现在的情况下，即使他们手里有枪，但在黑夜中，枪法肯定会受到影响，根本没有办法与常年在老林子里生活的人相抗衡。

张雷听到有人轻轻地叹息了一声。附近搜索的老林人也听到了，马上就朝这边走了过来。

张雷听到二愣的声音，二愣吼道："老子不管了，老子要杀了你们！"

随后，张雷听到了一声枪响。子弹在黑夜里如闪着亮光的流星，划破黑暗，一直飞到他们看不到的地方。

显然，子弹打空了。几乎是在同时，张雷听到了二愣的惨叫。张雷知道二愣受伤了，朝二愣隐身的地方摸过去。同时那些人也喊叫着，朝他们包抄过来。

张雷爬到二愣身边。让他没有想到的是，二愣中的不是箭头，而是飞刀。那刀子比一般的飞刀要长，要尖利，不是常见的那种刀子。

飞刀插进了二愣的右眼。二愣捂着眼，大声喘息着。

张雷问他："二愣，怎么样了？"

二愣闭着眼说："张雷大哥，我恐怕不行了。头疼死了，这刀子有毒。我脑子快……不行了。我有句话跟你说，张雷大哥，这林子不能进了。我来的时候，偷着去找瞎子算过，他让我别来，说进来了恐怕不能活着出去。我没信那老东西，没想到真让那老瞎子说中了。张雷大哥，你想想办法把皮子和李良他们带出去吧。我，我……不行了！"

二愣用尽全身的气力说出最后三个字，握着张雷的那只手慢慢松开了。张雷把二愣放在地上，从他的眼窝里拔出那把飞刀，在二愣的身上擦了擦血迹，放在二愣的身下。

脚步声几乎就在眼前了。幸亏有黑夜的掩护，而老林子里的人为了保护自己，无论在多黑的夜里，都很少点火把，这也延迟了他们找到人的时间。

张雷紧紧地握着上了刺刀的步枪，竖起耳朵，仔细听着那徘徊在周围的脚步声。

突然，一声尖利的狼嚎撕破了黑夜。几乎同时，有人惊叫着，从张雷的眼前跑过。

张雷看到影影绰绰的人朝一边跑，同时也看到有七八只狼追着一个人。那人惊恐地喊叫着，跑到人群中。有人朝着狼射箭，扔石头，狼群受到袭击，又返身跑了回去。

张雷真没想到，狼能在最关键的时候救了他们。看着被狼追赶的那些杀手，张雷松了一口气。狼和老林子的杀手，还有张雷他们几乎组成了一个三角形。

那些狼大约感觉到了老林人的威胁，站在那里，一动不动地盯着他们。他们想朝前走，群狼就集体站起来，朝他们发出威胁的嚎叫。

张雷有些纳闷，这些狼不到十只，论实力，是绝对敌不过近二十人的老林杀手的，东北灰狼是非常聪明的狼，它们最会权衡力量，从来不打无把握之仗。可是，今天它们这是怎么了？

那些被狼注视着的杀手们终于恼了，朝着狼群开始射箭。有两只狼被箭射中，吼叫着在地上打滚。其余的狼不但没有撤退，反而毫不犹豫地叫着冲了上来。

六只狼，二十多个手持利器的壮汉，力量悬殊的对比，自杀式的攻击，简直就是悲壮的屠戮。一会儿的工夫，就有三只狼血肉模糊地倒在地上。

剩下的三只狼也都受了伤，但是它们坚持在刚刚冲过来的地方，反而让那二十多个人退后了好几步。

张雷惊叹不已。

三只狼大概也知道时间不多了，紧紧地靠在一起，互相用头抵触着对方，喉咙里呜咽着，似乎在交流着什么。

老林子里的杀手，也有几个人受了伤。剩下的人张弓搭箭，十多支利箭，一齐瞄准了这三只准备赴死的狼。

三只狼看到那些人开始瞄准它们了，瘸着腿分开，做出进攻的样子。

人和狼都知道，狼的这次进攻，是绝对的有去无回了。

就在这千钧一发的时候，猛然从远处传来了一声狼啸！这是一声比狼嚎声更加凄厉的声音。那三只狼听到声音后，马上朝后退去。那些用箭瞄准着狼的杀手们，也放下弓箭，朝树林里看。

张雷太熟悉这声音了，虽然他只听过一次，但是那个似乎穿透千年的凄厉号叫，已经在他的心头烙下了深深的印记。

一会儿的工夫，那人就站在了三只狼和那二十多个人的面前。

比起那些杀手来，这个长发披肩、穿着长衫的人，显得更见破落，简直就是一个复活古尸。

其中的一个杀手轻轻地说："狼煞。"

狼煞根本没有理会他们，他走到三只趴在地上抖动不止的狼面前，轻轻地拍了拍它们的脑袋，那三只狼竟然站起来，摇摇晃晃地朝后走。走到刚刚它们待着的地方，站住了，转回头，看着狼煞和那些人。

这时有个杀手走出来对他说："狼煞，我们知道你是位大英雄，我们也不想惹你。我们是来找人的，他们是从山外进来的，开枪伤了我们的人，我们无意冒犯这些狼，是它们先攻击我们。你不是会驱狼吗？你带着它们走，我们找我们的人，咱井水不犯河水。"

狼煞声音沙哑，话语简单之极："滚！"

有人说："狼煞，我们是来找人的，你凭什么不让我们进去？这些狼……"

狼煞从嗓子里发出怒吼，声音更加低沉："滚！"

那些人看着狼煞霸蛮的样子，朝后退缩了几步，一起商量了一会儿，气哼哼地走开了。

这时候，张雷看到不知道从哪儿跑来了十多只小狼崽子，它们各自跑到自己的父母身边，呜呜着。其中有几只跑到刚死去的几只狼身边，转着圈，不断地用自己的头去拱躺在地上的老狼的尸体。张雷这才知道，这些狼这么拼命，原来是为了保护它们的孩子。

可是，狼是嗅觉非常发达的动物，它们为什么没有闻到距离它们这么近的张雷等人的味道呢？

一阵微风吹来，张雷闻到了狼煞身上极度臊臭的味道。他明白了，狼群没有发现或者说忽视他们，是因为风向。他们处在下风头，因此狼群只看到了那些杀手，没有闻到他们的气味。

张雷抬头的时候，发现狼煞已经不见了，三只狼也带着自己的孩子，一瘸一拐地朝山坡走去。

狼煞不是专门对付狼的吗？他怎么反而保护起狼来了呢？张雷疑惑不解。

第二章／日本人与老林人

1. 警察的鞋

张雷一行人不敢动弹，直到天亮了，大家才从藏身的地方走出来。

太阳的光芒穿透了树林，洒在石头上，洒在刚刚抽芽的青草上，让人感觉这个世界真是太美好了。

张雷看着眼前这个美丽的世界，再想想昨夜的恐怖，实在是不敢相信。可是眼前的几只死去的狼，还有一地血迹，都在为昨夜的事做着注释。

王队长四下溜达着看，张雷让他千万别朝那些狼逃走的方向去。昨天晚上，老林子里的杀手，正是不小心跑进狼窝，才惹上了它们。

同来的几个猎人站在二愣身边，一脸的惊恐，同伴在自己的眼前被打死，让他们切实感到了死亡的威胁。

张雷想起了昨天晚上二愣的话，看着眼前的皮子和李良，不知道该怎么办。

王队长走了过来说："这个猎人太莽撞了，唉。"

张雷问："王队长，二愣这也算是为国捐躯了吧？"

王队长"喔"了一声，说："算，算，回去我就给他申报。"

张雷问："那咱现在怎么办？"

王队长说："怎么办？你说你能怎么办？还得继续找人啊。你们把他先挖个窝埋了，别让狼吃了，回来咱再把他挖出来，送回他家。大家别低着个头啊！打起精神来，听到没有？"

大家说："听到了。"声音不是很大，王队长也没有像在村里那样，让他们大声再大声。

王队长招呼那些警察过来，对着二愣的尸体三鞠躬后，就让猎人们动手埋人。他让张雷跟他们一起，去看那个死去的警察。

让他们非常气愤的是，那个被箭矢射杀的警察竟然被那些人脱得精光，连内裤都被扒掉了。那个警察就那样赤裸地躺在地上，非常哀伤的样子。

王队长骂了几句，带着大家朝死去的警察鞠躬，然后把那个警察埋葬了。

大家草草吃了点早饭，王队长宣布，因为前面路途险恶，大家就别分队了，先都在一起，进去看看再说。张雷觉得王队长的这个决定很正确。他们应该先探路，摸摸情况，等大队人马来了再做打算。

于是大家在张雷的带领下，继续朝里走。中午的时候，经过那个山神庙。山神庙已经破烂不堪了，两年没来，屋顶已经塌了。张雷看到了不久前有人烧过香纸留下的香灰。

他想在这里给山神爷磕个头，被王队长骂了一顿。没法，他只得在心里念叨了几句山神爷保佑，就继续带着大家朝里走。

小路越来越难走，那条千百年来沿袭下来的小路，因为这些年的荒芜，很多地方被荒草掩埋了。大家只能按照自己的判断先走一段，然后寻找前面的路段，直到找到为止。

这样寻找，行走的速度就慢了许多。张雷来回跑，累得够呛，王队长却感到轻松多了。

他们沿着一个阴暗诡异的人字形峡谷走了一天。这个峡谷非但阴暗，还有很多平常没有见过的奇异景象。一个警察在一条浅沟里发现了许多蛇盘绕在一起。那些蛇似乎在举行一个什么仪式，纠缠着，分分合合，布满了整条水沟，一眼望去，不见尽头。

现在是春天，不是蛇交配的季节。别说是那些警察，即便是常进入山林的张雷等猎人，都是第一次看到这种景象。

看着那些骇人的东西目中无人地忙活着，大家后背都直冒冷气。

张雷让大家别看了，赶紧走。在穿过一片不知名的树林后，走在前面的张雷突然看到一个穿着一身白衣的人影，在前面一个小水湾边一闪，没了。

张雷一愣，后面的王队长好像也发现了，说："我好像看到了一个人。"

张雷看着不远处那个水湾，再看看刚刚那人消失处旁边的树林，说："我也看到了。"

王队长说："好像就从水湾边跑到树林了，弄不好就是罪犯吧？走啊，看到人了，你还在这里犹豫什么？"

张雷摇摇头，说："我看不像，那样子像个女人。"

王队长说："别管是个什么，去看看再说。"

张雷看了看那水湾，说："王队长，这里不明底细，我看还是不去好。"

王队长看了看身后十多个人，说："我真是不理解，你害怕什么人？什么东西不去看看能弄清楚底细啊？咱这次是来干什么？就是来探明底细的。再说了，大部队马上就进来了，有什么好怕的？走，前面带路！"

张雷无奈，只得带着大家离开小路，朝水湾走去。他们来到那女人消失的地方，四下找了找，什么都没有发现。

王队长觉得这里肯定有问题，就分配了一下，扩大了搜索范围。

猎人皮子和一个警察搜索到树林边一处断崖下的时候，发现草丛中有一个异物。两人跑过去，发现那竟然是一只鞋子。那个警察抢先一步把鞋子捡起来，翻来翻去看了看，突然喊道："是我们的鞋子！这是我们统一发的鞋子！王队长！王队长……"

王队长带着人跑过来，看到这只鞋子后，脸色大变，喊道："马上搜索附近，一定要找到我们的人！"

大家分开，设定区域，在附近找了半天，还是没有任何发现。

后来张雷看了看头上的悬崖，说："队长，我怀疑鞋子是从山上掉下来的。"

队长看了看山顶，说："这山够高的，但愿只是一只鞋子掉下来了，要是人掉下来，肯定跌碎了。"

张雷看了看这鞋掉落的位置，说："人应该没掉下来，否则，咱不可能找不到。"

王队长让张雷带路上山，要去山顶看一看。张雷说那就得回去，从原先小路走。这周围没有上山的路。

王队长说："好，那就回去。张雷，我就感觉奇怪，你说那女人是不是跟这只鞋，或者说是跟穿着这只鞋的人有什么关系呢？"

张雷想了想，说："这个没法说，也许是有关系，也许……没关系。"

王队长白了张雷一眼，说："这不是废话吗？"

大家重新回到那条小路，顺着小路走了一会儿，就到了山脚下。张雷抬头看看山，说："这山当年我跟师父上去过，很险。这个警察怎么能爬到山上呢？"

这是一座不高，但是很险峻的山峰。张雷记得当年张大爪子带着自己在森林里到处流浪，据师父说，他是在寻找一种能治百病的树，因此每到一处，张大爪子都要悉心去找各种树木。可惜寻找了十多年，他都没有找到要找的那种树。

张雷带着大家朝山上爬。经过一段非常险要的路段后，大家坐在一起休息。张雷溜达着观察四周。突然，他发现在下边的树林中，好像有个人影一闪而过。张雷一愣，叫上皮子就朝人影逃去的位置追了下去。

2. 日本刀

两人飞跑着，穿过树林，跑到人影消失的地方。人影早就不见了，张雷他们追了一会儿，还是毫无发现，两人只好停了下来。皮子和张雷都是出色的猎人，皮子四下转着看了看，趴在地上听了听，说："人已经走远了，追不上了。"

张雷看着树林，忧心忡忡地说："我有个预感，这次进山不会顺利。"

皮子点点头，说："兆头不好。"

两人边看着周围边走回去，王队长正伸着头，往山上望去。看到他们垂头丧气的样子，他赶忙问："怎么了？出什么事了？"

张雷摇头说："没什么，不过看到了一个人影。"

王队长一愣，说："那你不早告诉我们？是不是那两个罪犯啊？"

张雷苦笑着说："这个保证不是。他们身手很利索，不是一般人。"

王队长舒了一口气，说："只要不是那两个罪犯，咱就不管他。跟咱没关系，这树林里面的人，少得罪为好。"

张雷边点着头，边在心里考虑。他知道，这事恐怕不是王队长说的那么简单。

大家稍微休息了一会儿，继续朝上爬。通往山顶的这段路陡峭无比，张雷在前面，大家互相拉扯搀扶着，费了好大的力气，才爬到山顶。

张雷倚着一棵小树站住，观察着四周。山顶北侧是刀削一般的山尖，人无法攀登。南侧是比较平坦的一片草地。虽然现在是初春时节，草木枯黄，但是很多地方的草依然及膝。不过在山顶，很多地方的草是倒下的，有的被践踏得完全倒在地上，有的好像只是被压了一下，倒向了一面。

王队长看着被践踏得乱七八糟的草，说："肯定是我们的警察在这里跟那两个罪犯进行过搏斗。"

警察们有一定的侦破经验，他们让猎人别动，他们仔细观察着地上和草丛，那个跟张雷斗过嘴的年轻警察，在草丛里发现了一摊血迹。王队长他们顺着血迹找去。血迹断断续续，一直到了一个绝壁竖立的地方。

王队长在附近转着找了几圈，也没别的发现。他很奇怪，自言自语地说："怪了，难道人钻进这石头里了？"

张雷在绝壁上看到一处刀痕，刀痕砍进坚硬的石头竟然有一指多深，在石壁上留下了一道优美的弧线。

张雷走过去，仔细看了看，用手量了一下刀痕的长度，然后掐了几根草茎，量了量刀痕各处的深度，他把草茎摆放在一块比较平坦的石头上，根据草茎的长度画出了弧度。王队长看着他，狐疑地问："张雷，你还有心情画画？"

张雷不理他，顺着弧线，画出了一把刀的样子。王队长找了个角度，仔细看了一会儿，惊讶地喊道："日本刀！"

张雷说："是，是一把质量非常好的日本刀。这种刀，不是一般的日本人能够买得起的。"

王队长看了看被刀砍进去的石壁，心悸地说："是，要是我们的刀，早就断了，不可能砍得这么深。"

张雷喃喃地说："真是想不到，这些日本人竟然还在。"

王队长看了眼张雷，问："怎么了？你认识他们？"

张雷摇头，说："不认识。不过我听我师父说过，老林子里有帮日本人，他们非常厉害，据说是当年日本黑龙会的人，跟修要塞的日本人没有关系。"

"黑龙会？"王队长抽了一口冷气，"黑龙会怎么会……在这里？"

张雷看了看那刀痕，说："我不知道，我师父也不知道。他说他曾经遇到过一次袭击，对方两个人，武功非常厉害，那次如果不是有人暗中相助，他就完了。可惜直到现在，他也不确定袭击他的人是谁，救他的人是谁。后来，他听人说起这里有一帮日本人，他觉得袭击他的人就是日本人，但是后来再没发生什么事，他也没法证明到底是不是他们。"

王队长听张雷说到他师父，很不屑地说："那个老倔驴，能知道什么？"

张雷最恨别人骂自己的师父，但是他现在不想吵架，就压了压火气，说："王队长，你说我们该怎么办？"

王队长四下看了看，说："顺着血迹找人。这些日本人遇到我，算是他们倒霉了。我才不管他们是什么会，只要是日本人，我见一个杀一个，弟兄们，搜索前进！"

几个警察打头，大家分头寻找血迹。可奇怪的是，他们在附近找了个遍，竟然没有找到血迹的去向。

王队长看看悬崖，看看下面的树林，说："真是怪了，这人凭空就没有了？"

张雷接话说："不是，是人被绑架了。这个受伤的人，被对方绑走了。而且抓他的人非常有经验，把他的血给止住了，目的就是为了不让人发现去向。"

王队长看着张雷，不得不点头，说："说得有点儿道理。那你说，张雷，是我们的警察抓了日本人呢，还是日本人抓了我们的警察？"

张雷摇头，说："这个我不敢确定。不过，从这鞋子和刀痕上看，应该是日本人抓走了我们的警察。如果是警察抓了人，他们应该不会注意血迹的问题。这种事，只有小心的日本人才能干出来。"

王队长不相信地说："我觉得应该是我们的警察打败了日本人。你想啊，这刀都砍到石头上了，是不是他砍空了，被我们的人打败了？"

张雷笑笑说："但愿这样。"

王队长问："血迹找不到了，人也没法跟踪，张雷，你是老猎人，你说下，接下来我们该朝哪里走？"

张雷说："我们现在其实还在老林的外围。无论是日本人还是那两个罪犯，他们在这里都是没法生存的，他们还会朝里走。所以，咱还是只能顺路朝里走，别的地方不敢走。别看这条小路，这是千万人用性命走出来的。只要能找到路，就能进来出去，找不到路，很可能就死在山里。这也是当年这里土匪众多，但是大部分进山的人都不敢离开这条小路的原因。"

王队长说："好，那就继续朝里走。"

一行人下山，顺着山路朝里走。张雷走在前面，他知道越往前走，危险越多，因此非常警惕地看着四周。走了半天却很安全，一直到了傍晚，也没发生什么怪事。

傍晚的时候，他们到达了一个平坦的小山坡。王队长看看眼前陡峭的山谷，知道不可以往前走了，就下令住下。

大家都走得很累了。张雷看了看这个山坡，觉得应该还算是安全的，就跑到几个关键的地方挖了陷阱，跟王队长商议着安排了岗哨，吃了点儿饭，睡下了。

忙活了一天，张雷睡得很香。一直到半夜，他被一泡屎憋醒了。看了看淡淡的月色，看到不远处站着的哨兵，张雷不情愿地爬起来，找地方拉屎。

有个哨兵看到他爬了起来，问他："怎么了？是拉屎还是尿尿啊？"

张雷没好气，说："问那么多干什么？多管闲事。"

有个口音生硬地说："拉屎远点走着，妈的，刚刚谁拉了一泡屎，小风一刮，臭死了。"

张雷听口音，就知道这人是个警察。这些警察虽然跟他们在一起，其实从心理上，还是看不起他们这些猎人的，嫌他们脏，嫌他们没文化。张雷在心里骂了这家伙一句，就朝山下走。

一阵风吹过，张雷也闻到了一股臭味儿，他心道这谁拉屎，也真是够缺德的。山的北坡很陡，没法下去，今天晚上是南风，大家拉屎只能朝东坡或者西坡，山里什么东西都有，大家又不敢走远，这风如果略微一刮偏，臭味儿就跟着上来了。

张雷走了好长一段距离，约莫着他们绝对闻不到味儿了，才站住。他刚要解裤腰带，突然听到一阵奇异的声音。

3. 摄魂的箫声

张雷一愣。这个声音不同于各种隐约的动物的声音，很细腻委婉，虽然他只听到了几个音符，也能听出声音里似乎带着凄凉。

这是一种乐器吹奏出的声音。张雷不确定这是什么乐器，但是他敢肯定，这是人吹奏乐器的声音。

这深山老林里，怎么会有人吹奏乐器？张雷转着圈四周看了看，感到浑身发冷，莫非是自己幻听了？他刚想到这里，那乐器的声音又清晰地传了过来，好像是为了做个说明似的。这次的声音清晰多了，并且持续时间也长，让他在这样的一个夜晚里，充分欣赏了一个孤独乐者的声音。

张雷不由自主随着乐器的声音走了过去。直到声音又听不清了，他才有些醒悟。正在他犹豫是不是要去探究这乐声的时候，魔笛一般的乐声又响了起来。曲调悠扬凄婉，在这朦胧的月色中，真是如泣如诉，让人欲罢不能。

张雷想了想，觉得既然这里有人，他就应该去弄清楚，否则说不定就成了隐患。况且，在这样的地方吹奏，肯定不是一般人。张雷就顾不得拉屎了，凝神提气，耳朵捕捉着时高时低的音乐声，不断调整着方向，在这片森林中穿行起来。

他下了山坡，走过一个峡谷，又爬上了一座小山。听听声音不对，似乎远了，忙又转回来，朝着另一个山坡爬去。

声音越来越清晰，那种蛊惑人心的力量也越来越强。张雷想到了师父的话，人在这老林里住久了，就会感染到很多魅气，这种魅气对于山林外的人来说，非常可怕。因为行为和心理上的巨大不同，这种邪性的东西，会让人迷失本性，甚至会要了人的命。

不让吹乐器的人发现自己，不让音乐声对自己发难，就可以少受蛊惑。张雷让自己一直保持在非常安全的范围内，仔细观察着四周，同时慢慢迂回，朝乐声靠近。

他转过一个山坡，在一处矮树林包围的小空地上，终于发现了一个一身白衣的女子。

虽然他看不真切，但是凭着感觉也敢断定，这个坐在大石头上吹奏的人是个女人，还应该是个面孔白皙的漂亮女人。

这个瘦削的女人，盘腿坐在空地中间的那块大石头上，正聚精会神地沉浸在自己的音乐之中。

张雷不懂音乐，但是也被这乐声迷住了。他不由得坐下来，聆听着这似乎从心底流出的天籁之音。

朦胧的月色、白衣女人、千年老林、凄婉的音乐，这些因素加起来，让张雷有一种非常不真切的感觉，这种感觉类似梦境，缥缈、优雅、如泣如诉，隐隐约约直达人的心灵深处。

一曲终了，张雷不由得深深地叹息了一声。

这时候，女人刚好放下了口中的乐器，万籁俱寂中，张雷的叹息显得分外清晰。女人显然有些慌张，惊问："谁？"

虽然声调急促，张雷却听出了这女人的柔弱。他不由得回答道："我。"

女人沉寂了一会儿，方说："是个中国人吧？"

张雷惊讶道："你怎么知道我是个中国人？"

女人凄凉地笑了笑，没回答，而是说："既然来了，怎么不敢现身呢？中国人，你怎么那么胆小？"

女人说完，就站了起来。也许是她站在石头上的原因，张雷发现这个女人身材不一般的修长，好像一扑就能扑过来似的。张雷即便胆量再大，也不敢走过去。女人站了一会儿，环顾四周，显然没有找到躲在一丛灌木后的张雷。女人突然凄冷地笑了起来。

这笑声荒凉之极，简直跟从坟墓中传出来的笑声没有什么两样。张雷再也坚持不住了，悄悄转身，小心翼翼地跑到另一面山坡，朝着自己来的方向就是一阵猛跑。

张雷一边跑一边听到那凄婉的乐声又响了起来，似乎在向他诉说，又似乎在抓他回去。张雷这次感觉不到那种致命的诱惑了，他感到的是恐怖，是对对方欲望的警觉。

虽然明明知道对方不可能追过来，张雷边跑还是边朝后看，直到猛然撞到一个人身上。

那人骂道："张雷，你撞鬼了？疯跑什么？"

刚撞上的一刹那，张雷以为是那个鬼一般的女人追上来了，吓得一蹦而起。那人一骂，张雷才听出来是王队长的声音。

他当时腿一软，差点儿倒在地上。张雷说："吓死我了，我还以为真的是鬼呢！"

王队长揉着肚子，骂道："是鬼早就把你吃了。你耳朵这是聋了？我们这么多人朝你喊,你就是个聋子,耳朵也该被震破了,你竟然直接撞我肚子上了!"

张雷惊愕:"你们……喊了?"

他转圈看了看,周围除了王队长外,还站着皮子和另外两个猎人。皮子头点得货郎鼓似的,说:"当然喊了,你跟聋子似的,我们怎么喊,你就是不听。我还以为你中邪了呢。"

张雷摇晃了一下头,说:"我真没有听到你们喊叫,我老是听着有箫什么的声音,一直追着我,你们没听到?"

王队长等人惊讶地互相看了一眼,说:"箫?这地方怎么会有人吹箫?狐仙吧?张雷,你是不是中邪了?"

张雷疲惫地摇头,说:"不是。是有人吹箫,不过不是狐仙。我估计是个日本女人。算了,回去再说吧。"

王队长惊讶了:"日本女人?是不是女特务?张雷,那女人在哪里?"

张雷怕惹上别的麻烦,说:"我也是乱跑才看到的,我都不知道怎么才能找到她。再说,这林子里什么事都有,还是赶紧回去吧。"

王队长听张雷这么说,四下看了看,说:"算了,回去吧,还得睡觉呢。你也真是的,拉泡屎拉出个女鬼,还老猎人呢。"

队长提到拉屎这茬,张雷才想到自己的正事。可奇怪的是,现在一点儿感觉都没有了,他只好跟着他们回去睡觉。

第二天一早,王队长就把张雷喊醒,问他昨天晚上到底是怎么回事。"你肯定看到什么了,说说,是怎么回事?"

张雷搓着眼,把事情经过简单跟王队长说了。王队长听完,问他:"你确定不是梦游?不是幻觉?"

张雷说:"不是,肯定不是。不过,朝后跑的时候,哦,就是你们喊我的时候,应该是太紧张,可能有些幻觉,所以没听到你们的叫声。在山坡上看到的,绝对是真的。"

王队长忧虑地说:"那这里面肯定有事,也说明这里肯定有不少日本人。

对咱来说，这不是好消息。张雷，我觉得这事咱应该查个清楚，否则，我总觉得不踏实。"

张雷问："查？这……怎么查？这深山老林的……"

王队长说："你起来，带我们去看看，能不能有新发现。"

张雷想了想，说："好，不过先说下，无论看到什么，都不能开枪，情况不清，暴露自己就麻烦了。"

王队长骂道："这个还用你教？老子是老警察了。"

张雷爬起来，叫上身边的皮子。王队长让剩下的人做饭，他跟着张雷就下了山。

走到半路，张雷肚子咕咕叫。他对王队长说："队长，我得先拉屎。"

王队长不耐烦地说："好，快点儿，我们在前面等你。"

张雷把肚子里的废物排泄出来，感到痛快了很多，带着他们一路疾行，朝那个山坡爬去。

还没到半山，皮子就喊道："雷哥，我怎么看那里好像吊着个人？"

张雷问："哪里？"

皮子用手指着山坡上的小树林，说："我看有个人，好像在树上挂着。"

张雷顺着皮子的手势看去，果然在树下好像吊着一个人。那人一身白衣，在晨曦中显得格外白，非常清晰。

王队长也说："不好，好像有人上吊了！"

4. 上吊的女人

张雷等人跑过去，果然看到树上挂着一个女人。那女人头发老长，披散下来，挡住了脸，黑黑的长发，衬着一身白衣，看着让人害怕。

王队长刚要过去把她放下，张雷似乎听到从一侧的树林里传来的脚步声，忙拉着王队长等人找地方躲起来。

几个人藏好，盯着传来声音的那片小树林。

随着声音越来越响亮，从树林里相继走出三个腰悬长刀的日本人，他们穿着标志性的日本武士服。一开始三人没有发现上吊的女人，走出树林后，边低声说着什么，边转着圈四下看。

几个人在附近东一头西一头地找了半天，好几次都差点儿走到张雷他们藏身的地方，后来，有个家伙终于发现了吊在树上的女人，"哇哇哇"地朝另外两人大叫。另外两个日本人赶紧跑过来，看到吊在树上的女人，都惊慌地叫起来。

三人中的一个把女人解救下来，在她的身上又掐又按地进行抢救。

王队长嘀咕道："这些蠢货，应该赶紧做人工呼吸！"

皮子打趣道："队长，你是看那是个年轻女人吧？告诉你，再年轻，她现在也是个鬼了，你敢去给鬼做人工呼吸？"

王队长踹了他一脚，骂道："没点儿正经心眼。"

三个日本人折腾了一顿，大概看人已经死透了，就把女人抬到她吹箫的那块大石头上。两个日本人在旁边看着，其中一个日本人转身就跑了回去。

张雷几人密谋了一下，觉得有必要把事情看个仔细，就朝后退了退，找了个距离远些的更安全的地方，做长久打算。然后王队长打发皮子回去，让他通知剩下的人，在原地待着，不要到附近转悠，不能暴露目标，等他们回去再说。

王队长、张雷、皮子，以及皮子带来的一个警察，就待在那里，监视着那两个日本人。

这两个日本人是一老一少。年轻的看起来二十多岁的样子，老的五十岁的样子。两人在女人躺着的地方垂手而立，几乎是一动不动地站了半天。王队长他们换着班监视，很佩服这两个日本人的耐性。

直到下午，才有十多个人跑了过来。张雷看得出来，这十多个人里，多数是日本人，也有几个中国人。其中两个日本人看到躺在大石头上的女人，猛然跪下，号啕大哭起来。

这两人哭得很伤心、很绝望，似乎是这女人的父母。哭了一会儿，后面又来了几个人，这次他们抬了副担架，几个人把女人抬上担架，在众人的簇拥下，一会儿就没了影子。

看看人走光了，王队长才走了出来。张雷跟在他的后面，看着那女人上吊的地方，张雷想到了昨夜她吹奏的悠扬箫声，想到她如鬼魅一样美丽的身影，不由得叹息一声说："如果我去跟她说话，说不定她就不会死了。"

王队长正张眼四望，听了张雷的话一愣，转身问他："你说什么？昨天晚上她跟你说话了？"

张雷说："是，她问我是个中国人，怎么不敢现身呢。"

王队长问："那你说什么？"

张雷说："我没说什么啊，她本来是坐在那大石头上吹那个什么箫的，跟我说话后，她就站起来了，我没敢再耽误，转身就跑了。"

王队长看了看张雷，说："这个日本女人，好好的上什么吊呢？"

张雷闷闷的，不说话。王队长他们在附近转了转，也没有什么发现。有个警察问："队长，你说是不是这些日本人抓走了咱的人呢？"

队长想了想，猛然拍了拍脑子，说："我都忘了这个茬了，不管是不是，咱都得跟着看看。张雷，你能不能想法子找到这些日本人？"

张雷说："应该差不多。"

王队长说："行，也不用太多人，咱四个就行了，先摸到他们老窝再说。我就不信了，在咱政府的土地上，还怕他们。张雷，走！"

张雷问："这就走？"

王队长拔出枪一挥，说："走！"

张雷只得顺着那些人留下的痕迹，带着王队长跟踪上去。幸亏那群人刚走，张雷跟踪得比较顺利，经过了一个山谷后，在一个半山坡上，他们追上了那群人。

大概因为有女人和老人的缘故，这些日本人走得很慢，很哀伤的样子。即便是那几个戴着佩刀的武士，也步伐沉重。他们看得出来，这个女人的死亡对这些日本人来说影响很大，一种绝望的感觉笼罩在这些日本人的身上。

王队长他们很轻松地跟着这些日本人。张雷观察了一下，这些日本人后面连反跟踪的人都没有，这是在老林子行走的大忌。在林子里走路，哪怕是一个人，也要有些反跟踪的手段。人多了更好办，在大队人马后面留下一两个人，跟前队保持一定的距离，如果有跟踪的人，就会暴露在后面跟着的人面前。这些日本人要不就是因为痛苦大意了，要不就是因为这几年老林子里的人少了，已经不像之前那么刀光剑影，因此丧失了警惕性。

为了保险起见，张雷让王队长带着皮子他们跟着这些日本人，他则找个拐弯的地方躲了起来，等他们走远后，再在后面跟着。王队长同意了张雷的意见，毕竟这是孤军深入，如果前面是个大陷阱，那他们可就麻烦大了。

张雷躲好，听着王队长他们脚步声渐远，开始警觉地监视着四周。

等了好一会儿，他听到树林里好像有什么动物走动的声音。这声音比较轻微，如果张雷不是张大爪子的高徒，他不会注意到这种模仿动物走路的声音。

这不是动物，人终究和动物不一样，因为心跳频率不一样，人走路的步子节奏跟动物有很大的差异。无论人的武功练得多么出神入化，只要还是个人，很多方面都无法跟动物相比。因此听声辨人，是当年在老林子里混的人最起码的功夫。

张雷听着这细微的脚步声，心里暗暗惊骇：这人是谁呢？

又等了一会儿，才从树林里走出一个人来。他在张雷眼前大约十多米的地方现身，探寻了一下方向后，又隐入树林。

张雷看了几眼，就知道这人绝对是个高手，看样子，应该是个中国人。张雷有些不解，他是在跟踪王队长他们呢，还是在跟踪那些日本人？

张雷在后面，暗暗地跟着这个神秘的跟踪者。这人行为奇特，很长时间看不到他的行踪，就在张雷以为他已经走了的时候，他竟又在前面出现了。这样走了好长时间，张雷跟着他从下午一直走到天黑，从天黑一直走到月亮升起来，在拐过一个山脚后，张雷突然发现一直在他前面的那个人不见了。

张雷朝前走了一会儿，一直走到王队长他们面前。王队长看到他，长出一口气，小声说："你这是到哪里去了？我还以为你被狼给吃了呢。"

张雷看着眼前的三个人，压低声音问："你们怎么不走了？那些日本人呢？"

王队长说："怪了呢，我们跟到这里，突然人就不见了。凭空蒸发似的，一下子就没了。我们一直在附近找，也没见一个人影，正没主意呢。"

张雷惊讶："没了？一下子就没了？这怎么可能？怎么没了呢？"

王队长说："天黑后，他们有个东西照着亮，我们一直跟着那亮光走，这不刚过山脚的时候，那亮光突然就不见了。我们还以为弄不好是那亮光熄灭了呢，就偷偷地摸了过来，结果一直走到这里，人影都没见一个。他们那么多人，这里没山也没沟的，人哪里去了呢？"

张雷想了想，问："那天黑后，你们有没有注意到那些日本人人数上的变化？"

王队长想了想，说："天黑了，哪能看出来啊？我们一直跟着的就是那亮光。"

张雷问："那亮光是不是一下子就没了，然后人影也一个不见了？"

王队长点头，说："是。"

张雷慌张地说道："坏了！我们上当了！快走！"

5. 大清人？日本人？

王队长看着张雷慌张的样子，也顾不得问个究竟了，跟着张雷就跑。没想到还是晚了些，往后仅仅跑了几分钟，到了山脚拐弯的地方，他们刚拐了一半，眼前猛然出现了四个肃然站立的日本武士。他们默默地看着张雷四人，右手紧握着腰中的刀柄。张雷带着大家回头，没想到，刚一转身，从树林里又蹿出几个武士，俱是一身黑衣，腰悬长刀。

张雷心里后悔，现在看来，他今天一直跟踪的那个人竟然是个日本人。

唉，真是大意了。

王队长他们都拿起枪，指着对方。张雷在心里算计了一下，他知道，即便是他们手里有枪，也绝不是这些凶狠的日本人的对手，得想个脱身之计。今天这些日本人死了人，应该是没有心情厮杀的，如果他们知道自己这些人的目的不是他们，应该能放了自己吧？张雷掂量了一下，觉得心里没有把握。但是没把握也得试一下，总比"啪啪"地放几枪然后就让人家砍死强。

张雷本来打算用老林黑话跟他们搭讪的，不过想想他们是日本人，应该不是很懂，况且弄不好他们在老林子里也是四处为敌，黑话弄不好更加惹麻烦，就打消了这个念头。为了表示诚意，他把枪放下，双手抱拳，说："我们是山里的猎户，进山迷了路，误闯宝地，敬请谅解，还望各位给指点一条出山的路。"

张雷对面的日本人就像没听到他的话似的，还是那么肃立着，不说话。张雷又转身看了看身后的那几个，也跟木桩子似的，一动不动。张雷知道他们其中肯定有人会汉语，他们这样安静，是因为没有说话的权利，那后面肯定还有人。

张雷把刚刚说过的话又说了一遍，果然，从树林里走出一个人。这人年纪不小，穿着长袍马褂，看起来像是一个几十年前的老古董。老人一直走到张雷等人的面前，看着他们。

老人走到王队长面前，看了看他，点了点头，说："好，好，警察到老林子里打猎，好，好一个猎手！"

张雷一听这话，头"嗡"的一声。这人难道认识王队长？不可能啊！他怎么知道王队长是警察？他们进山的时候，都换了便服，他怎么能够看得出来？

老人呵呵一笑，走到张雷面前，上下端详一下，说："不错，你应该是个猎人，还是个老猎人。不过，你说你们都是猎人，哈哈，可就太小看人了。这位先生，您真的以为我老爷子在老林子里待了二十年，就成了傻子了吗？老林子是什么地方？是当年康熙爷都无可奈何的地方，是藏龙卧虎的地方。

你以为换了衣服就能瞒过老爷子我了？小子哎，你得先看看你是不是比马王爷多长了一只眼。"

张雷听着这人的声音，似乎有些耳熟，却一时想不起来。他隐约感觉到，这人是个不一般的人物。

王队长沉不住气了，问："你怎么知道我是警察？"

老人刚刚的声音还是很戏谑的，听了王队长的话，转身看了看他，声音突然冷硬起来，说："怎么知道？我老爷子需要告诉你吗？小子哎，想糊弄人，你得像唱戏的那样，手眼身法都要到位。你听听你这话'你怎么知道我是警察'，这话一出就露馅了。真的猎人应该这么说，'你怎么觉得我像个警察'。别看话的意思差不多，但是里面的东西不一样。还有，今天你是第一次见我老爷子，我老人家就指点你一两句。你们警察平常训练，走路的样子跟常年爬山走路的猎人是不一样的，拿枪的样子也是不一样的。这个，你们应该在扮成猎人前先跟真正的猎人学一学，否则你们都是不合格的警察，是一帮屁货。"

张雷知道遇到高人了，但是据他观察，这人应该是个中国人，或许老人能看在同是中国人的面子上，放他们一马。

因此他说："前辈，咱都是中国人，我们兄弟几个是来办事的，不小心误闯宝地，还望您老爷子看在同宗同族的分上，高抬贵手，让我们过去。"

老人问："你在林子里吃过？你当家的是谁？"

张雷想了想，觉得不摸底细，不能把师父的招牌亮出来，万一他跟师父有仇怎么办？因此他说："前辈看重了，我当年跟着父亲进林子投过亲戚，住了几年，亲戚死了，我又跟着父亲出山了，没有当家的。"

老人问："那你亲戚住在哪里？叫什么？"

张雷想了想，说："叫老书童，是我父亲老家的亲戚。"

老人惊愕了："老书童？刘山东的手下？当年他不是被人杀了吗？"

张雷说："没有，他逃了出来，后来藏在老金沟一带。"

老人叹息一声，说："一去不复返了，那是老林子的繁荣时光，唉，你老家是山东的？"

张雷看老人似乎越说越近乎，就套上了，说："是啊，您老也是山东人？"

老人声音又变得冷硬了，说："不是，我是东北人，满人。不过当年的刘山东也算是条汉子。山东人，你说，你们到老林子里干什么？"

张雷说："我刚刚跟您说了啊，我们是到老林子里找人的。"

老爷子"哼"了一声，说："找人这话学问就大了。找谁？找日本人？还是找中国人？是找人喝茶还是找人砍头？告诉你，别跟我玩这些花招，今天不说个实底，哼，你们就别想活着回去！"

王队长早就忍不住了，猛然喝道："老家伙，你算什么东西？你以为这还是土匪当家的时候？告诉你，马上让你的这些日本主子让道，否则我的枪是不认人的！"

那老人哈哈笑了，说："好！这话说得多有骨气，像个中国警察的样子。既然你这么有把握，这么有骨气，你就开枪啊。说起来，我也是个中国人，我喜欢有骨气的人。"

张雷趁机说："既然您老是个中国人，那您就帮帮忙，叫他们让开一条路，不起冲突，对谁都好。"

老人冷冷地说："是吗？不过，你知道我是个什么样的中国人吗？"

张雷一愣，看着老人异常冷峻的面孔，问："您是个什么样的中国人？"

老人仰起头，看着天上冷冷的月亮，声音悲怆起来，他说："我是大清的王爷。可惜，时运不济，我赶上了王朝倒台。在我的眼里，大清是被中国人自己推翻的，小子，我凭什么要看在同是中国人的面上放过你们？听好了，都给老爷子我放下枪，跟着我走，否则下场你们自己知道。"

张雷问："您要把我们带去哪里？"

老人说："我没有别的目的，就是想知道你们进山的真正意图。"

张雷说："好吧。我可以告诉您，有两个犯人逃到深山里来了，我们是来抓他们的。"

老人呵呵笑了，说："到老林子里抓犯人？呵呵，你想糊弄我，也得找个过得去的理由吧？别说你们几个，这片林子，就是进来一千个人，抓个人也困难。老实告诉我吧，你们进来，是不是为了金子？"

张雷一愣："金子？"

老人说："确切地说，那是我们大清朝的金子。怎么，你不知道？"

张雷说："不知道。我们真的不知道什么金子。"

老人"哦"了一声，显然他看出张雷不是在撒谎。但是，犹豫了一下，他还是对那些黑衣人说："先把他们带走再说。"

其中一个黑衣人"嗨"了一声，把手中的长刀一挥，就带着大家围拢过来。张雷一看事情没有挽回的余地了，对王队长说："王队长，我看我们还是先跟他们走吧。"

王队长把枪瞄准一个黑衣人，说："老子就是死，也不当这些日本人的俘虏！"

张雷无奈，只得抬起枪，瞄准朝他们步步逼近的黑衣人。

皮子突然带着哭腔喊："张雷，咱不能死啊。你家里还有老婆，我还没娶媳妇呢！"

王队长喝道："我不但有老婆孩子，还有八十岁老爹呢，再喊，我先崩了你！"

皮子压抑着哭声，张雷说："人难免有一死，兄弟，废话不多说，拿出个男人的样子来。"

那些日本人听到皮子的哭声，都停了停，看着那个老人。老人用日本话喊了几句，大家又继续围过来。

正在这千钧一发的时刻，突然有个人影从张雷眼前一闪，几乎同时，有两个日本人突然大叫一声，挣扎着倒在地上。

张雷等人一愣，日本人也乱作一团，老人惊恐地叫了一声："是狼煞的人！杀了他！"

6.迷路

那些黑衣人显然跟狼煞的人多次交过手，兵分两路，就追杀过去。

狼煞的人在树林里蹿动，好像特意引着这些日本人过去。张雷等人趁机顺着回来的路一阵猛跑，一直跑得精疲力竭，才瘫软在地上。

王队长呼呼地喘了一阵儿，才说："我以为这次真的完蛋了呢，真是命大啊！"

皮子边大口喘气边说："我还以为你真的不怕死呢。"

王队长说道："你什么意思？我刚刚说你你不服气是吧？我告诉你，就你那熊样，下次我再看到，我就直接杀了你。人都怕死，不过面对敌人的时候，怕死是没用的。男人就该有个男人的样子。"

第一次张雷对这个自大的王队长有了些好感。他说："王队长说得对，皮子，不是我说你，你看人家日本人对着咱的枪口，一个害怕的都没有，你那个熊样，真是丢人。"

皮子看了看王队长，又看了看张雷，嗫嚅着说："那么长的刀，马上就要捅到自己身上，想想谁不害怕啊！"

张雷骂道："你真是个孬种！你偏去想那些，你不想你怎么去杀他们，去想你朝这个开枪后，下一个朝谁开枪，就想着死！真是……皮子，我都不知道该怎么说你了。"

皮子低头不说话了。

王队长说："也不能怪他，第一次经历这种事，难免害怕。以后经历多了就好了。哎，张雷，那个老家伙说他是大清朝的王爷，这话是真的假的？"

张雷想了想，说："没法说。不过，我听我师父说，当年大清朝倒台的时候，还真有些王爷逃进了这老林子里。他们是满人，这里其实就是他们的老家。前几年，有几个王爷从老林子里出来，结果让军队给杀了。这个王爷是真的假的，还真没法说。这些人大都无法跟别人接触，就逃到老林子去了。

当年我和我师父在老林子里就遇到一个。自己住在一个破屋子里，吃喝都没有，还整天计划着要造反。我师父常接济他，他就非要发展我师父给他当大将军。唉，后来他让一帮土匪给杀了。土匪们说他是大清朝派来找什么鬼头金的，让他拿出来，他就真的说自己有什么鬼头金，让土匪跟他造反，他就给他们发金子。后来，土匪头子被他弄烦了，就把他杀了。"

王队长一愣，说："等等，你说什么？鬼头金？大清朝派他来找鬼头金？那个王爷也说咱是来找金子的，难道这里真的有什么金子？"

张雷说："王队长，你这话说得可就外道了。谁不知道，东北老林子是产金的地方？大清朝的时候，这里的沙金产量曾经全国第一呢，山西山东河南都有人来淘金。"

王队长说："他们说的不是这个，他们说的黄金应该是成品，比方说金条或者金块什么的。你不是说那些土匪怀疑那个王爷是大清朝派来找鬼头金的吗？这个鬼头金是什么东西？从来只听说有狗头金，没听说有鬼头金啊。"

张雷回想了一下，说："对，你这么一说，我也觉得老东西说的应该是有个什么金子。"

王队长站起来，说："算了，管他什么金子呢，都跟咱没关系。咱只要找到那两个熊货，找到咱的人，就是立功了。走，赵刚他们在那里等着，还不知急成什么样了呢。"

皮子说："不是说咱有个人在日本人手里吗？不管了吗？"

王队长犹豫了一下，说："回去商议一下再说。"

几人站了起来，跟在王队长后面朝后走。

这一段路，树林茂密，山路崎岖，走了一会儿，王队长让张雷在前面带路。

张雷一路只顾着想事，因此也没注意周围，只是跟着王队长走。王队长让他带路，他走到前面，四下看了看，心里一下就慌了，说："王队长，不好了，我们走错路了！"

王队长一惊，问："什么？走错路了？不会吧，我一直顺着……小路走的。"

张雷问:"小路?哪里有小路?我们跟着那些日本人走的一直都是丛林山地,怎么会有小路?"

王队长转身,指给张雷看,说:"你回头看,是不是有条小路?"

张雷顺着王队长的手势看去,果然有条隐隐约约的小路,只是前面好像断了。张雷大惊道:"坏了,我们走错路了!我一直跟着你走,忽视了。王队长,我看,咱得回去另找路。"

王队长问:"咱顺着这路朝前走不行吗?这条路……往前能通往哪里?"

张雷看了看,摇头说:"不知道。不过在老林子里有个常识,走不熟悉的路是非常危险的,特别是这种很隐秘的小路。这种路一般是比较有势力的小集体或者杀手一类人出入的地方。他们就像是一些动物圈定自己的地盘似的,不许别人进入他们的活动范围,如果被他们发现有人进入,绝对是有去无回。"

王队长缩了一下头,说:"那怎么办?咱们回去?"

张雷说:"回去吧,回去另走。"

几个人只好在张雷的带领下朝后走。小路弯弯曲曲,在月光下,犹如一把钩子,紧紧地拽着他们。

张雷越走越觉得不对劲。按照时间,他们早就走过了刚刚他们歇息的地方,可走到现在,他们一直没有发现那片小山坡。

王队长也发现了问题,问:"怎么了?怎么还不到刚刚歇息的地方呢?"

张雷四下看了看,说:"咱是迷路了,现在咱恐怕已经走过歇脚的地方了。现在主要问题是,咱们不知道是从哪里岔入这条小路的。在陌生地方,方向不同,看到的景物不同,就是到了眼前,也不一定能认出来,何况这又是晚上。"

王队长前后看了看,问:"那怎么办?乱走不行,这条小路又这么危险,张雷,咱这不是无路可走了吗?"

张雷说:"是,真不能乱走了。这个地方邪气得很,王队长,我觉得我们应该在这条小路附近找个地方歇歇，天亮了再走。"

王队长说："好，大家都累了，都歇歇吧。"

皮子把他带的食物给大家分着吃了点儿，喝了点水，那个警察和皮子互相倚靠着睡了，张雷和王队长眯着眼歇息，却都睡不着。张雷看着这条小路，心里总是觉得不稳妥。因此迷糊一会儿，就抬头四下看看。

后来，他终于睡着了，四人依偎在一起，睡得天昏地暗。

张雷醒来的时候，天已经亮了，他刚想站起来，却觉得手竟然抬不起来。他一愣，手下用力，竟然还是没有抬起来。

他低头看了看，发现双手竟然是反绑在了一起，而他们四个分别被绑在几根木桩子上。

7. 绑架

张雷喊了几声，皮子先醒了。他摇晃了几下身子，发现被绑住了，惊慌地喊道："张雷，我们这是怎么了？"

张雷仔细观察了一下四周，发现他们现在根本不是在昨天晚上睡觉的地方。他记得清楚，昨天晚上他们睡下的地方附近有两座山峰。而现在他们附近除了树木，几乎是一马平川，层层叠叠的树木挡住了他们的目光。

王队长和那个警察也醒了，他们都看着张雷。

张雷看着周围，阳光透过树枝，斜着照了进来，树林里显得很明亮。四人并排着绑在一行木桩子上，就像四棵刚刚栽上的树。

王队长惊愕无比地看看四周，看看张雷，拼命挣扎了一下，喊道："张雷，这是怎么回事？"

皮子接话道："王队长，我们这是被绑架了，这有什么大惊小怪的。"

王队长狠狠地白了皮子一眼，对张雷说："张雷，咱为什么被绑架了？"

张雷无奈地看看王队长，说："我也不知道。估计等会儿我们就应该知道了。"

果然，张雷的话音刚落，他们就听到从远处传来隐约的脚步声和树枝折断的声音。

虽然离得比较远，但是他们依然能听得出来人的强健和霸气。

四人现在没有武器，没有自由，就像是人家砧板上的肉，只能听着恐怖的脚步声越来越近。

皮子听着那"咚咚"的脚步声，心里顿时慌了，拖着哭腔说："这是什么人啊，怎么听着跟野兽似的。"

张雷不说话，盯着脚步传来的方向。随着枝叶晃动，一个穿着一身破旧短衣服的人出现在他们面前。张雷看着他一步一步地朝自己走过来，那人也看着张雷。

离他们只有几步远的距离，那人站住了。没等张雷说话，王队长开口了："好汉，我们是过路的。误闯宝地，我们没有金子，也没有钱，您……放了我们吧。"

那人看了看王队长，没说话，转身看张雷。张雷仔细打量了一下这人。此人眼神冷峻，一脸大胡子，看不出年龄。

那人似乎刚刚进行了一场艰苦的跋涉，冷漠的眼神掩饰不住脸上的疲惫。

他看了看皮子和另一个警察，转身就要走。好像他们几个真的是一截木头似的。

皮子大喊："你先把我们放下来再走啊，我们又没得罪你，你为什么要抓我们？"

这人好像没听到皮子的话，抬脚就走。张雷说："兄弟，老林子里的规矩我们懂，昨天晚上我们是迷路了，才走到这里，希望您原谅。都是常在林子里走动的人，说不定哪天遇上呢。"

张雷说完后，看着这个怪人的反应。他这么说是有风险的，因为话里带了点儿威胁的意味。他看那人不吃软，就想用硬话敲敲那人，说不定能有一定的作用。

果然，那人听了张雷的话，站住了。他转过身，终于开口了："'溜'哪路？"

张雷说："钩挂的。"

那人仔细打量了一下张雷，又问："钩挂？'线头子'哪个？"

张雷说："龙子龙，千斤子。"

那人"哼"了一声说："都死了，老皇历了。"说完，他再也不理他们，转身就走。

张雷看到那人腰上挂着的短刀，竟然是师父送给自己的那把，便愤怒地大喊："你把我师父的刀还给我！"

那人已经走出几十米远，听了张雷的话，从地上拾起一块石头，朝着张雷的头就扔了过来。张雷浑身被绑住，头只能小幅度地摆动，无法避开这块飞来的石头。石头砸在他的脑袋上，血顺着脑袋小河似的流淌起来。张雷试图睁开眼，看看这人朝哪里走了，不小心血就流到了眼里，眼疼得要命。

他只得闭了眼，任血就这样流着。张雷这时候恨这血恨得要命，这是自己身上的东西，竟然叛徒似的流得那么欢，这还不流死人吗？

大家都看到了张雷脸上的血，皮子惊恐地喊道："张雷，你得赶紧想法止血啊，要不会死人的！"

张雷骂道："这点血连个鸟也死不了！你就会说些没用的，我这个样子，怎么止血？"

还是王队长有经验，说："张雷，你别低着头，尽量仰着头，血能凝结得快些。怎么样？伤口大不？"

张雷仰起头，说："没事。一会儿就凝住了。王队长，我们麻烦大了。"

王队长说："张雷，他这是什么意思？他什么时候能来给我们松绑啊？即便我们是俘虏，也要给饭吃，要松开让我们撒尿什么的不是？"

张雷呵呵干笑几声，说："林子里是不讲究这个的。我们闯了人家的地盘，按照林子里的规矩，就是闯进了人家的家，生死就得由人家说了算。没杀我们，已经是不错了。"

王队长问："那他这么捆着我们是什么意思？什么时候能放了我们？我还要拉屎呢。"

张雷说："那就赶紧拉吧，没别的办法。把我们捆在这里，也是林子里的一个讲究，捆几天要看人家的心情，如果遇到心情好的，也就两三天，就会放了我们。遇到狠的，就没法说了。不过，最多捆七天。他们绝对不会把我们在这里捆过七天，这是山神爷的规矩，没人敢破。"

皮子一听傻了，说："七天？没水没吃的，谁能熬过七天？这还不如一刀杀了我们！"

张雷说："这七天是有讲究的。万一这些天里有人路过，这人肯定会救我们。这时候，即便是捆我们的人在眼前，也不会管，管了，就是破坏规矩。这人救了我们，也就等于救了自己。不过，这人必须带着我们离开此地。出去的时候，绑我们的人还会备酒备菜，招待人家，因为这人替他救了人，就是替他赎罪了。不过从此以后，两人就互不来往了，因为从心底来说，闯入地盘的人，大都是敌人。"

皮子骂道："这是什么臭规矩？这个山神爷也当得糊涂，他就干脆定下规矩，让他们放人得了。"

张雷摇摇头，把在眼皮上的血甩开，同时勉强睁了睁眼，说："规矩总是有些道理的，这都是千百年传下来的规矩，咱随便闯进人家的家，总是不对的。老林子里的人戒心都很重，杀人也是常事。"

王队长悲哀地骂道："难道我堂堂一个警察队长，真的要把屎拉到裤筒里？"

张雷说："坚持会儿吧，说不定能有转机。"

四个人只好就这样坚持着。

不久，太阳就升高了，春天的太阳暖洋洋地照着他们，一会儿，他们就浑身暖和起来。树林安详而寂静，隐隐的小路看起来也很有韵味。如果不是被捆着，眼前的风景真是值得欣赏。

快到中午的时候，那个警察突然说："渴死了！"

其他人这才感觉到渴，张雷说："别想，不想就不渴了。"

待了一会儿，皮子哭唧唧地说："不行了，我要尿尿了，我真忍不住了。"

张雷冷冷地说："那就尿吧！没人管你。"

皮子刚要说什么，张雷突然喝道："别说话！不许放屁！有东西来了！"

8. 故人相救

张雷的口气异常紧张，吓得皮子也没有了尿意，只是随着张雷的眼光，紧张地看向前方。

一会儿，在眼前的树林里，出现了一个晃动着的模糊黑影。黑影身躯庞大，却行动迅捷，一会儿，就在他们的眼前逐渐清晰起来。

"熊瞎子！"皮子惊惧地叫了一声。

"别叫！都别出声！"张雷小声喝道。

熊瞎子似乎也听到了他们的声音，停了下来，转动着身子，四下听着，嗅着。几个人屏息静气，忘了渴，忘了拉屎尿尿，都惊惧地看着那个庞然大物。

这个灰黑色的熊瞎子显然听到了什么，但是它天生的近视眼使得它看不到前面的人，并且是逆风，张雷他们的气息这个家伙一点儿也闻不到。所以，它转动着身子观察了一会儿，朝张雷他们的方向走来，走到张雷都能看清它眼睛里的凶光了，灰熊又站住，似乎思考了一下，朝另一个方向走开了。

一直到不见了它的影子，王队长才呻吟了一声，然后一阵臭气传来，他终于忍不住，拉在裤筒里了。

皮子精神一松弛，一泡尿也尽情地尿了。

下午的时光非常难熬。几个人又困又饿，浑身都开始疼痛起来，四个人话都懒得说，就像是四个栽在地里的萝卜，等着风干。

好不容易熬到太阳下去，空气开始湿润起来，大家才有了些神气。

王队长喘息着说："张雷，你得想办法，否则，咱熬不过三天，恐怕就完蛋了。"

张雷想用力动动身体，却一丝也动不得，徒让本来有些麻木的身体泛起了疼痛。他嘴里抽着冷气，说："不行，没法，这玩意儿打的是活扣，越动越结实。"

皮子带着哭腔说："张雷哥，你得赶紧想法，要不明天恐怕连尿都没有了。"

张雷叹口气说："这就要看运气了，看看明天是否有人能路过这里。"

皮子说："如果没有人路过，那我们是不是就完了？"

张雷说："我说了，只要咱能坚持七天，他肯定就放了咱。"

皮子说："我知道，你肯定能坚持七天，可我们三个可就完了。"

几个人不说话，等了一会儿，王队长宽慰大家说："也许……也许赵刚他们不见咱回去，能来找咱。"

张雷心里叹气，他知道他们能找到这里的概率非常低，几乎不可能，不过为了不至于让大家太泄气，他说："对，他们不会不管咱们的。"

几个人唠叨了一会儿，就迷迷糊糊睡了过去。睡梦中，张雷看到有人朝他们走了过来。他们十多个人，围成一圈，静静地看着他们。

这些人身穿长袍马褂，有个打头的，甚至还戴着一顶瓜皮帽子。有个一身蛮肉的彪壮汉子，一条粗壮的大辫子缠在脖子上。

张雷以为自己在梦中梦到自己死了，看到了阴间的鬼。他拼命挣扎着，想从梦中醒来。没想到之前那个抓了他们的汉子也走了过来，他看着张雷，对他鞠躬说："这位大哥，小弟有眼不识泰山，请您见谅。"

张雷"咿咿呀呀"地想说话，可就是说不出来，他心里急得什么似的，想把自己从梦境中搞醒。在他周围站着的那些人奇怪地看着他，那个带着瓜皮帽的老者问他："你这是怎么了？小兄弟，你能告诉我，你师父是谁吗？"

张雷说不出话，旁边的王队长急了，喊道："张雷，你这是怎么了？有人来救我们了，你怎么不答话啊？"

张雷看到王队长，终于说出话了，他喊道："王队长，我们这是在做梦吧？"

王队长骂道："你胡扯些什么啊？这是真的。"

张雷狐疑地看着眼前的这群人，问："这不是在做梦？"

那个绑了他们的汉子抱拳道："兄弟，我们真的是来放人的。"

张雷摆了下头，看了看天空上的月亮，看了看不远处的树林和围在自己身边的一圈人，他终于找到点儿真实感了，可是眼前的这一群穿着长袍马褂的人，还是让他疑惑，他问："你们是什么人？怎么穿着清朝的衣服？"

戴瓜皮帽的老人走过来，看着他说："我是瞿正光，怎么？你没听说过我吗？"

老人虽然话音客气，可是清醒过来的张雷却从他的眼神中看到了凌厉和煞气。瞿正光？张雷拼命在脑子里检索这个人。他感觉脑子里好像有点儿印象，但就是捞不到实处。

老人看着他，张雷想了一会儿，脑门都冒出了汗水，可就是想不起来。老人的眼神逐渐凝重起来。

这时候，那个抓住他们的汉子把手伸向腰中，抽出张雷师父张大爪子给张雷的那把刀。

张雷眼瞪了起来，喊："这是我师父的刀！"

老人拿起刀，把刀从刀鞘中拔出，仔细看了几眼，点头赞叹说："好刀！毒龙大师的斩龙刀，霸气得很哪！"

张雷听了，觉得他们是想找个理由把他的刀据为己有，因此喊道："你们弄错了，那是我师父的刀，跟毒龙大师没有关系！"

老人把刀插进刀鞘，递给身旁的汉子，问张雷："那你说，你师父是谁？"

张雷想起了师父曾经告诫他的话，不要轻易报出师父的名号。虽然师父当年在江湖中多行善事，但人在江湖总是要杀人的，肯定也有人对师父恨之入骨。因此张雷说："我师父是……是个和尚。"

"和尚？"老人听了显然很失望，他淡淡地问："你师父哪里弄来的这把刀？"

张雷说："我也不知道，师父没说。"

老人叹口气说："好吧，那你告诉我，你们跑到这里干什么？"

张雷说："我们是路过这里，进山找个人。"

老人紧逼着问："找什么人？是谁？"

张雷说："一个老亲，住老金沟，叫老书童。"

老人听了一愣："老书童？他早死了。唉？你怎么认识他？"

张雷说："他是我师父的朋友。"

老人沉吟着说："老书童的朋友？没听说有个和尚啊。老书童最好的朋友是张大爪子……"

张雷听到这里，打断了他的话，问："您认识张大爪子？"

老人遗憾地说："岂止是认识？张大爪子当年行侠仗义，帮助我们老金沟的人打败了偷袭的日本人，他是我们的恩人。这把刀当时就是张大爪子的，没想到，现在成了你师父的了。"

那边的皮子急了，喊道："他师父不是和尚，他师父就是张大爪子。张雷，你神经病啊？存心害人啊你！"

老人一愣，狐疑地看了看皮子："你说什么？他的师父是张大爪子？"

皮子说："当然了！这谁不知道啊？他对他师父可好着呢，自己吃的不够，还把好吃的送给他师父。"

老人转头看着张雷，凌厉地问："到底是他说谎还是你在说谎？你师父到底是谁？"

张雷惶恐地说："对不起，老人家，我师父让我出门在外，不要轻易报他的名号。我师父就是张大爪子，我是他的徒弟张雷。"

老人惊讶了，凑近了，仔细看了看，叹息一声说："一点儿都不认得了。不过，如果你真的是张大爪子的徒弟，那我们应该见过的啊，你一点儿都不记得我了吗？"

张雷一愣，然后摇头说："不记得了。"

老人说："那……八大茎，还记得不？"

张雷看着老人，猛然想了起来，说："您是……光叔？"

瞿正光看着张雷，点头说："果然是张大爪子的徒弟，一晃十年啊，张大爪子还好吗？"

王队长在一边忍不住了，插话道："瞿先生，能不能先把我们放下来啊？"

瞿正光让人把四人放了下来。因为长时间血脉不通，四人被放下后腿脚都不会动，站也站不住，直接都躺在了地上。

瞿正光让人过来背四人，张雷等人还好，背王队长的那个，一闻到他一身的臭味，高低不背了，弄得王队长非常尴尬。瞿正光让人做了担架抬着王队长，几个人就在夜色中，随着他们一行人走进丛林。

也不知道走了多长时间，四人迷迷糊糊中来到一座房子前。有人开门，大家走了进去。

这是一个很大的木屋，在外面看起来不大，里面却跟一个山洞接了起来。瞿正光先让四人喝了点儿稀饭，然后让人烧水，四人洗了澡，换了他们提供的干净衣服。

四人互相看了看，差点儿都笑出声来。皮子瘦小，穿着一身肥大的长袍马褂，跟个小老鼠似的。

有人把四人的衣服拿去洗了，瞿正光这才让人上饭。其实，刚刚的香味儿已经把饿了几天的他们都引诱得不行了。

饭比较简单，狍子肉炖蘑菇，野猪肉蘸蒜泥，再有几个小菜，主食还是稀饭。瞿正光解释说，他们饿了一天一夜，胃肠不能吃得太满，要吃些好消化的东西。这个道理四个人都懂，当下也顾不上客气，主人带着他们挑了几口菜，四人便放开饭量，把东西几乎吃光了。

饭后，简单说了几句话，瞿正光让他们睡觉，自己就走了。

四人是真困了，头一挨着枕头，就睡得跟猪似的。

张雷一觉醒来，天光已经大亮。他穿上衣服，走出门外，看到两个穿着古装的少年正在练武。

太阳被一棵高大的白桦树顶在头上，初春的早上，还是有些凉气，但是两个小孩子挥拳劈腿，忙活得热气腾腾，看得张雷也是蠢蠢欲动。

两个小孩发现了张雷，就停止了练武，其中一个跑了，好像是去喊人去了，另一个对张雷一抱拳，说："叔叔好。"

张雷回礼，说："拳脚不错，请问小兄弟，这里是什么地方？"

小孩说："我师父叫这里是八里沟。"

"八里沟？"张雷在脑袋里转了几个弯，也没想起有这么个地方。

张雷又问："小兄弟，这里离八大茔远吗？"

小孩子想了想，说："远，我们来的时候，走了整整一天呢。"

张雷问："你们到这里住着干什么啊？为什么不在八大茔住了呢？"

小孩子想了想，警惕地看着张雷，说："我也不知道，是师父带我们来的。"

张雷在心里笑了笑，问："你师父是谁？"

小孩说："我师父就是瞿正光，他是八卦掌高手。"

张雷听小孩说起八卦掌，猛然想起了这个瞿正光跟师父的交情。

瞿正光是住在八大茔的金把头方虎子的结拜兄弟。当年在金帮里，瞿正光负责保镖，运送货物。

方虎子的金帮是附近比较有名气的金帮，师父张大爪子也多次帮方虎子运送过货物。不过，那都是师父年轻的时候，那时候林子里金帮众多，土匪也多，师父在林子和外界之间混生活，过得也是潇洒自在。

后来，张雷跟师父在林子里闯荡的时候，方虎子他们就不淘金了。那是林子里土匪最疯狂猖獗的时期，老林里很多人为了保命，通过蒙古进入俄罗斯地界，还有一些人开始四散而逃。

张雷就是那时候在八大茔住了几天。那时师父就常说起瞿正光，还说在老林子里他和八卦掌瞿正光是可以过命的兄弟。

张雷回屋，王队长等人也醒了。王队长说："张雷，咱得赶紧想法回去，还有那些同伴在等着咱呢。你跟那个瞿正光说说，吃了饭咱就走，这身衣服咱先穿着，等以后给他送回来，怎么样？"

张雷说："他应该快回来了，我觉得问题不大。不过王队长，我们的衣服还没干，再说……"

张雷话没说完，瞿正光就掀起帘子走了进来。王队长他们赶紧站起来，瞿正光朝他们抱拳说："呵呵，各位好。打扰了，不知休息得怎么样？"

王队长也学着他抱拳，说："谢谢瞿……瞿大掌柜的照顾，我们想今天回去，您看……行不行？"

瞿正光呵呵一笑，说："当然行，你们想什么时候回去都行，不过依我之见，你们还是住一天吧！一是可以等着衣服干了，换上衣服再走。二是这里白天进出有些……不大方便，所以还是晚上走的好。不过，如果你们要是真的很急，我也不勉强。"

张雷听这话，就知道这个地方应该是他们的隐秘驻地，白天出去很不方便的。

张雷怕王队长非要出去，让人家为难，就抢在他前面说："光叔，那就按您说的办，我们晚上走就行。"

瞿正光说："好，你们起来吃饭吧。"

王队长很不高兴地看看张雷，知道自己再说什么就不好了，于是闷闷地穿衣服。

吃了早饭，皮子和那个警察继续睡觉去了，王队长和张雷陪着瞿正光喝茶。

瞿正光问候了张大爪子的近况，张雷只说很好，没说别的。张雷问他们怎么跑到这儿住，说在八大莛住着多好。

瞿正光想了想，跟他们说了林子里的事。

这些年来，林子一直比较太平。政府进山剿匪，对他们影响也不大。剿匪后，有少量土匪溜进了老林子里，也大都被方虎子接纳了，没有什么大的波动。但是，就在这两年，林子里突然发生了怪事。

先是陆续有人失踪，后来就有人发现八大莛夜里常有人在游走。

方虎子一开始以为是闹鬼，因为他们住的地方，就是清朝绞杀山贼时，在林子里被杀的八个军官的墓地。

因为八大莛风水好，加上后来清廷派人进山把八个军官的尸骨取走了，所以方虎子一伙人就在这儿住下了。出了这些怪事后，有人说这是鬼魂们回来了，他们喜欢这里的清静，要方虎子给他们腾地方。

方虎子觉得这话有理，还真打算带着众人搬家。

可是在大家开始陆续朝外搬的那些天里，还是有人不断失踪。

方虎子没法，组织了巡逻队，瞿正光亲自带领。

经过几天巡查，他们终于发现了进来的人影。瞿正光没有惊动那人，而是派人跟踪，两天后，派出去跟踪的两人有一个回来了。那人只跟方虎子说了三个字，就伤重而亡。

那人说的三个字是："日本人。"

方虎子不解，因为这个老林子里虽然人不多，却是三教九流，天南海北，什么人都有。按国籍算，就算有日本人、俄罗斯人、意大利人等也不稀奇。可是，日本人？什么意思？

方虎子知道这件事应该跟住在八大莹的日本人没有什么关系。老林子先后进来两批日本人。

第一批是日俄战争时期进来的日本浪人，他们大都在林子里找了女人，都有了第二代了。他们的后代大都是中国人和日本人的混血，他们也变得安稳而老实。

第二批是三十年代进来的一批日本黑龙会的人。他们数目不详，兵强马壮。不过，他们跟方虎子只打过一次交道，是跟方虎子借粮。方虎子知道自己惹不起这些日本人，只好把粮食借给了他们。不过这些日本人好像也比较客气，过了些日子就把粮食还了，还另外给方虎子他们好几箱罐头。后来，两下再无交往。这些日本人在老林子里来去无踪，行动诡秘，很少能遇到他们。

一晃多年过去，瞿正光他们都以为这些日本人早就走了，可是这会儿突然又有了他们的消息。

这次非常突兀的事件，方虎子和瞿正光都以为只有这帮日本人才有这个势力，因此就秘密探访这些人，并加以监视。

张雷听说是这么回事，就把他们看到的那个上吊女人、跟踪遇到的日本人和那个清朝王爷的事和盘托出。瞿正光听了，频频皱眉。

瞿正光说："看来还真的是这些日本人干的。"

张雷问："光叔，那个王爷怎么成了日本人的头儿？还有，他们说的金子是怎么回事？"

瞿正光说："这个王爷是怎么回事，我也不清楚。不过这个金子的事……"瞿正光说到这儿，看了看王队长。

张雷说："没事，他是我的……兄弟，您尽管说。"

9. 人头金

瞿正光笑笑说："哦，好吧。只要不是官家的人就好。张雷，你知道我和你师父的关系吗？"

张雷说："这个我当然知道，我师父说过，你们是可以过命的好兄弟。"

瞿正光摇头，说："我不是说这个，我是说，你知道我们是怎么认识的吗？"

张雷说："这个，我师父没说过。"

瞿正光说："这个，说起来话就长了。我是四川人，当年我是跟着师父卖艺到了东北的。有次在哈尔滨大街上，我和师父跟一帮地痞打了起来，对方人多，幸亏有个汉子帮忙，我们才得以全身而退，那个汉子就是你师父张大爪子。后来我师父死了，我们没别的活路，就联系镖局做保镖。再后来，我们接到一单大活儿。给我们联系活儿的不是镖局，而是一帮淘金的，那个人是方虎子的师父，老孙头。唉，这个活儿，差点儿让我送命啊。当时说好的，我和你师父带了几个人在后面负责秘密保护……"

"光叔，你们护送的是什么物品呢？"张雷打断了瞿正光的话问道。

"哦，这其实一直是我们的秘密，说好了到死也不说出去的。现在货物找不到了，告诉你们也无妨。我们护送的是金子，不过，是藏在人头、放在棺材里的金子……"

"藏在人头、放在棺材里的金子？"张雷拍了拍自己的头，吃惊地说。

"是的，是藏在人头、放在棺材里的金子。这是四川金帮想出的主意。当时，东北的沙金含量全国第一，这老林子里聚集了全国各地的淘金者，你知道这里多的时候，有多少淘金的人吗？"

张雷摇头说："我怎么能知道？"

瞿正光说："当时官方统计是十万人，其实还有很多人他们是不知道的。比方长期居住在这儿附近的一些少数民族，还有俄罗斯人。清朝初期是不许私人采金的，其实他们只是不知道，在这老林子里，采金早在元朝就是最赚钱的营生了。你想，这个世界上只要是赚钱多的营生，哪怕抓着就杀头，照样有人去做。

"因此，这老林子里的淘金人，最起码有二十万。这还不算那些在这里开饭店的，开铁匠铺的，开澡堂子的。当时这里最大的淘金头子是韩边让，他有自己的手枪队、棒子队，还有砍刀队。清廷几次派兵清剿，都没能把他怎么样。后来，他跟清廷达成协议，按照人头数交厘金，清廷也就不大管他了。

"清廷对于金矿的厘金是由各县派人专收的，只有韩边让金矿的厘金是清廷派人秘密收取的。大清即将倒台的那两年，征收的厘金一直没有人来领取，就由当时的征收税官王进举秘密地藏了起来。没想到这一藏就是十多年。王进举在这十多年里，一直想寻找门路，亲自把黄金送到大清皇帝手里。

"后来，王进举终于找到了前来接金子的一个官员，并通过一个日本人的帮助，联系到了退位皇帝，不过这退位皇帝胆小，送到手的金子也不敢要。再后来，王进举还是想法找到了一个亲王，让他先把金子接下。

"那时候，是土匪最兴盛的时候，王进举为了保证金子的安全，亲手杀了一个属下两口子，把他们伪装成被熊瞎子拍烂脑袋的样子，其实是把收的黄金融成金块，放进了他们的脑袋里。"

张雷不禁感叹道："太残忍了。"

瞿正光说："这是他两个属下自愿的，属下的父母和儿女将得到一大笔钱。当时，湖南人就用这种办法运金，不过他们是雇人赶尸的。以前很多人把金子塞屁股里和放在小腿肚子里，土匪都知道了，发现谁的腿有伤疤，就直接把这条腿砍下来，他们还给抓住的金客灌泻药，屁股下放筛子，多少金子也藏不住。王进举没法子，才用了这最狠的一招。可是，他没有想到，他的这一招还是没有奏效。他的手下有人暗中给俄罗斯人通风报信，我们的队伍在半路遭到了俄罗斯人和土匪的追杀。"

张雷一愣："王进举逃出去了吗？金子呢？"

瞿正光说："王进举当场受了重伤，被他的手下段钢救走了。我和你师父张大爪子负责打阻击，掩护他们撤退。唉，那简直就是屠杀啊。土匪实在是太多了，而且都是新式武器，步枪、冲锋枪都有。我们是火枪，得打一枪装一次药，怎么能打过人家？我们拼死坚持了一会儿，二十多个兄弟，就剩下三四个了，我们就分头跑了。

我跑出来后，投奔了方虎子，半个多月后，我才见到你师父。不过你师父没在我那儿住下，他去找段钢和王进举。没想到这一出去，他就被日本人抓住了，日本人抓他也是为了找到王进举留下的金子。不过，你师父真是条汉子，什么都没说。你们路上遇到的那个老王爷说的金子，是不是指的这个？"

张雷点头，说："这么说，他说的金子，就是这个了，原来这些日本人是为了金子来的。"

瞿正光正了正身子说："哦，对了，还有一件事，前些年，曾经有一帮人来找过王进举，好像是那个来接王进举收税金的清朝官员，带头的是个女人，她说她是前清的公主，叫什么我就忘了，还有个王爷，我也记不住叫什么了。这个事你师父张大爪子也知道，不过后来有人说那些人是日本人，那个女人好像也是个日本女人，反正他们没找到人。他们走了不久，就有那些黑龙会的日本人进来了。"

王队长问："瞿大掌柜的，那这些日本人，就是前几天拦住我们的那些日本人？"

瞿正光显然还是不适应王队长的称呼，他"啊"了一声，才说："是，应该就是他们。老林子里的各股势力我们都比较了解，拦你们的那些日本人，应该就是那帮人。我真是奇怪了，他们为了那点儿金子，能在这里待这么多年，真是太狠了。"

王队长说："这林子里，藏着很多日本人，我们来之前还抓了一个，都成野人了。"

瞿正光笑了，说："也许您说得对。哦，对了，这位先生是做什么生意的？"

王队长显然没想到瞿正光会这么问，一时不知道该怎么回答了，他看着张雷。张雷说："这位是警察局的王队长，我们……"

"警察局？"瞿正光眼神猛然凌厉起来。

"哦，就是警察局。不过，光叔，王队长是自己人，林子里的事，他们不会管的。"

瞿正光勉强笑了笑，点点头，眼神明显客气起来，他抱拳对王队长说："小人眼拙，不识泰山，望王队长海涵。"

王队长忙抱拳回礼，说："瞿大掌柜的客气了，我们不小心闯入宝地，给您添麻烦了。"

瞿正光笑笑说："不知道王队长带人进入这老林子，有何贵干啊？"

张雷怕王队长说是进来抓人，惹得人家不高兴，就暗中端了王队长一下。王队长说："哦，也没什么大事，就是找人。有人进山打猎失踪了，我们进来寻找，您看，不小心就跑到这里来了。"

瞿正光逼问道："打猎的是个什么样的人？在哪儿失踪的？带着什么枪？王队长可以详细说说吗？说不定我们能帮你们找到这人。"

王队长支支吾吾说不上来，张雷说："光叔，王队长没见到这人，只有我见到过。一般个头儿，头发很长，三十多岁，穿着跟我们差不多的衣服，带着一支火铳。哦，他们穿的是布鞋，就跟我脚上的鞋差不多样子的。"

张雷把鞋子拿给瞿正光看了看。瞿正光点头，说："好，我记下了，我会让手下注意的，有了发现，我就让人通知你们。"

王队长抢先说："那就谢谢瞿大掌柜了。"

张雷问："对了，光叔，您知道狼煞吗？"

"狼煞？"瞿正光的脸色凝重起来，"你是说能驱狼的那个人吗？"

张雷看着瞿正光脸上的表情好像很沉重，不由得非常好奇，说："是的。光叔，您应该认识他吧？"

瞿正光点点头，说："认识，不过，关于狼煞……以后再说吧。好了，各位，好好休息，晚上我派人送你们出去。"

10. 跟踪者

王队长他们休息了一个白天，下午的时候，衣服就干了，换上衣服，吃了晚饭，就等着黑天，来人送他们走。

一直等到天黑透了，才有个壮汉过来。他找到张雷，说瞿正光因为有重要事情，不能来送行了，让他送张雷一行人出去。

瞿正光给张雷等人带了一些干肉和水，张雷本想当面好好谢谢瞿正光的，人家没来，他感到很遗憾。四人告辞众人，跟着壮汉走出小屋子，踏入树林。

来的时候，他们四个是被人抬着的，因此对路途根本就没有什么记忆。这次出去，壮汉带着他们走的路，张雷也观察过了，应该是一条从来没有人走的路线。

王队长也很疑惑，看看四周，看看天上的月亮，轻声对张雷说："这路……真难走。"

张雷知道，王队长的意思是告诉他，这路从来没人走过。

张雷心里也知道，瞿正光这是防着他们呢，他心里有些郁闷。不过，想到下午说话的时候，他说王队长是警察局的，瞿正光的表情马上就变了，他就知道了问题的症结。不管怎么说，对于外面的官家，林子里的人还是很忌讳的，这也应该是瞿正光防备他们的原因吧。

他们在山里看似乱七八糟地一通乱走，不过张雷见壮汉毫不犹豫、胸有成竹的样子，他就知道人家丝毫没有乱走，这个壮汉路熟着呢。

走在后面的皮子紧走几步，拉了拉张雷的袖子。张雷慢了几步，让身边警察过去，小声问皮子："怎么了？"

皮子用哭唧唧的声音说："张雷，我怎么老听着后面有声呢？又什么都看不到。"

张雷想了想，让皮子走在前面，他走在最后面。他边走边凝神细听后面的动静。走了一会儿，他果然也听到了有人跟踪的声音。

张雷的耳朵竖了起来，边走边仔细地听着后面的声音。

后面跟着的也是个夜行高手，如果皮子不是个高度警觉的猎人，也听不出他的声音。从脚步的节奏和声音来看，跟踪的是人，不是狼或者别的大型动物。

张雷觉得应该把这个事告诉前面带路的，就快走了几步，喊住了在前面疾行的壮汉。

听说后面有跟踪的，壮汉拔出刀子，带着张雷等人悄悄地朝后摸。走了好长时间，也没发现什么人，壮汉很不高兴地说："是你们听错了吧？"

张雷茫然地看看周围，说："不是，我确定听到的是人走路的声音。"

壮汉这次不管了，带着他们继续前行。走了不知道多长时间，王队长早就累得不行了，因为是在树林间穿行，张雷等人也没法扶着他，只能由他自己坚持。张雷在王队长的前面，都能听到他喘气的声音就像是拉风箱，一声紧跟着一声。

又走了一会儿，终于来到一处树木很少的山谷。张雷说："兄弟，歇歇吧，我们……实在是太累了。"

前面带路的壮汉身体真是厉害，走了这么长时间，气息依旧很平稳。他转回身，看了看靠在皮子身上的王队长，说："再坚持一下，过了这个山谷，前面是个小山坡，就是你们说的发现那个日本女人上吊的地方了，到了那儿，你们自己歇息吧，我还得连夜赶回去呢！"

张雷很惊讶："你得连夜赶回？"

壮汉说："我不赶回去，还能住在你们那里啊？"

张雷心悸地看了看后面蜿蜒起伏的山和树林，说实话，即使他熟悉路线，让他这么老远地穿山越林，他也没有这个胆量。想到还有这么远的路，他不得不对王队长说："王队长，没办法，人家还得赶回去呢，你再坚持下。"

王队长是个宁死不说软话的主儿，现在当然也是把牙咬得"嘎嘣脆"，说："没事，你们只管走，我能赶上。"

张雷听了王队长的话都有点感动，其实别说他了，就是走惯了山路的自己，现在也是两条腿又酸又疼，勉强跟着壮汉。自己一向以为这个王队长虚伪，吹牛皮，其实看起来这人不坏，起码人家够坚强。

咬着牙又走了一会儿，终于到了那个山坡。

张雷他们一翻过山顶，就知道下面的山坡就是他们发现那个女人上吊的地方了。他知道，王队长恐怕现在是没有力气再走下山坡了，就对带路的壮汉说："兄弟，谢谢你了。下面就是那个山坡，你回去就行了，麻烦你了。"

壮汉看了看他，又看了看王队长。王队长咬牙站着，说："是的，我们到了，这位兄弟，真是太感谢您了。"

壮汉没说什么，而是对张雷抱拳说："那我就不送了。"

张雷也抱拳说："兄弟，你慢走。"

那人不答话，转身下了山坡。

看到人没了影子，王队长才一屁股坐在地上，说："哎呀妈啊，真累死人了，这一段我都不知道怎么走回来的。"

皮子和那警察也都坐在了地上，王队长边喘气，边说："张雷，我觉得你的光叔好像对咱有意见！我以为他今天晚上肯定能来送咱，我还想让他走出来投降呢。他总不能一辈子老在这大山里吧？那不成了野人了？你说……"

张雷拍了王队长伸到眼前的腿一下，示意他闭嘴。

此时没有别人在眼前，王队长口无遮拦的毛病就犯了，说："怎么了？张雷，你拍我干什么？"

张雷隐隐地感到那个跟踪着他们的人应该还在他们后面，弄不好现在正偷听他们的谈话呢，并且他觉得这人是瞿正光派来的。老林里走夜路的规矩，一个不出行，瞿正光不会只派一个人来送他们。这个跟在他们后面的人，一是为了监视他们后面是否有跟踪，二是两人做伴，跟踪他们。

他怕王队长再说出什么过头的话，因此说："哦，我不是故意的。王队长，我这里带着水，你喝点儿不？"

王队长说："喝点儿，还真是渴了。唉，现在真是又渴又累，话我都没力气说了。"

张雷心说：没力气说，你还在胡说八道？

大家都喝了点儿水，稍微歇了一会儿，就开始慢慢下山。

张雷还是让皮子走在前面，他自己在后边，边走边仔细地听着身后的声音。

身后果然传来了窸窸窣窣的脚步声。他分辨得出来，这脚步声已经从一个人变成了两个人的。显然，这是加上了来送他们的壮汉。

张雷边走边想该怎么对付这两人，想了好长时间，他决定暂时不管他们。他觉得瞿正光虽然让人跟踪他们，应该也是没有恶意的。说不定，只是小心些，想知道他们去了哪里。况且，他们是来抓人的，不是来抢金子的，老林子的人，是无利不起早，没钱没人，他们才不会去管别人的闲事。

所以，张雷一直不动声色。

但是，走了一会儿，后面的人不小心蹬翻了一块石头，石头滚下山坡，那人大概是摔倒在地上了，不由得"哎哟"了一声。

这一声，惊动了前面的王队长他们，三个人子弹上膛，都转回身，喝道："什么人？"

这次张雷也不能再装聋作哑了，只得也回身喊道："谁？"

他先看到一个人麻利地站了起来，两个人影一闪，进入了身后的树林。

王队长他们没看到，边喊着"有人跟踪"边跑了过来，张雷也装作没有看到的样子，随着他们四处乱找一气，自然是一个人影都没有发现。

王队长诧异地说："明明听到人的声音，怎么就不见了呢？"

皮子看了看茫茫的树林，抖着声音说："不是那个女鬼喊的吧？"

王队长啐了一口，说道："你再胡说八道，可就别怪我不客气了！"

张雷说："算了，走吧，这么大的地方，又没法找人，回去再说，明天再正儿八经地搜索。"

王队长叹了一口气，说："真是大意了，早知道这林子里这么复杂，起码要带几十个人进来。唉，大意失荆州啊！"

张雷几人下了山，直奔剩下人员留守的地方。

可是，等他们爬上那个山坡，让他们惊讶的是，在他们三天前住宿的地方，竟然一个人影都没有了！

他们在附近找了个遍，也没发现一个人。

王队长呆了，喃喃地说："这怎么办？人呢？人哪里去了？皮子，我让你回来跟他们说，让他们谁也别动，在这里等着我们回来，你说了吗？"

皮子伸出三个手指，作出发誓动作，说："王队长，我皮子发誓，我绝对跟那个赵刚副队长说了。他还问呢，说不论等多长时间都要等吗？我说是，王队长就这么说的。"

王队长一屁股坐在地上，仰脸看天，说："这些兔崽子，都回家吃奶去了？

第三章／误闯八大莹

1. 遗失的刀鞘

副队长赵刚是在离他们驻地不到二百米远的地方，发现了一具尸体。那是一个阳光灿烂的下午。同一时辰，王队长和张雷他们正被那个野蛮的壮汉绑在树上，看着将要落下的太阳叹气。

赵刚吃完午饭后，闲着没事，躺又躺不住，就留下四个人看家，自己带着两个人在附近转悠。

因为没有明确的方向，所以三人很随意，东转转西看看。警察小周发现了一丛好像被踩倒的荒草。他喊来赵刚，二个人顺着脚印朝前走，走了十多步，就发现了一具尸体。

尸体躺在荒草中，很安稳，就像自己从外面一步一步地走过来，然后很舒心地睡下一样。

不过，另一行脚印却显示，有人并没有停下，而是一直朝前，走到了林子深处。

小周看了看躺在地上的尸体，看了看一直没有停下的脚步，惊异地问："赵队，这是怎么回事？闹鬼了？"

赵刚看了看一直远去的痕迹，说："先别管了，看看这人再说。"

三个人蹲下，仔细看着尸体。

死人表情安详，从外表上也看不出受伤或者搏斗的痕迹。这人穿的是外面普通人穿的衣服，大棉袄，毛蓝裤子，布鞋，他光头，脸上脏兮兮的，好像几天没洗脸的样子。

小周看了看赵刚沉思的脸，说："赵队，这人是不是两个逃犯其中的一个？"

赵刚轻轻点头，说："应该是。不过，我这里没有照片，照片在队长手里。把这人抬回去，等队长回来再说。"

猎人李良指着从这里继续走去的脚印，边想着边说："赵队长，这个脚印……是不是两个罪犯一起走到了这里，一个死了，另一个就继续朝里走了？"

赵刚眼一亮，不过很快又否定了这个想法，说："我觉得现在这种情况，这两个罪犯不可能自相残杀。所以，两人走到这里，死了一个，并且……"赵刚用手指了指躺着的尸体周围，又说："另一个连管都不管，照样朝前走，这种可能性几乎没有。"

大家想想这话也很有道理。李良仔细地看了看四周，又把尸体翻过来检查了一番。

奇怪的是，这人的脊背也看不出丝毫受伤的痕迹，给人感觉，好像整个人走着走着，就"砰"一下倒地，死了。

赵刚让李良和小周把尸体抬了起来，他在被压倒的草丛上，看到了一个暗黄色的东西，他把那东西捡了起来。

是刀鞘，一把暗黄色的不知道是什么皮做成的刀鞘。很原始，很冷，很硬，有着一种来自上古的荒凉。

赵刚翻动着看了看，让两人把尸体原样放下，把刀鞘放在尸体下，看着进入丛林的脚印，边思考边说："我知道了。"

李良看了看赵刚，问："赵队长，这是怎么回事？"

赵刚没理会他的话，继续想了会儿，猛然说："大家听好了，马上顺着自己的脚印退回去。把踩到的草尽量复原，退后十米埋伏起来。"

大家知道赵刚肯定是发现了什么，马上都按照他的话行动起来。

不一会儿，赵刚的眼前就剩下了那一具尸体。不过大家踩踏过的痕迹还是很难复原的。

赵刚把附近踩踏的荒草扶起来，然后顺着他们留下的脚印退了七八米，找了个地方隐蔽起来。

此时树林里依然寂静如初。小鸟在没有叶子的树枝上鸣叫着，飞来飞去。

太阳已经比较高了，晒着他们的身体，让他们感到微微的温暖。

李良和小周虽然不明白赵刚的用意，但是看他的样子，知道事情紧急，所以都屏息静气，握着手里的枪，紧紧地盯着前面的树林。

果然，他们等了不长时间，就看到从树林里走出一个穿着深褐色衣服，头发老长，两只耳朵上带着大耳环的人。

这人行走如飞，直奔过来，却非常警觉。老远，他似乎就感到这里埋伏了人，因此，在赵刚等人看到他的面孔后，他就马上停止了前进，四下仔细地观察着。

显然他也看到这尸体周围凌乱的脚印。他猛然一跳，又隐身在一棵树后，凌厉的眼神扫视着周围。

又等了好长时间，赵刚几乎都耐不住了，他才从树后走出来，走到尸体旁。

他先在尸体周围转圈，低着头，慢慢扩大搜寻范围，显然是在找东西。

赵刚心里暗暗得意，自己的猜测还是比较正确的。

找了一会儿，这个野兽般的人对着天空狼嚎似的叫了一声，吓了赵刚他们一跳。

赵刚在心里埋怨，这家伙真是个笨蛋，他就不知道刀鞘在死人身底下吗？也怪自己，非要把刀鞘放在原地干什么？要是放在别的地方，他不就早找到了吗？

这个人又在原地转了一会儿，终于想到了什么，他把死人掀开，在死人的背下抽出了自己的刀鞘。

赵刚看到这人很开心地笑了，他捡起刀鞘，一转身，就消失在赵刚等人的视线中。

身为警队副队长的赵刚，没有对丛林的敬畏之心，却有着胸怀天下的伟大志向。他没有丝毫犹豫，猫腰爬起来，大手一挥，就带人追了上去。

这个身材不高却异常健壮的家伙，走得非常快。幸亏走了一会儿，他又背上了一个什么东西，赵刚他们才终于追上了他。

他们跟着他在树林中走了好长时间，太阳渐渐落下了山，这人还在前面疾步如风，穿山越岭。

李良担心地说："赵队长，咱还跟下去吗？我看天都快黑了。"

赵刚咬咬牙说："跟！每一条线索都不能放过，何况是这么重要的线索。你们要保持警惕，没有我的指示，不能开枪。如果有危险，尽量用刀，听见没有？"

李良和小周都小声回答："听到了。"

天色越来越暗，三人虽然都身强体壮，但也都累得满头大汗，双膝酸软。就在这个时候，前面那人突然停住了。他在越来越浓重的暮色中转过身，朝着赵刚他们诡异地笑了笑。

赵刚觉得不好，猛然停住，低声朝着身后的李良和小周喊道："停下！"

可是，已经晚了。他们听到一阵轻微却清晰的脚步声，从树林中传了出来。

2. 猎头族

张雷和王队长商量了一下，觉得赵刚等人应该是发现了什么情况。他们知道王队长等人会回来找他们，所以他们应该走不远。几个人就决定先在这儿住下，等赵刚他们回来。

大家都很累了，找到地方躺下，就呼呼大睡。张雷凭着猎人的直觉，知道这里肯定发生了什么事，躺下后辗转反侧，睡不着。

躺了一会儿，一直没有什么意外发生。张雷在紧要地段做了几个陷阱，又胡思乱想了一会儿，就迷迷糊糊地进入了将睡未睡的状态。

张雷隐隐约约听到求救的声音，因为他即将入睡，况且感觉好像在梦中，也没在意。就在他即将睡去的时候，突然响起一声惨叫。张雷一惊，猛然坐了起来。

他警觉地侧耳细听，声音却没有了，周围又恢复了沉寂。坐了好一会儿，他才又躺下，一觉睡到了天光大亮。

张雷醒后，就想起了那几声呼救和惨叫。他问正坐在一旁揉腿的王队长："王队长，你昨天晚上听到有人呼救了没有？"

王队长一愣，问："有人呼救？我没听到啊！"

张雷皱着眉说："我也不敢确定是我做的梦，还是真的。我听到一声，想再听听，就没声了。现在想想，那声音很清晰，好像不是做梦。"

王队长问皮子和那个警察："你们听到什么没有？"

两人都说没有。王队长想了想，说："不管有没有，吃点饭，咱就在周围转转。我也觉得奇怪，这个赵刚是个有脑子的人，即便是出了什么情况，他也会留下人在这里等着咱的。这里一个人没有，肯定是出了什么问题。"

皮子听说有问题，就害怕了，他看了看四周，朝张雷凑了凑，小声说："张雷，这里真的……有问题？"

张雷烦皮子的猥琐样，朝一边挪了挪屁股，说："有问题怎么了？咱就是来找问题的，没问题咱还不来呢。别总是疑神疑鬼的，大男人的，烦不烦啊你？"

皮子低着头，不说话了。张雷心又软了，拍了拍他的肩膀，说："兄弟，关键时刻，得像个男人。别老跟缩头乌龟似的，有时候越不怕死，越死不了，知道不？"

皮子点点头，没说话。

王队长鄙夷地看了皮子一眼，说："赶紧搞点儿吃的，吃完了，到周围

第三章　误闯八大茔　　093

看一看。咱是来抓人的，别让人抓了咱们。"

他们的食物三天前走的时候都在大本营放着，因此现在只有一点儿瞿正光给的肉干和几个小馒头。四人对付着吃了点儿，就收拾了一下，带上武器，开始在周围搜索。

按照王队长的意思，他想兵分两路，两个方向合围，在原地集合。张雷不同意，说："王队长，这里是老林，不是县城。我觉得，还是安全第一。"

王队长有些不耐烦，说："好，那就听你的。"

四人就在张雷的带领下，在周围展开了搜索。

搜索到南坡，张雷没想到这里跟西坡和北坡截然不同。北坡树木稀疏，西坡树木比较茂密些，南坡却突然就变得遮天蔽日了。合抱粗的树木比比皆是，幸亏不是草木葱茏的季节，否则他们估计在这老林子里寸步难行。

皮子怕蛇，初春的树叶下常有醒来的蛇盘踞，猛然就会蹿出来，不咬人也吓人一跳。皮子走在张雷的后面，小心翼翼地看着脚下。

这周围不但树林茂密，而且地形非常复杂。接连不断的沟坎和小山坡，不经意处，巨树参天，各种小鸟在树丛里飞来飞去，根本不在乎这些人的光临。

走了好长时间，他们才刚刚从一条干涸的沟里爬上来，然后越过一个小山坡。

看着头顶上嚣张霸道的树枝，四人都感到有种透不过气的压抑感。

下了一个小坡，王队长发现一处荒草被践踏的痕迹。很多杂乱的脚印把那周围的草踩得乱七八糟，他就朝那里走了过去。

张雷一行人环视周围，并没有发现什么，又抬头看看依然寂静的森林。

王队长说："这是刚踏过的，人数不少于十个！这是怎么回事？"

张雷低头看了看，然后顺着脚印前后走了会儿，说："人是不少。是从山上下来的……"说到这里，他突然想到了，"山上"就应该是老林人居住的地方啊！也就是说，这些脚印应该是在张雷他们走了后，路过这个地方的。

张雷惊异地看看王队长，王队长也同时想到了这个问题，他张大嘴，看着张雷，说："难道……"

他只说出个难道，显然不想或者说是不愿意说出他的猜测。张雷低下头，说："现在什么都没法说，我看，还是跟去看看再说。"

王队长狠狠地说："走！"

他们跟着脚印走了好长时间，也没有什么发现。王队长疑虑地说："这些人这是到哪里去了啊？是不是遇到了什么意外？"

张雷说："应该不是，王队长，你前面是什么？"

王队长走在张雷的左侧，张雷眼尖，看到在王队长前边靠左的地方好像有个东西，黑乎乎的，躺在荒草中。

王队长一看，喊道："水壶！我怎么看着像个水壶啊？"

张雷让皮子和那个警察仔细警戒，他和王队长跑过去看那东西。

真的是水壶，上面还有青天白日图，这是警察统一配发的水壶。张雷他们猎人也沾光，临走的时候，每人领了一个。

王队长看了看壶底，没有名字，水壶带子没断。他们警察的壶底，都用红油漆写着自己的名字，而猎人都是新领的，都没名字。

张雷把水壶背上，说："王队长，他们应该是出事了。这应该是有人偷偷扔的，给我们留的记号。"

王队长显然也意识到了，他问："张雷，你估计是什么人抓了他们？"

张雷摇头，说："这个真没法说，这里面的人太乱了，说不好。"

王队长说："我觉得应该是日本人。瞿正光的人跟咱没有冲突，他们想下手，就不会让咱回来了。这里还有别的人吗？"

张雷说："当然。这里还有俄罗斯人，有盗墓贼，有杀人犯，人多了。所以，现在没法下结论。"

王队长说："杀人犯和盗墓贼这些人应该都是怕警察的。咱们的人虽然穿着便服，不过只要咱的人说自己是警察，他们就不会下手。我觉得咱的人失踪应该跟日本人有关系！"

张雷说："先别管是什么人了，救人要紧。"

王队长说："前面的路，大家要小心了，既然敢动警察，就不是一般的毛贼，千万别人没救出来，再把咱几个搭进去。这样，咱分成两帮，拉开不近不远的距离，这样万一前面的出事，也好有个照应。张雷，咱俩谁在前面？"

张雷说："我和皮子在前面，王队长你们两个在后面，如果我们出事了，我就鸣枪为号。"

王队长说："好，出发！"

张雷在前面，皮子在后，两人小心翼翼，边观察边往前走。

走了一会儿，除了脚印，没有什么发现。张雷知道，越是没有发现，说明这事情越严重。看到那水壶，他就知道，自己昨天晚上听到的声音是真的，不是幻听。那声音急促，应该是在刚喊出一声后，就遭到了毒手。

又走了一会儿，顺着杂乱的脚步，转过一个山脚后，张雷突然看到地上有一摊鲜血。鲜血在林子里很刺眼，刺得张雷猛然摇晃了一下。他知道，前面就应该看到死人了。

皮子朝前跑了几步，猛然蹦了一下，喊道："不好了！这里死了一个！"

张雷跑过去，果然，他看到一棵大树下，坐着一个人。这人穿着一双手工做的千层底收口布鞋，毛蓝裤子，一件夹心灰棉袄。让他们惊愕的是，这人没有了头颅。大片血染红了上衣和身下的土地。

张雷和皮子在附近转着找了很长时间，也没有找到这人的头。

皮子看着这具无头的尸体，眼圈都红了。他说："是虎子。"

其实不用他说，张雷已经看出来了。都是一个村子的，谁穿什么样的衣服，穿什么样的鞋子，甚至走路的样子，坐着的样子，都一眼就能看出来。不过，虎子坐着的样子很不舒服，他是两只手撑地，把上身撑起，看样子是坐着被砍掉头的。

砍掉虎子头的刀应该是很锋利的，张雷看到在虎子的脖子处，有一道砍进树干的刀痕。

皮子落泪了，说："这日本人真狠，杀人就杀人吧，把人家的头拿去干什么？"

张雷看着虎子脖子处那惊心动魄的一片血污，说："这应该不是日本人干的。日本人杀人从来不砍下人头带走。"

皮子惊愕道："不是日本人干的！那还能是什么人干的？"

张雷看着虎子没头的尸体，点点头说："是……猎头族。"

"猎头族？"皮子念叨着这个名称，下意识地摸摸脖子，看了看四周。

王队长他们已经赶了过来。当他看到这具无头尸体时，也惊愕地退了一步，问："头呢？他的头呢？"

皮子说："张雷说这是猎头族干的。"

王队长看了看张雷，问："真的？林子里……真有猎头族？"

张雷说："我听我师父说起过。不过据说猎头族杀人后，会在死人身旁放上一点儿金子，算是给死人家属的抚恤，可虎子身边没有啊！"

皮子过来，也围着虎子身体找了找，说真的没有金子。

王队长说："先找个地方，把他放好，别让什么动物给糟蹋了。咱得赶紧走，去找其他人。"

张雷和皮子去搬动虎子，想把他放在不远处的一个坑里，找点儿树枝什么的暂且盖一盖。两人刚抬起尸体，皮子就发现尸体下面有一个小布包。他说："张雷，下面有东西。"

张雷一愣："什么东西？"

皮子说："有个布包。是不是……是不是猎头族留下的啊？"

张雷放下虎子，过去捡起布包，打开一看，是一块小小的金子。

果然是猎头族！

3. 狼神

赵刚看着黑夜中那人诡异的笑，明白人家是知道被跟踪了。他停住，让大家隐蔽，但是，已经晚了。他听到隐隐约约的脚步声，从四周朝他们压了过来。

三人四处观看，也看不到一个人影。连前面那个人影，也不知道哪里去了。

赵刚以为是自己幻听了，就问李良："你们听到什么声音没有？"

李良惊慌地看着四周，说："听到了，好像……很多人朝咱走过来了，怎么看不到人呢？"

赵刚又问小周："你听到没有？"

小周拿枪的手都开始发抖了，说："听到了，清清楚楚。但是看不见人啊！"

赵刚一咬牙，说："走，往前走！抓住那个小子，我就不信了，还有人敢袭击警察！"

三人挺起枪，鼓起勇气，朝那人消失的方向走。走了没几步，突然，前面出现了一个背影。

三人一愣，赵刚举起枪，指着那人的头，喝问："你是什么人？怎么在这里？"

那人只是站着两只手举了起来，嘴里嘟囔了一句什么。奇怪的是，随着他的手抬起，那些神秘的脚步声马上就消失了。

三人惊讶地互相看了看，赵刚松了一口气，他以为这人是举手投降了，就喝道："转过身来！"

那人不但没有转过身，反而把举起的手放下了。赵刚以为他要掏家伙，喊道："举起手来！"

那人似乎听不到他的话，手没有举起。赵刚忍无可忍，喊道："你想干什么？再不投降我就开枪了！"

那人终于开口说话了，他说："我转过身去，你可不要后悔！"

是个尚未成年孩子的声音，但声音很沉稳、很阴冷。

三人不清楚对方底细，所以说，他的话对三人还是有很大的威慑力的。

李良看看赵刚，赵刚用枪一动不动地瞄准着那人，说："别废话，转过身来！"

那人果真慢慢地转过身来。

三人怕他要什么花招，都用枪瞄着他。赵刚说："举起手来！"

那人好像还"嘿嘿"地笑了几声，很听话地举起手，转了过来。

即便是夜色已经很浓了，三人还是能看清他的脸。那不是一张人脸，是一个狼头人身的怪物！

怪物发出一声狼嚎，几乎同时，在赵刚他们的周围，此起彼伏的狼嚎声便响成了一片！

李良惊叫一声："不好！是狼神！"

"狼神？"赵刚一愣，那个半人半狼的怪物张开狼嘴，露出獠牙，朝赵刚他们就扑了过来！

赵刚正要开枪，猛然从旁边的树林中蹿出一物，刚好撞在他的胳膊上。那东西力度太大，撞得赵刚全身都失去了平衡，一下子就摔倒在地上，手中的枪也飞了出去。

李良刚要朝那东西开枪，狼神说话了。他冷冷地说："如果你们还想活命，就不要开枪！"

小周把赵刚扶起来，李良看到那个撞倒赵刚的竟然是一只大灰狼。它站在一边，身子弓起，做好了攻击的准备，虎视眈眈地看着李良，似乎等着命令，好一口咬断他的喉咙。

赵刚爬起来，找到手枪。这时候，三人发现，周围至少有五十只狼，已经层层叠叠地围住了他们，不过众狼只做好了攻击的准备，却没有一只发起攻击。

三人惊讶地看着周围，李良喃喃地说："狼神，真的是狼神！"

李良的父亲也是猎人，自然知道狼神的传说。在东北老一代猎人的传说中，狼是森林里最聪明的动物，它们有自己的行事方式，只要人类不主动攻击，它们很少会攻击人类。但是如果人杀了狼族中的一个，剩下的狼肯定会找人拼命。哪怕过了十年、二十年，哪怕这群狼只剩下了一只，哪怕它只能爬着走路，这只狼也会寻找一切机会来复仇。

这就是可怕的东北灰狼！

这些年，灰狼已经不多了，只是在野狼谷一带，据说还有大量灰狼存在。但是它们都深居简出，只在固定区域活动，很少出来。老猎人的说法是，不知道从何处来了一个萨满巫师，把东北的灰狼管理了起来。

这种说法不是空穴来风，很多猎人说在山里遇到过狼神。据说狼神有人一样的四肢，却是狼头，能像人一样说话，也能发出狼的嚎叫。那眼前的不是狼神是什么？

李良吓得魂飞魄散，朝着狼神就要下跪，被赵刚拽着就朝后跑。

狼神轻轻地叫了一声，众狼紧紧跟着他们，就像是护送他们一样，离着他们只有几米远，却不朝他们发起攻击。

赵刚就算胆量再大，身边围着几十只饿狼，他也被吓得浑身大汗，两腿战栗。不过，现在的情况是即使害怕也没有时间了，他们不知道这些狼和狼神什么时候就会朝他们扑过来，三人只能拼命地跑。

他们不记得，也看不出来时的路了，只能哪里好走，就朝哪里跑。众狼汹涌地跟着他们，边跑边叫着，好像很兴奋的样子。

李良说话的声音都发抖了，说："赵……队……队长，这些家伙这是干什么啊？跟咱赛跑吗？这是想累死咱吗？"

赵刚也琢磨不透这些家伙的用意，看着周围那些紧紧地跟着他们的凶神，烦躁地说："这谁知道啊？快跑吧，说多了没用！"

过了一会儿，小周气喘吁吁地说："这么跑下去要死人啊！赵队长，咱三个就是累死，也跑不过它们啊！它们是不是特意耍咱啊？咱停下它们是不是也不会咬咱啊？"

赵刚边跑边琢磨小周的话，跑了一会儿，他也实在跑不动了，就停下说："咱都站下，看它们怎么办？"

李良胆怯地看看群狼，说："这……能行吗？"

赵刚咬着牙说："试试看，要不能把咱们累死。"

三人停住，那些狼也站住了，看着他们三个不跑了，狼群很不高兴起来，龇着牙，前腿探出，后退弓起，个个一副攻击状。

赵刚要举枪，被李良拼命压下胳膊，说："别！千万别开枪，现在只要一开枪，它们不用一袋烟工夫就能把咱撕成烂面条！"

赵刚看着它们凶狠的样子，说："要不怎么办？我看不开枪它们也想撕了咱。"

李良说："等等，我看它们的样子好像不是要攻击，这是吓唬咱。如果要攻击咱，它们早就上了。"

李良边说边从兜里掏出一块馒头，讨好地扔给离他们最近的一只狼。那狼闻都没闻，反而低声吼叫着，朝他走近了一步。

李良惊恐地转身，带着哭腔喊道："快跑吧！妈呀，吓死人啊！"

李良一跑，赵刚和小周也只好又跟着跑。

那些狼也恢复了常态，优哉地跟在他们身侧身后，像是运动场上的裁判员似的。

三人不敢有别的奢望了，只是咬着牙、疯狂地、机械地、不要命地跑，跑得两眼昏花，恶心呕吐，但是看着身边的这些家伙，还是不敢停止。

其实论起来，三人中还是李良的体质最好。当赵刚和小周几乎神志不清的时候，他首先发现那些狼不见了！

他拼尽全身的力量，说道："它们走了！"

赵刚糊里糊涂地问他："你说什么？"

李良让自己慢慢地停了下来，大声喊道："那些狼走了！"

4. 无头尸

张雷一行人把虎子的无头尸体用树枝什么的盖了盖，就在王队长的带领下，急速朝前走，寻找剩下的那些同伴。

走了不远，他们就在一棵倒地的树木上，又发现了两具尸体。一个躺在树根部，头朝向树根。另一个身体挂在树上，屁股朝天，看不到头部。

皮子跑过去，看到那两个人也没有了头，就朝着张雷摇摇头。

这次死的两个都是警察，从他们穿的皮鞋上就能看出来。

王队长看了好长时间，才认出这两个人分别是谁。

不出意料的是，在他们的身下，也发现了两小块金子。

皮子看着那两块闪闪发亮的金块，不由得说："这些猎头族，真有钱！"

王队长白了他一眼，哀伤地看着他的这两个手下。他们本来都是带着手枪的，现在跟虎子一样，他们的手枪也不知所踪。

张雷和皮子把两个警察的无头尸体放在一起。那个挂在树上的，因为尸体硬了，抬下来后，身体呈拱形，肚皮朝上放着，两手两脚直指天空，又没有头，样子很恐怖，他们只好把他侧过来。

王队长折了树枝，把他们盖住。

王队长疲惫地在一边坐下，眼里都是绝望。

张雷说："王队长，咱还得走啊！还有剩下的人啊！"

王队长悲哀地说："剩下的人恐怕也……唉，先歇歇，真累了。"

张雷说："要不这样，王队长，您先歇会儿，我们顺着脚印在附近找找。"

王队长说："好。小心点儿。"

张雷让警察小刘跟王队长做伴，自己叫上皮子，两人顺着脚印继续朝前走。

皮子跟在张雷后面，对张雷说："张雷大哥，就咱两个人，你可得小心点儿。"

张雷说："大白天，咱又有枪，没事。猎头族都是晚上行动，他们跟原始人差不多，没有枪。"

皮子一听放心多了，挺直了腰说："哦，这样啊！可是虎子他们不是也有枪吗？他们怎么都被杀了啊？"

张雷说："我觉得他们应该是晚上睡觉的时候，让猎头族偷袭了！要不，凭着咱村的猎人和这些警察，猎头族是干不过他们的。"

皮子点点头，说："是，应该是这么回事。你昨天晚上不是听到有人惨叫吗？那应该还有个是在昨天晚上被杀的。可是就算是他们在前天晚上被偷袭，那么跑了一天，还没跑出这周围吗？"

张雷说："我也在想呢，昨天晚上有人叫，是肯定的。可是，怎么这人跑了一天一夜也没跑出猎头族的手心？还有，他们的枪呢？难道都让猎头族的人弄去了？"

皮子大惊，说："说来说去，这猎头族不是有枪了吗？张雷，咱这不是找死吗？"

张雷说："还有一样呢，他们不会白天出来的。"

皮子战战兢兢地说："你的意思，咱还能活一天？"

张雷恼了，骂道："你怎么就想着死啊？他们有枪就一定能杀了咱？皮子，你像个男人好不好？"

皮子哭丧着脸说："不管像什么，我可不想死。张雷，我就是一个猎人，我就想娶个老婆生个孩子好好过日子啊……"

张雷打断他的话说："好了好了，闭嘴吧！谁让你去死了？咱要活着回去。我事儿更多，我还得回去开荒多种点儿土豆呢，去年没种，今年春天差点儿饿死！"

皮子燃起了希望，说："嗯，回去正好种土豆了。哪天有空，我帮你种，多种点儿。不过，张雷，你真的觉得咱没事？能活着回去？"

张雷半是安慰半是鼓励地说："只要跟着我就没事，当年我跟着我师父在这林子里住了好几年，我们不是好好的吗？"

皮子欣慰地说："那就好，我还得活着回去娶媳妇呢！"

两人边说边走，却再也没有发现别的什么迹象。张雷觉得这脚印的走向有些奇怪。他四下看了看，辨别了一下方向，对皮子说："我怎么觉得这脚印好像回去了呢？"

皮子看看脚下被踩倒的荒草，问："怎么回去了？"

张雷沉思着说："我知道了！他们是先把人追出来杀了后，才回去把咱们带的东西都给划拉走了。可是，他们应该有能力，在我们的人睡觉的时候就全部杀了，为什么还要把人弄到这里杀呢？"

皮子说："张雷，你说他们是不是有意把咱引过来？"

张雷点头说："应该是这个意思，不过他们把咱引过来是什么用意呢？"

皮子顺口说："不是想在这里杀了咱吧？"

话刚说完，皮子马上觉得问题严重了，他张大了嘴，惊恐地看着四周。张雷被这话惊醒，愣了一下，说道："不好，快回去！"

就在这时，突然响起了枪声。皮子大惊，喊道："是王队长那里！"

二人拔腿就朝后跑。转过山脚，张雷看到有两个人影在右边的树林里一闪，没了影子。

皮子也看到了，惊呼道："有人！"

张雷低声说："别管，快跑！"

两人顺着原路返回，而树林里的人影也紧紧地跟着他们。不过，怪异的是，他们并不对两人发起攻击，只是跟着张雷二人。

张雷一再地加快速度，想把他们甩下，可没想到无论他怎么做，对方还是稳稳地跟着。

跑了一会儿，皮子早就已经累得气喘吁吁，看到张雷加速，心下慌了，喊道："张雷，你别扔下我啊！张雷，等等我！"

张雷慢下来，等着皮子追上，说："皮子，这次麻烦了！你得使劲跑，如果你落下，肯定就没命了。"

皮子大喘着气，说："张……张雷，你……你别扔下我，慢……点……慢点，我……我真不行了，没……没力气跑了。"

张雷说："别说了，留着力气快点跑。慢了，王队长他们就危险了！"

皮子说："张雷，你不是说……说他们白天不杀人吗？"

张雷说："那是以前，也许现在他们的做法变了！"

皮子狠狠地骂了句，咬牙跟着张雷。

张雷边跑边想：他们这是要干什么呢？

等张雷二人跑到王队长和小刘歇息的地方，看到他们都不在了。唯有那两具尸体，还被树枝盖着，静静地躺在那里。

5.夜宿山神庙

李良等三人瘫软在地上。那种感觉，不是休息，像是死亡，他们感觉自己已经累死了。赵刚躺在地上，有种爬不起来的感觉。

不但赵刚这样，李良也感觉自己话都没力气说了。他躺在地上，闭上眼，似乎看到自己的灵魂就在半空飘着，好像一不小心，那灵魂就飘走了。

李良心里想：难道这就是人们所说的"累死"吗？

不知不觉三人都睡了过去。李良醒来的时候，看着赵刚和小周还躺在地上呼呼大睡，就把两人喊醒了。

初春的东北冻土还没有完全化开，睡的时间长了，寒气侵入身体，麻烦就大了。这种阴冷之气，能致人残废，甚至死亡。

两人揉揉眼醒过来，看了看四周，都打了个长长的哈欠。小周大概是做了个噩梦，说："真没想到，我们还活着。"

赵刚问他："怎么了？做梦了？"

小周余悸未消地说："嗯，梦到我们就要被那些狼扑倒了，幸亏咱三个跑得快。"

李良说："不是咱跑得快，是它们根本就没打算吃咱。要是真想吃人，别说咱三个，就是十个，也早被它们吃光了。"

小周说："我是说在我的梦里。"

赵刚插话说："李良，你说，它们怎么不吃咱们呢？再说了，不吃咱，还撵咱干什么？它们不会闲得跟咱赛跑吧？"

李良"呵呵"笑了几声，说："肯定不是。我觉得是狼神命令他的手下，把咱从他们的领地赶出来。当然，这只是我的猜测，这些家伙到底想干什么，谁也不知道。"

赵刚说："我想不通的是，咱在那个死人旁边都看到的，咱追的明明是一个人，怎么就变成了狼神了呢？"

李良说:"狼神是可以变成人的。早些年有些猎人家里供狼神,画像上有的狼神是狼头人身,有的是人头狼身。我们看到的那个人应该就是狼神,那个狼头人也是狼神。都说狼神是个好神,轻易不吃人,今天我算是看到了。他讨厌我们跟着他,却没有伤害我们。我回家就把狼神供上,这样的神,比人好多了。"

赵刚说:"可是狼神为什么杀了那个罪犯呢?而且还没有吃他,外面也看不到伤,真是奇怪。"

李良说:"这个就不奇怪了,他是神,杀人还不简单?"

赵刚抬头看看夜色中的四周,说:"真没想到,这林子里还有这么多神奇事。"

李良敬畏地说:"这林子是山神爷的地盘,当然很多事咱不知道了。"

赵刚说:"别管谁的地盘了,我看现在咱得赶紧找个地方睡觉,真是累了。"

李良站起来,四下看了看,说:"这周围恐怕没有什么好地方睡觉。"

赵刚指着右边说:"我看那里好像有山,咱能找个地方挡挡风霜也好。这么睡一宿,明天早上就别动弹了。"

李良看了看赵刚指着的地方,好像还真是有山的样子,就说:"好,不管怎么样,只管去看看。"

夜色沉寂,野兽的吼声也似乎都是远远的,衬得这里非常安静。不过,常进山的李良太熟悉这山林了,越是安静的地方,常常就越容易出乱子,所以李良边走边机警地看着周围。

走了一会儿,他们看到一个比较空旷的山谷。三人走下去,看到这个山谷好像有很多人为的痕迹,有人工砌成的沟渠,有疑似灶台的土堆,李良还在地上拾到了一个木头做成的耙子,耙子已经腐朽得几乎一捏就碎了。

赵刚说:"这里有人!"

李良晃了晃手里的耙子,说:"这是淘金用的。"

赵刚转身四下看了看,说:"难道这里是过去的淘金点?"

李良说:"差不多吧,起码这里有人住过。看看那一溜,都是灶台,这儿最少住过几百人。"

赵刚随着他手指的地方看过去，果然，在淡淡的月光下，有一排像是灶台的土堆，一眼看不到尽头。

小周拉了拉赵刚的衣袖，说："赵队，那边好像还有房子。"

"有房子？哪里？"赵刚顺着小周手指的方向看去，果然发现了一座耸立着的房子。

"难道还有人？"小周喃喃地说。

赵刚带着两人走了过去，到了眼前，他们才发现，竟然是一座山神庙。

李良推开还比较完好的庙门，带头走了进去。

赵刚摸了摸口袋，找到一根火柴。划着火柴后，他们照着亮看了看房里的景象。

因为火柴照着的时间太短，他们只看到了眼前的关公像和山神爷像，李良惊喜地看到，供案上竟然还有两截蜡烛。

他喊道："蜡烛！上面有蜡烛！"

赵刚只顾得四下看了，没看到蜡烛，问："哪里有蜡烛？"

李良说："在供案上。"

赵刚"哦"了一声，说："我怎么就没看到呢？"

赵刚又划着火柴，朝前走了几步，没想到他手中的火苗刚接触到烛芯，火柴就烧完了。

他又找出两根火柴，也不知道什么原因，都没划着，直到火柴盒空了，也没有点着蜡烛。

赵刚懊恼地说："以后兜里一定得多装几盒火柴。"

李良和小周兜里空空，一根火柴都没有。三人出来的时候是下午，谁都没带手电。

赵刚说："我看到右边有几根木头，咱先在上面睡一觉，一觉天就亮了。"

其他两人也都累极了，当下都抓着赵刚的手，在赵刚带领下找到那几块木头板。三人屁股一挨着板子，就都呼呼地睡了起来。

他们都没觉察到，就在他们睡下的时候，有几个人影悄然来到庙门外，仔细地倾听着他们的鼾声。

三人一觉到了天亮。赵刚先醒了，他推醒身边的李良，李良再推醒小周。

三人抬头，眼前看到的除了关公像和山神爷像之外，还有十多个人。这些人有的拿枪，有的持刀，有的坐着，有的站着，有的在冷冷地看着他们，有的坐在那里睡着了。

显然他们已经进来很长时间了。赵刚下意识地摸枪，发现自己的枪没了。李良的步枪和小周的手枪，也都没找到。

三人惊讶地看着眼前的人。赵刚站起来，对方的人也都站了起来，看着他。

赵刚对着眼前一个很粗壮的、显然像是个领头的人抱拳道："头领，你们是什么人？为什么要把我们的枪拿去？"

那人手中把玩的正是赵刚的枪，他眼神冰冷地看着赵刚，说："先说说，你们是什么人？"

赵刚想了想，说："我们是山外屯子里的猎户，到山里找个人。"

那人摇了摇头，用手指点着赵刚，说："猎人？猎人拿着这样的枪？不说实话？好，不说实话不要紧，兄弟们，都给我捆上。"

赵刚喊道："你们凭什么捆人？讲不讲理你们？"

那人瞪大眼珠子，用赵刚的手枪点着他的脑袋，说："讲理啊，我怎么不讲理了？我孙三爷跟说实话的人从来都是讲理的，你想糊弄我，我跟你讲个什么理？"

李良赶紧凑上来说："孙……三爷，您老别生气。我大哥真的没骗你，我们真的是山里的猎户，来找人的。"

"猎户？你小子给我说说，猎户带这玩意儿？我老孙家是世世代代猎户，没听说过用手枪打猎的！你们是官府的探子吧？"这个孙三爷看着李良会说话，口气就软了些。

李良趁机走前一步，挡在赵刚前面，说："三爷，这个您可是说错了。

我们都是猎户，不过是到山里来找人，带着大家伙不方便，这不就带着这些小东西。外面刚把日本人打跑了，现在谁家没有个儿把枪啊？我家里还有一支'歪把子'呢！不过没有子弹。那是我爷爷捡的，您说……"

那个孙三爷不耐烦地打断李良的话，说："行了，别'白话'了！你哪个屯的？"

李良说："山外第一屯啊！白虎屯。"

孙三爷说："小子，说到白虎屯，那我可就熟悉了。你说，白虎屯姓什么的多？"

李良说："当然是姓张的最多了。最有名的是张大爪子，他老人家，您听说过吗？"

孙三爷一愣："张大爪子？他……死了吧？"

李良得意地说："没呢，活得好好的呢。就现在还天天练功呢，碗口粗的树，一掌能砍倒两棵。"

孙三爷点头，说："当年他可真是一条好汉。对了，说说，你们进来到底是找什么？找人？还是找鬼？"

李良说："三爷啊，我们当然是找人了，怎么会到这里找鬼呢？"

孙三爷说："找人就好说，说说找个什么人。都是江湖上混的，三爷我是个讲理的人。说准了，三爷就放了你们，咱各走各的阳关道，互不妨碍。要是胡说八道，就别怪三爷不客气了。"

李良说："也许三爷您不信。这两年闹饥荒，粮食不够吃的，很多人没办法了，就朝山里跑。唉，我家的一个本家大爷，就是我这个大哥的老爹，就带着老伴跑到山里来了。这不，我们兄弟就进山找人来了。三爷，您认识人多，听说过这么俩人没有？"

孙三爷显然不大相信李良的话，但觉得他说的又有几分道理，便扭头看了看赵刚，说："兄弟，你骗你三爷吧？你的这个大哥这么健壮，一点儿也不像是缺吃的样子啊！再说了，你一看就是个穷打猎的，这个兄弟看起来却不是个一般人。他父母能没有粮食吃？"

李良脑袋一转弯，说："唉，要不说这个世道……三爷，您眼光真毒，厉害。我这个大哥，唉，不怕您笑话，他读书读得多，在外面谋了个差事。我大哥是个好人，但是我那个大嫂不行，我大爷大娘在他们家住了些日子，我大嫂子跟老两口吵了架，老两口就回来了，在屯子里住着。唉，人有了老婆就不行了！我大哥被老婆管得也不敢回来看看老人。直到老人进山了，这才回来，带着我们兄弟两个满山找，这么大的林子，您说到哪里找人啊？唉……"

孙三爷看着李良，李良说谎说得也进入了角色，竟然让他也看不出真假。他又看了看低着头假装悲伤的赵刚，说："好，我不管真假，我最瞧不起不孝顺的人。这样，今天三爷我就发一回善心。对了，你叫什么？"

李良忙说："李良。"

孙三爷说："好，我放你走，让这两个留下。你什么时候找到你那个大爷大妈，什么时候带人来把他们领走。如果你小子耍我，这两人我可就要送给山神爷了！"

李良央求说："三爷，您高抬贵手。我一个人在这么大的山里，怎么找人啊？山里的规矩我们懂，三把枪，您留下两把，给我们一把防身就行。我们一辈子都不会忘了您，三爷……"

孙三爷说："不行，就这么定了，你去找你大爷大妈来换人。不过，我可说好了，五天期限啊，五天找不到，我们可就要杀人了。山外的人心眼多，你最好别回去找俩老人来糊弄我。"

李良说："可是三爷，五天我也不一定能找到人啊！"

孙三爷说："那我就管不了那么多了。按我的规矩，你们闯进我的地盘，就得死，没有什么好商量的。别啰唆了，再啰唆一个也不许走，都砍了！"

李良看出这孙三爷是个吃软不吃硬、经不起好话的人，他看看赵刚他们，说："三爷，我有个事求您。"

孙三爷让李良弄得真是不耐烦了，说："你有完没完啊？有屁快放，别耽误三爷的时间！"

李良说:"三爷您说过,您最恨不孝顺父母的人。我这个大哥应该说是个不怎么孝顺的人,所以啊,三爷您应该让他们去找,让我跟您去享儿天福。在老林子里找人,又苦又累不说,还太危险了,不定什么时候就会被大牲口吃了。所以,三爷,您就让他们去找人吧。"

孙三爷奇怪地看着李良,说:"你小子不二吧?你以为我是找个爹养着吗?告诉你,五天到了,他们要是不回来,你就得死。你还愿意留下吗?"

李良说:"三爷,我看您是个英雄,死在您手里,我也值了。反正出去我看也没什么好活的。"

孙三爷气笑了,说:"好,我就收下你这个二货,放那两个走。不过呢,枪都留下!"

6. 误入陷阱的猎人

张雷也顾不得什么了,大声喊:"王队长,你们在哪里?王队长,你们在哪里啊?"

张雷和皮子端着枪,随时准备射击,同时边喊着,边在四周搜索。

找了好长时间,也没找到人。皮子哭唧唧地说:"完了,这个王队长恐怕也要完蛋了。这些猎头族,怎么净杀咱的人啊!"

张雷对那些跟踪的人喊道:"兄弟,是男人就敞亮点,站出来!像个地老鼠似的,算哪门子好汉?"

没人站出来,刚刚还有人影闪动的地方,一下子就静寂下来。

皮子骂道:"孙子唉,是汉子站出来明刀明枪地干,偷偷摸摸杀人,你们是人还是鬼啊!"骂完,他抬起枪就朝有人影的地方瞄准。

张雷说:"别开枪!不能乱开枪!"

皮子说道:"张雷,咱不开枪,不等于他们不开枪,万一他们偷着朝咱开枪,咱死都不知道怎么死的!"

张雷伸手把他的枪压下，说："听我的，对方只跟着，不动手，说明他们不想杀咱。咱不明情况，万一开了枪，就没有挽回的可能了。"

皮子想想也对，就放下了枪。他问："张雷，现在人也找不到了，咱怎么办啊？"

看看已经是下午了，张雷说："回去，边搜索边回去。"

"回去？"皮子惊讶地说，"咱还敢回去？"

张雷肯定地点点头，说："皮子，相信哥。现在怕也没用了，情况你也看到了，他们想杀咱，简直就是轻而易举。还有，据我估计，肯定还有人没被他们杀掉，咱的人没别的地方可去，如果能找到路，就会回来找咱，所以，咱回去等着咱的人，还有王队长，这是没有办法的办法。"

皮子悲伤地看看张雷，他现在也知道，害怕是没有用的。

两人边搜索边走，一路回到原来的地方，也没有看到王队长他们。

两人疲惫地坐在地上，皮子看看周围，说："那些人好像没跟上来。"

张雷说："跟上来了，他们在坡下看着咱呢！"

皮子惊恐地问："张雷，那咱怎么办？白天还好说，晚上呢？"

张雷笑了笑，说："晚上更好办，放心，我师父张大爪子的名声可不是糊弄来的。"

提到张大爪子，皮子心里安定了些。他说："你师父当然是厉害了，我爹说，当年你师父一进林子，所有人都得听他的。不过张雷，你有你师父厉害吗？"

张雷笑笑说："我当然没有我师父厉害，不过你放心，我的那些手段，保护咱们还是没问题的。我师父当年能在林子里活下来，主要也是靠这些手段，你放心就行了。不过，我有个条件。"

"什么条件，你说。"

张雷说："待会儿咱去弄点吃的，吃完后，我就睡觉。你不能睡，你得放哨，一有情况就喊醒我。晚上我来守夜，你只管睡觉就行。"

皮子说："这行，没问题。"

两人在附近转了转，打了一只野鸡和一只野兔。皮子是做饭好手，一会儿就把它们烧熟了。二人吃了个饱，张雷找了个地方，就先睡下了。

皮子手不离枪，警惕地看着四周，一直到黑天，也没发生什么。

张雷身体里好像有个时钟，太阳一落，就自然醒了。

皮子已经把剩下的肉热好了，两人吃了些，算作晚饭。

张雷让皮子先别睡，继续警戒，他在周围忙活了一会儿，做了简单的陷阱和飞耙，才让皮子睡下。

皮子刚躺下，就爬了起来，看到张雷带着随身小铲子要走，他惊慌地问："张雷，你这是要上哪儿去？刚刚你睡觉的时候，我可是一动不动地在你身边守着的啊！"

张雷呵呵笑，说："放心，没人能靠近得了你，除非他不想活了。再说，我也不到哪里去啊，我就是……"张雷把手中的铲子举了举。

皮子悲戚戚地说："张雷，你可不许扔下我自己走了啊！好歹咱是一个村的，一起长大的，你父亲……"

张雷打断他的话，说："行了，别叽歪了，放心，我不会扔下你自己走了的。我说皮子，你怎么把我想得那么坏？"

皮子躺下，说："你不坏，我就是害怕。"

张雷说："别神经了。你要是睡不着，就起来给我打下手。"

皮子打了个哈欠，说："我怎么睡不着？我是又累又困，现在我一闭眼就能睡着。"

张雷在外面又设置了几个陷阱。他在忙活的同时，也在观察着四周。虽然监视的人一直没有出现，但是他知道，他们就在他周围。

张雷在他们的眼前大张旗鼓地设置各种暗器陷阱。张雷心想，如果他们能知道好歹，别有什么企图，那他们就应该是安全的，但是如果他们以为所有的东西他们都看到了，那他们就错了。

张雷的陷阱布置，用的是机关术里的"暗术"。这种"暗术"，就是机关套机关。表面看到的其实是假的，没看到的反而机关重重。

无论是飞耙、重石头、暗箭还是陷阱，张雷都用了自己所学的精髓。他知道，自己面对的敌人不是一般人，不出杀招，恐怕难以抵挡。

忙活了半夜，张雷在睡觉的地方周围利用地形和树木布置好所有陷阱后，才放心地睡下了。

刚睡下不久，张雷就听到一声惨叫和枪声。他一下蹦了起来，把皮子叫醒，两人带着枪，朝发出叫声的地方冲去。

老远，他们就看到有两个黑影朝着陷阱冲去。其中的一个掉进了陷阱里，另一个踩中机关，被一根拳头粗的木头像打乒乓球一样打到了半空。

张雷听到了陷阱里有人喊："张雷，张雷，过来救我！"

张雷一愣，问："你是谁？"

那人说："我是苗路啊！"

苗路也是同村的猎人，皮子先听出了他的声音，惊喜地喊道："真的是苗路！"

张雷和皮子来到陷阱边。这是个利用凹地制作的陷阱，张雷只是在另一侧搭了几根木头和荒草。陷阱下有石头阵，人一落下去，必定会崴了脚脖子而站不起来。

张雷心说坏了，怎么弄了自己人了？

他让皮子做警戒，自己把苗路拉了起来。苗路激动地喊："真没想到，还能活着见到你们！"

皮子要过来，张雷喊道："别过来，警戒！你想死啊你！"

张雷说："苗路，你怎么走到这里来了？"

苗路说："我们被人暗算了，啊！"

张雷边跟苗路说话，边手下猛然用力，把他的一只脚给整好了。张雷问他："疼不？"

苗路说："还行，啊……"

张雷趁他不注意，又把他的另一只脚给整好了。张雷说："站起来，走走试试。"

苗路站起来，走了几步，惊喜地说："好了！"

张雷把手中的枪给了他，说："在这里站着别动，我去抓个活的来！"

张雷掏出飞刀，朝着那踩中机关的人追了过去。

张雷刚追过去，就从树林里跑出四个黑衣大汉，四人手一扬，四把暗器就朝张雷飞了过来，吓得他赶紧后退躲避。

等张雷回过神来，他们已经没了踪影。

7. 八座墓碑

赵刚和小周被孙三爷的人从山神庙赶了出来。两人手中的枪没有了，带的短刀也被搜了去，赤手空拳，他们真是绝望透顶。

两人躲到一片小树林里，一直等到孙三爷他们走出来。

赵刚说："走，跟上他们，找机会把李良救出来。"

小周说："就咱两个，两手空空，怎么救人啊？"

赵刚说："先跟上再说，人家李良为了救咱，把自己顶上了，咱总不能坐视不管吧？"

一群人从庙里出来后，顺着一条小路，翻过一个山坡，进入了一个阴冷狭窄的山谷。

山谷很是险恶，两人在外面看了会儿，犹豫不决。

小周的意思是，他们不应该朝里面走了，说不定里面设有埋伏，如果他们两个再被抓住，恐怕那姓孙的不会再放他们出来了。那样岂不是三个人都完蛋了？

小周建议两人先回去，找到王队长和张雷他们，一起想法子救人。实在不行，就等着后面的队伍上来再说。

赵刚不同意，他只有一个信念，不能扔下李良。李良是为了救他们，才跟着这个孙三爷走的，他们不能救他，但跟踪着，起码能知道孙三爷的老巢，否则以后就是救人都找不到地方。

最终两人还是进入了山谷。

赵刚估计这个地方应该是山洪暴发时冲出来的一条河谷。即便是现在，两边的山壁上也长满了各种苔藓。山谷很窄，因为两边的高山夹持，山谷里常年没有阳光，因此清冷异常。

赵刚和小周各折了一根木棍防身。两人边走，边仔细地前后看着。

走出山谷，一座巨大的黑色墓碑猛然横在了两人的前面。赵刚吓了一跳，如果不是白天，他真的有种进入阴间的感觉。

墓碑厚重宽大，上面还有云龙盖顶，显得肃穆庄重。这墓碑让两人感到很压抑，有种被它笼罩着进行审视的惶恐感。

墓碑的年代显然很久远了，碑面发黑，上面的字模糊不清。

赵刚正想凑过去仔细看一看，就听小周突然喊道："前面还有！一、二、三……八座！八座坟墓！都一样大，一样气派！"

赵刚知道这些坟墓应该不是一般人能够拥有的。这样的地方，肯定会有人，而这些人，是他们招惹不起的。

他刚想招呼小周先躲起来，突然有人大喝一声："来者何人？"

赵刚顺着声音抬头看去，看到从坟地里冒出两个穿着古代衣服的人，就像是从棺材里爬出的古尸一样，朝他们扑了过来。

赵刚和小周转身就朝后跑。那两个人看到两人想跑，不高兴了，喝道："二人休走！留下性命再走！"

小周喊道："赵队长，他们说话怎么跟古人似的，弄不好真是古尸吧？"

赵刚说："别扯了，大白天哪里来的古尸？快跑吧你！"

两人越跑越快，后面的人越追火气越大，用他们奇怪的半文言文骂得两人火冒三丈。

小周要回身骂回去，赵刚说："快跑！别理他们！我估计他们骂人是有陷阱，咱先逃出去要紧！"

赵刚和小周疲惫地跑出山谷，一直到外面的小树林里，两人才敢朝后看，他们看到那两个人就站在谷口，不往外追了。

小周惊恐地说："赵队长，您说咱这是不是进入阴间了啊？那个山谷就是通往阴间的路，那两人应该就是把守阴间谷口的小鬼。要不他们怎么一步都不迈出来啊？"

赵刚说："大白天的哪里有鬼？不过，看样子，这个地方咱是进不去了。咱回去的时候，走儿步就做个记号，好带人来救他们。"

小周高兴地说："好！赶紧走吧！这个地方感觉邪气得很，我是一分钟都不想待在这里！"

赵刚和小周朝后走，边走边仔细地留着记号。他们不知道的是，在他们的后面，也有人跟着他们，把他们做的记号都毁掉了。

两人一直走到山神庙，却记不清回营地的路了。环顾四周，除了一面是干涸的沙滩，其余三面几乎一模一样。

两人又不敢在这里久待，只得大约找了个方向，凭着记忆胡乱走去。

走了好长时间，两人又渴又饿。身上没有吃的，只有小周身上还有一瓶水。两人喝了点儿水，见树上有去年还未掉下的野果，就摘下来吃。

从太阳高挂一直走到夜幕沉沉，两人筋疲力尽，却总觉得越走越陌生，树林越来越茂密。

傍晚的时候，月亮还没有出来，两人不时地撞在树上。摸索着走了一会儿，赵刚说："先歇歇吧，也没有个方向，这样走下去，反而麻烦。"

小周坐下，说："赵队长，我怎么感觉这地方越走越陌生呢？"

赵刚沮丧地说："是，我们这么瞎走，弄不好真的走进大山里面去了。"

小周躺下，说："真想永远这么躺着，赵队长，咱还能从这里走出去吗？"

赵刚严肃地说："不知道。"

赵刚和小周二人都不再说话，沉默了下来。

过了一会儿，赵刚差点儿迷糊过去，他听到小周那边传来的鼾声，就强令自己站起身，警惕地监视着附近。

时间一分一秒地过去。赵刚站着，走着，感觉快要昏睡过去。突然，他看到树林里似乎亮起了几个火把。

8. 失踪之谜

张雷和皮子把苗路带到他们住宿的地方。苗路看着他们用树枝和荒草搭起来的简易之极的住宿"营地"，愣了，问："这里的东西呢？"

张雷问："什么东西？"

苗路说："咱带的帆布，还有吃的那些东西啊！"

张雷说："我们来的时候就没有了，什么都没有了。"

苗路沮丧地说："我还以为回来就有吃的了呢，唉！"

皮子想起还有点野鸡肉，就拿来给苗路吃了。等他吃完了，喝了点水，皮子问他："怎么回事？你这些天上哪里去了？"

苗路反问："张雷，你们见到虎子他们没有？咱得去找他们，如果让那些妖怪找到他们，他们就没命了！"

张雷低下头，说："虎子和那两个警察都……没了。对了，除了他们和你，还有赵刚几个啊，他们都去哪里了？"

苗路说："赵刚和李良还有一个姓周的警察，他们在你们走的第二天早上就不见了。赵队长一开始说在周围转转，弄点吃的，结果他们走后就再没回来，我们几个人当天晚上就出事了。"

张雷问："他们也没说什么就走了？"

苗路说："没有，赵队长就说在附近转转。"

张雷说："你们那天晚上怎么了？"

苗路叹口气，一脸的后怕，说："真是太可怕了！当天晚上我和虎子值上半夜，一点儿事都没有。下半夜是两个警察值夜，我和虎子就睡下了。后来我被惊叫声给惊醒了，爬起来一摸枪，发现枪不见了，我放在手边的刀也都没了，虎子也是。我们就这么赤手空拳地爬起来，看到一群妖怪……"

"妖怪？"皮子惊讶道。

"是的，妖怪！"苗路深深地喘了几口气，好像要先把心里的恐惧压下去，才有力气说话。

"他们穿着花里胡哨的衣服，头发老长，挡住半个脑袋，脸不是像我们这种颜色，而是黑色或者白色的，跟鬼一样！他们都拿着大刀。我估计是两个值夜的警察睡着了，他们就摸上来了，他们躲过了张雷的陷阱……"

张雷点点头，说："他们应该是早就跟踪着咱们了，所以看到我设置的陷阱了。"

苗路痛苦不堪地继续说："他们先把我们的刀枪偷偷收了，有一个警察被惊醒了，他就叫了一声。我和虎子醒来看到眼前的架势，也没有别的办法，抽了根木棍就跟他们打起来。

"那些人武功非常厉害，我们四个只有两个警察有两把刀。你知道，虎子武功也算厉害，我们边打边朝树林里跑。到了树林里，我们就跑散了。

"我在树林里转了两天，好几次差点儿被他们捉住。最后一次，就差几步远了。当时我躲在一个两片岩石之间的夹缝里，那是个死角，进出就一条路，他们只要再朝里走几步，就捉住我了。我手里只有一根木棍，我差点儿就想冲出来跟他们拼命。这时候，不知道从哪里跑出来三个人，从背影看，应该是三个警察。他们就去捉警察了，这样，我才没有被他们捉住。"

"警察？"张雷一惊，"你怎么知道他们三个都是警察？"

苗路说："他们都穿着警服啊！有两个还戴着帽子。不过看样子他们也是受了不少折腾，跑起来步子都稳不住了。唉，我估计他们是跑不出那些妖怪的手心的。那些人在树林里，简直跑得比兔子都要快。"

张雷说："他们应该就是一开始进来追那两个罪犯的警察了。唉，这些警察也可怜，他们押送的犯人跑了，当然要去追了。不过，他们到这老林子里找人，简直就是自己找死。"

皮子说："那恐怕他们已经死了一个了。我们在断崖发现的皮鞋，应该就是那个死掉的。剩下这三个，也没大活头了。"

张雷沉思着说："我怎么感觉有些不大对头？这猎头族在古代的时候，都是很小心的，他们杀人都是悄悄的，并且绝对是选择落单的人来杀。即便是杀人，也是一击就走，能杀就杀了，杀不了也不纠缠。像这种杀人法，不像是猎头族的做法。"

苗路听了张雷的话，张大了嘴："猎头族？他们是猎头族！张雷，你怎么知道？"

皮子说："我们找到了虎子和那两个警察的尸体，他们都被割掉了头，并且还给他们留下了金子。"

张雷点头说："这是猎头族的传统做法，在他们的意识里，杀人赔钱，就会得到宽恕。不过，猎头族杀人都是偷着杀的，像这种追杀，不像是他们的作为。"

苗路想了想说："张雷，你这么说还真有些道理，我看他们穿的衣服，不是汉人的。"

张雷说："先不管这些了，你是在什么地方遇到那些警察的？"

苗路想了想说："东南方向，从这里说就是东南。白天在那里能看到几座高山。我就奇怪了，那些警察怎么能跑到那里？"

张雷说："应该是被追杀跑过去的。不说了，咱歇歇，明天就去那里看看。"

苗路惊讶地说："张雷，你这是去送死！我知道你功夫好，不过好虎敌不过一群狼。你得知道，他们不是一般人！"

张雷用手指了指四周，说："你觉得咱在这里就安全了吗？现在咱的四周，都是那些人。他们如果想杀人，咱是逃不过的。现在趁他们还不想杀咱们，咱就去多找几个同伴，人多了，咱就有活下去的希望了。"

苗路看了看皮子，又看了看张雷，说："我估计……他们三个恐怕是完了。"

张雷说："不一定，我觉得追杀咱的这些人，是有目的的，不是简单的杀人。咱要是想活着，就得知道他们到底想干什么，这样咱才有法子对付他们。"

皮子说："张雷，你说他们是不是也是为了那个什么放在棺材里的鬼头金？就是那个清朝王爷说的东西？"

张雷想了想，摇摇头说："如果他们真的是猎头族，应该不是为了金子。在他们族人眼里，金子不是很重要，要不他们也不会出来杀人，还要放下金子。"

皮子说："可是如果他们不是真的猎头族呢？"

张雷沉吟着说："那他们为什么要装成猎头族呢？在这个地方，任何帮派都能灭了咱们，他们没必要嫁祸给别人。哎，不说了，先歇会儿，明天咱就出去找人。"

9. 神秘火把

赵刚把正在打鼾的小周推醒。小周迷迷糊糊地睁开眼，问："怎么了？有人来了？"

赵刚说："还没有，不过我看到远处有火把。"

"火把？"小周猛然站了起来，"是王队长他们吧？"

赵刚说："肯定不是，咱的人不敢这么明目张胆地走路。走，清醒一下，咱看看去。"

小周说："睡了这么一觉，好多了。火把在哪里？"

赵刚用手指了指，小周看过去，果然，透过树丛的间隙，能看到四五支火把，像是点在远方的蜡烛，在树丛中一隐一现。

小周惊愕了，说："这么吓人，我怎么看着像是鬼火？"

赵刚说："要是鬼火倒没什么可怕的，我现在才知道，人的世界比鬼更可怕。准备好了没有？准备好了就走。"

小周胆怯地说："赵队长，咱去吗？就咱两个人，也没枪，万一……"

赵刚说："去！现在咱的处境已经够危险的了，如果再找不到路，没有目标，饿也饿死了。跟着他们，说不定还能找到路。"

小周睡了一觉，觉得好些，脚下也有了些力气。

赵刚咬着牙走着，在前面带路。

月亮下的丛林，晦暗诡秘，两人不知道摔了多少跤。

跌跌撞撞中，两人一起掉进了陷阱里。这应该是个捕捉野兽的陷阱，因为时间太长，陷阱塌了。上面的泥土和多年的落叶把陷阱下面的刀阵给盖住了。但是因为两人掉下来的力量太大，还是把蓬松的落叶压瘪了，一支不太锋利的刀戳破了小周的屁股。

小周一开始以为屁股疼是跌的，用手一摸，觉得湿漉漉的。他有些纳闷，说："难道有什么东西把这里当作厕所？怎么湿湿的？"

赵刚掉下的地方树叶比较厚，因此没感到疼，只是吓了一跳。听小周这么说，他气笑了，说："你以为那些动物像你啊？"

小周大概是把手放到鼻子下闻了，猛然叫起来："不好！我出血了！队长，我受伤了！"

赵刚一听，赶紧爬起来。刚往前走了一步，感觉脚下有硬物，忙伸手摸了摸。

赵刚感到有个像是倒栽着的匕首一样的东西，但是刀刃已经不锋利了。他以为是根竖着的树枝，用手推了一下，没推动。他顺着刀锋摸下去，这才发现是一把竖着的刀。

赵刚大骇，对小周喊道："小周，你注意点儿，下面有刀！"

小周站着不敢动了。

小周是个刚进警察局不久的新人，什么事情都没有经历过，因此听到这陷阱里竟然还有刀，心里立马就慌了，连连问："队长，那我怎么办？队长……"

赵刚只能耐着性子安慰他，说："没事，小周，你别慌，你落脚的时候，注意些就行了。"

小周问："那我可以活动吗？"

赵刚说："没事，这些刀子放的时间很长了，刀尖都锈了。只要不是用力踩脚，碰上没事。"

小周这才慢慢开始活动。赵刚来到他身边，问他："怎么了？伤在哪儿了？"

小周带着哭腔说："屁股，可能让刀尖把屁股捅破了。"

赵刚问："怎么样？能走吧？"

小周说："走路倒没事。"

赵刚说："那就先上去再说，这地方不安全。"

赵刚本来想说别钻出条蛇来，可他怕吓着小周，便闭了嘴。

陷阱挺深，赵刚和小周试了几次，都无法够到边。

赵刚只好蹲下，让小周踩着他的肩膀朝上爬。小周觉得这是对赵刚的不尊敬，因此让赵刚踩着自己的肩膀。

赵刚担心地问："小周，你能行吗？"

小周很干脆地说："行，赵队长，您只管踩。"

小周蹲下，赵刚踩上小周的肩膀，小周咬着牙开始使劲，没想到他根本就不行，嘴里喊着"完了，完了……"就一屁股蹲坐在了地上，他"啊啊啊"地喊叫起来。

赵刚也摔了个跟头，不过好在有厚厚的树叶保护，没有受伤。听着小周的叫唤，他吓了一跳，问道："怎么了，小周，又坐刀尖上了？"

小周呻吟着说："没有，是伤口疼。"

赵刚不大喜欢这种娃娃兵，不过看着小周受这么大的罪，心里也有些同情。他在心里叹一口气，嘴上说："小周，你这几天很勇敢。不过还是要努力，受伤流血，对于一个警察来说，太正常了。来，我蹲着，你上，快点儿。"

果然是年轻人，受到鼓舞，干劲就上来了。小周走过来，摸了摸蹲下了的赵刚的肩膀，小心地问："赵队长，行吗？"

赵刚严肃地说："快点！别婆婆妈妈的，咱这是在执行任务，要抓紧时间！"

小周赶紧站在赵刚的肩上，赵刚一使劲，站了起来。小周伸手够着一棵小树，爬了上去。

上去后，他折了一根长树枝，把赵刚也拉了上来。赵刚长出一口气，说道："算咱俩命大，怎么样？屁股疼不？"

小周轻轻摸了摸伤口处，说："没事，不怎么疼。"

赵刚说："好！坚持下，咱得抓紧时间，你看到没，那些火把好像小多了，估计是走远了。"

这次赵刚在前面用一根木棍探路，两人行走的速度就慢了许多。他们想追上那几个火把，火把却在他们眼前越来越远。

小周说："赵队长，我看追不上了。"

赵刚说："追不上也得过去看看，说不定能发现一条出山的路呢。"

两人追了一会儿，火把偶尔能看到一个亮点，后来一点儿都看不见了。

两人又累又气馁，勉强追了一会儿，实在走不动了，只得停下来歇息。

小周不敢坐，倚靠着树站着。但是他的两条腿酸软，一会儿就站不住了，只得偏着身子半躺着。

两人看着茫茫森林，好长时间不说话。

终于，小周憋不住了，说："赵队长，实在不行，咱就朝外走吧。现在咱没有武器，没有吃的，在这里连自己生命都保证不了，也没法捉罪犯。现在朝外走，说不定还能活着走出去，要是再待个一两天，说不定……"

赵刚没应声，他想了一会儿，说："咱连路都找不到了，怎么朝外走啊？"

小周说："有北极星啊，咱是朝北走进森林的，也就是说，屯子在南边，咱朝南走，就能走回去。"

赵刚叹口气，说："不是这么简单的，你没看过地图吗？咱县城三面环山，也就是说，白虎屯朝东三十里就是大山和森林。咱是一直朝东北走的，现在再朝南走，说不定就从县城东直接进入长白山大森林了，那样更麻烦。"

小周脑子转得快，说："那也好办啊！咱就朝西南走，那里总会有屯子吧？"

赵刚一想，觉得小周说得有道理。他点头说："对，这个想法对！咱先歇歇，明天就看着太阳走。"

两人商议完毕，觉得有了希望。赵队长说自己太困了，让小周先警戒，他要睡会儿。他刚闭上眼，小周突然说："队长！队长！别睡了，那些火把又过来了！"

第四章／人头祭祀

1. 诡异的对视

早上，张雷和皮子跟着苗路，朝着苗路曾经被猎头族追杀的路线走过去。

在路上，他们先找到了虎子的尸体，张雷和皮子抬着他，又找到了那两个死去的警察。

苗路看到三人的惨样，吓傻了，一直劝说张雷别朝里走了，说那些猎头族的人肯定还在等着他们。

张雷笑了，说："你以为不朝里走，他们就会放过咱们？苗路，我如果说他们一直跟着咱们，你信不信？"

苗路瞪大眼珠子看了看四周，只见树木肃立，草叶不动，一片静默中似乎隐藏着无数秘密。偶尔有几片叶子摇动，都吓得苗路两腿抖动如筛子。

连皮子都禁不住说他："兄弟，至于那么害怕吗？死的又不是你。"

苗路很不高兴，说："放屁啊！我死了倒不用害怕了。皮子，你也不用说我，就你那点儿胆量，要是遇到我那样的情况，你屎尿都会出来了！"

皮子说："你以为我和张雷哥遇到的事少啊？我们……"

张雷打断皮子的话，说："好了，别扯了。赶紧把这三人埋了，咱好赶路。如果能救出那三个警察兄弟，咱就算做了一件大好事。"

苗路说："对，那三个兄弟可惨了。一个个站都站不直了，还拼命地跑。唉，枪也没了，也没吃的，可怜啊！"

皮子心软，说："当警察也不容易，出了事真够要命的。"

幸好张雷随身带着小铲子，三人轮流，一会儿就挖出了一个大坑。他们把虎子和警察的尸体抬进去放好，开始填土。

虎子跟皮子还有苗路关系不错，三人在屯里的时候，常一起找树叶卷了当烟抽，是关系很铁的穷哥们。因此，把虎子放下后，两人看着虎子的无头尸体，久久不想填土。

张雷喊了两人几声，两人都充耳不闻。张雷火了，骂道："干什么啊你们？舍不得？那你们也死去！我把你们一起埋了。"

两人看张雷真的发火了，只得强忍悲痛，把坑填上。看着土渐渐地把虎子埋住了，两人真是无尽的哀伤。

张雷填了一会儿，他就把精钢铲递给苗路，让苗路和皮子赶紧埋人，他拿着枪，朝旁边的树林走去。

皮子对苗路说："快点儿干吧，这周围肯定有很多人瞄着咱呢。"

苗路看了看张雷，说："张雷肯定看到什么了，我就奇怪啊，皮子你说，我和虎子他们在一起的时候，那些人猛追猛杀，可是现在他们为什么不杀张雷呢？我跟你说，围着咱的人多着呢，昨天晚上我快到咱们营地的时候，被人发现了，那些人其实就是跟踪你们的。他们追我，我这才掉进了陷阱里。那些人……最少有十五六个，他们真的要杀咱，张雷的陷阱是挡不住人家的。"

皮子眨巴着小眼想了一会儿，也没想出个答案，他说："反正不是想请咱去吃饭。管他想什么呢？只要他们不动咱，咱也不理他们。他们真要动手，咱还有枪，实在不行，还有张雷呢。"

苗路叹了口气，说："那些人都是高手，我估计张雷最多能以一顶俩。

就这两支枪？你以为人家没枪啊？人家杀咱太容易了，不值得用罢了。"

皮子说："不说这些没用的，赶紧弄吧。弄完就走，这里真是吓人。"

张雷举着枪，在小树林外面转悠着看了一会儿，又走了回来。

皮子看着锁着眉头的张雷，问："怎么了？有情况？"

张雷边沉思边说："我好像看到了一个人……"

皮子和苗路大惊，皮子拾起自己的枪，指着张雷刚去的方向，问："在哪里？"

张雷摇头说："早走远了，人影……我怎么感觉那么眼熟呢？怎么回事呢？猎头族里我真没有认识的人啊！别说我了，就是我师父，也从来没看到过猎头族的人呢。"

苗路惊慌地说："管他什么人呢，咱赶紧走最好。"

张雷用刀先砍倒几棵树，然后在最近的一棵树上做了记号，对两人说："走吧！"

皮子说："张雷，咱一起给虎子他们磕个头吧，人死为大，虎子跟咱的关系不错。"

张雷过去，三人跪下，撅起屁股给虎子他们磕了三个头。

张雷边磕头，边用余光看着周围。果然，在他磕第二个头的时候，他看到右边小树林里的一棵大树后，转出一个人来。那人死死地盯着张雷，眼神很冷硬。

张雷不动声色，直起身后猛然就蹦了起来，朝树林扑去。与此同时，皮子和苗路的第三个头刚好磕下。

纵使张雷动作飞快，他也只看到一个模糊成一片的背影。那人身手非常敏捷，几乎在他眼神还在半途的刹那间，就陡然转身，斜着飞了出去。

张雷吼道："谁？是好汉就站出来！"

那人显然还不想做好汉，等张雷跑过来的时候，那人已是踪迹皆无。

张雷想跟踪，却发现这人竟然连脚印都没有留下。他选择的地方非常巧妙，这片小树林里有很多石头，荒草不多，只要稍微会点儿功夫，就能踩着石头逶迤而去。

张雷转着看了看，四周静谧，风都没有一丝。他知道，在自己看不到的地方，有十双甚至二十双眼睛，现在正注视着他。当然，还有那个神秘又熟悉的人。

张雷明确地知道，这人他认识，但是仅凭模糊的感觉，他又无法把这人跟认识的人对上号。

这人是谁呢？

皮子和苗路在前面走着，张雷在后面压阵。一路上，他依然能感觉到，在看似纹丝不动的树林里，有人一步不落地跟着他们，盯着他们。

张雷的眼睛紧紧地盯着两边的树林，他知道那个人也在盯着他们。是谁呢？难道是？张雷心里猛然打了个哆嗦。

2. 举火把的怪人

赵刚迷迷糊糊地刚要睡着，猛然听到小周喊："队长，队长，别睡了，那些火把又过来了！"

赵刚浑身发沉，头脑迷糊，实在又困又乏。不过有火把就说明有人，有人就有希望。他先抬起手揉揉头，搓搓脸，站了起来，问："在哪里？"

小周惊慌地说："您看，就在那边，他们好像直接朝咱过来了。赵队长，是不是来抓咱的啊？咱……跑吧？"

此时正是寒气重的时候。一阵微微的小风吹来，赵刚打了个冷战，不由得连打了几个喷嚏。

小周关心地问："赵队长，您是不是感冒了啊？"

赵刚说："没事，火把在哪里？"

小周说："在左边，您看，简直就是朝咱来的。您说，是不是来抓咱的啊？"

赵刚顺着小周指着的方向看去，果然，在他们的左边，还是四五支火把排成一列，朝他们这个方向走来。

最让他惊愕的是，这些火把比他刚刚看到的显得大多了，显然离他们已经很近了。

小周又问："赵队长，怎么办？"

赵刚说："慌什么啊？他们离咱还远着呢。放心，他们肯定不是来抓咱的。哪有晚上点着火把来抓人的？这帮人是赶路的，咱好生跟着他们，说不定他们就能带着咱找到咱的人。我看这应该是朝那个孙三爷住的方向去的，跟上他们，想法子把李良救出来。"

小周说："可是我们什么都没有，怎么救人？"

赵刚说："别可是了，注意隐蔽，他们走得很快，马上就要过来了！"

两人躲在树林里的一从灌木后，眼看着那些火把离得越来越近。赵刚还在想是否再朝后退一退，那些人却突然转弯了，朝他们的右前方斜着走了过去。

赵刚忙带着小周朝前猛跑，一直跑到那些人的前方，找个地方躲了起来。

这次，那些火把没有拐弯，径直朝他们走了过来。赵刚吓了一跳，但是因为那些人走得太快，他们想换地方已经来不及了。他只得和小周蜷缩着身子，躲在一块不是很大的石头后面。

那些人脚步如风，在这深夜的老林子里如鬼魅一般，一会儿工夫就到了赵刚他们的面前。

最让赵刚他们胆战心惊的是，那些人直接朝大石头走了过来。

小周吓得"顾头不顾腚"，把头埋在石头后面，却露出半截屁股。赵刚借着火把的光亮，看到离石头两三步远的地方，有一条隐隐的小路。

心里有了底，赵刚略略有些放心。他让小周把屁股缩回去，自己找了个比较好的角度，盯着那些火把。

擎着火把的人步伐平稳。最让赵刚惊恐的是这些人的穿着和相貌。他们穿的衣服非常怪异，很像古人穿的长袍，却又啰啰唆唆，多了很多布条和带子。那种感觉，就像是一个穿着古装的人，在脖子、肩膀、腰上，又缠着长长短短的许多蛇。

他们头上戴着花里胡哨的帽子，脸上大概是抹了白粉和口红，看起来真是宛如死人。

赵刚看得心惊胆战，大汗淋漓，浑身发抖。小周也想抬起头来看，却被他死死地压住了。他估计，如果小周看到，非惊叫起来不可。

前面是两支火把，跟着四五个打扮恐怖怪异的人。中间跟着十多个穿着古代衣服的男人，这些男人打扮比较简单，但是脸上也涂了白粉，腰间悬着长刀。

最让赵刚感到不可思议的是，这十多个人后面，竟然跟着王队长和警察小刘！

说这林子里有鬼，赵刚可以相信，说这里有土匪和日本人，赵刚也可以相信，但是看到王队长神色自如地走在这样一些半人半鬼的人中间，并和身边的一个年轻女子时不时说着什么的时候，这简直让赵刚觉得无法理解、无法相信。

赵刚俯首在小周的耳边说："你记着，千万不能叫出来。我给你捂着嘴巴，你看看那人是不是王队长，听到了没？"

小周点点头，赵刚捂着他的嘴巴，让他抬起头来。

果然不出赵刚所料。小周看到眼前的景象，不但浑身发颤，而且嘴巴拼命地鼓着，要不是赵刚的手有劲，估计他就喊出来了。

王队长他们后面，是几个非常强壮的汉子，这几个汉子简直就是恶神，他们举着几支火把，脸涂成黑色，显然跟前面涂成白色的人分工不同，或者说地位不同。

等他们都走过去了，赵刚觉得小周的嘴巴也不那么鼓了，才松了手。小周喘了几口气，才说："鬼！赵队长，这些人绝对是鬼！"

赵刚又要捂他的嘴，小周忙把声音压低了，说："太……可怕了！这里怎么有鬼呢？赵队长，莫非我们也成鬼了吗？"

赵刚低声骂道："胡扯！王队长他们好好的，怎么成鬼了？"

小周说："我看不见得，王队长他们……是不是已经死了？"

小周的话吓了赵刚一跳，想想也是，刚才王队长的表情都是怪怪的。

赵刚习惯性地摇摇头，说："走，咱跟上他们，看看他们到底是往哪里去。"

小周惊愕地问："要是……他们，他们是鬼……怎么办？"

赵刚拍了他脑袋一下，说："你小子再这么说，小心回去我整你。"

小周委屈地说："赵队长，我说的是真的，我奶奶说……"

小周说到这里，赵刚猛然又捂住了他的嘴巴，并拉着他蹲下，藏在那块大石头后面。

小周知道有情况，赶紧躲好，朝外面看去。他们看到又有一队举着火把的人，朝他们走了过来。

3. 落单的警察

张雷和皮子跟着苗路走了一会儿，进入了一片比较稀疏的树林。三人早上没吃饭，现在是又累又饿。

看着周围树木稀少，藏不住人，张雷喊两人休息一下，顺便弄点儿东西吃。

苗路昨天晚上本来就没吃饱，一听说要歇息一下，当即就坐下了，说："唉，早知道这么要命，说什么也不来了！皮子，你说呢？"

皮子也一屁股坐下，朝后仰了仰身体，说："说这个有用吗？现在能有点儿好吃的，才是重要的。"

苗路说："这附近吃的应该没有问题，那天我跑到这里，发现野鸡兔子什么的不少。这里林子稀，是这些小动物喜欢来的地方。喂，张雷呢？"

皮子转着头找了会儿，才在一边的林子里看到了正朝深处走的张雷。他说："先别管他，他身体好，咱跟他没法比。"

两人歇了一会儿，张雷从林子里走了出来，拎着两只野鸡。皮子看到吃的，一下子跳了起来，跑过去，接过野鸡。

张雷对他说："赶紧弄好，咱得抓紧时间。"

皮子伸长脖子，小声问："没发现什么？"

张雷摇头说："我听着那儿有声音，跑过去就发现了这个。"

皮子长出一口气，说："没别的发现就好，说不定人家不理咱了呢。"

皮子和苗路生火烤野鸡，张雷爬上附近的山顶，蹲下来观察着四周。这周围的山都不是很高，山谷也比较平缓，所以视线较好。张雷看到山的北坡出现了一头野猪，晃晃悠悠地走着，边走边四处撒摸，一副好清闲的样子。

张雷看着那头野猪，觉得它真是让人羡慕。它可以自由地生活，自由地寻找自己的食物，而他们想活着走出林子却很难。

皮子和苗路已经点着了火，烧了羽毛的焦臭味道正随着山风一阵阵飘上来。张雷知道，外面的山林里，那些追踪他们的人，现在肯定还在监视着他们。

野猪晃荡了一会儿，突然朝一丛灌木急躁地嘶鸣起来。张雷一看，就知道有情况。

果然，在野猪朝灌木丛冲过去的一瞬间，从树丛里猛然蹿出一人，朝山下仓皇跑去。

张雷看这人奔跑的样子，就知道他不是常在山林里走的人。野猪一击不中，调整了一下方向，再次朝那人猛冲过去。

这时候，张雷也看出来了，那人穿的衣服应该是警察制服。野猪发起疯来，那速度可以用疯狂来形容，那个张皇失措的警察根本就不是它的对手。

不过这个警察也不笨，在野猪冲上来的一刹那，顺着一棵大树又折了回来，野猪冲得太急，又是下山，直线朝山下冲过去。野猪跑出好远，才刹住车，返身追上来。

那人返身朝上跑。张雷早就弯腰跑下山头，朝下接应。

同时张雷也看到，从一侧稀疏的山林里，有十多个人游蛇一般朝警察追了过来。

张雷暗道不好，边跑边喊："皮子，你们快来啊！"

山下的警察显然还没有看到一侧的袭击者，他不是直接朝山上跑，而是跑一会儿就立马侧过身换另一个方向跑，有的时候甚至还朝那些冲他飞跑过来的人的方向跑。

野猪被警察变化多端的步法弄得恼怒无比，连扑了几次都扑了空。有一次，野猪自己撞在了树上，摇晃了好长时间才站稳。

那个人虽然没受什么伤，但也累得够呛。他抱着一棵树，似乎就要倒下了。

这时候，跑在前面的黑衣汉子已经离警察只有几步远了。那人举着刀，照着警察的脖子就要砍。这时，野猪突然斜着冲了出来，朝黑衣汉子就撞了过去。

黑衣汉子离着野猪也就七八步远，野猪似离弦的箭一样冲了过来，黑衣汉子大惊之下，身子一侧，斜着身躯躲开了，与野猪坚硬的头部堪堪擦过。

野猪这次似乎也有了经验，它很快掉头，又向黑衣汉子冲过来。这次黑衣汉子没躲利索，让野猪一头撞到，摔倒在地。

野猪这次转身更快，它张开大嘴，朝黑衣汉子就冲了过来。黑衣汉子连滚带爬躲过，幸亏后面的人陆续赶了上来，将黑衣汉子拉了回去。

张雷也赶到了，拉着还在一边瑟瑟发抖的警察就朝山上跑。跑了没几步，四五个穿着黑衣、脸上画得犹如魔鬼一般的家伙，拦在了他们面前。

这次，张雷得以正面看到这些家伙的嘴脸。不过看清了等于没看清，因为他们都是一色黑衣，一色黑炭似的脸庞。

张雷看着手里举着长刀的他们，心里疑惑：他们真的是猎头族？

那些人挡在他的前面，却并不出刀攻击。张雷朝前走，他们也让开，但是手中的刀却想朝着警察砍。

张雷看出来了，这些人竟然真的不想杀他，却想对这个站都站不住的警察痛下杀手！

他们为什么不杀自己呢？

张雷意识到这个情况后，便用刀保护着警察，朝外面冲去。

那些黑脸人也不笨，他们趁张雷不注意，其中一个冲过来抱着张雷，另外几个就把那警察拽了出去。

那警察怕野猪，对于这些人倒不怎么害怕，他趁他们不注意，一番拳脚，竟然打倒两个，朝山上就跑。

张雷也把纠缠自己的两个黑脸人甩开，想掩护那警察先跑开。这时候，皮子和苗路也拿着刀枪冲了下来。黑脸人见他们手中有枪，其中一个打了声呼哨，几个人转身跑了。

不过打呼哨的那人临跑之前，把手中的长刀朝那个警察甩了过去。长刀深深地扎进那警察的后背，警察摇晃了几下，扑倒在地。

皮子想开枪，张雷喊他赶紧救人。苗路背起警察，张雷和皮子在后面跟着，三人跑了回去。

这个稚气未脱的小警察受伤很重。皮子看伤口比较深，害怕把刀拔出来止不住血，就没敢拔。张雷找了块布条，然后让皮子把刀拔了出来。张雷先用布团把伤口堵上了，再用布条紧紧缠住，但血还是泉水似的朝外涌。

皮子直摇头，说："恐怕不行了，伤内脏了。"

小警察脸色惨白，张雷喊了几声，他睁开眼，没一会儿，就又疲惫地闭上了。

张雷问他："你是警察局的吧？"

小警察轻轻点头。张雷自我介绍说："我是白虎屯的猎人，我叫张雷，我们是来找你们的。县警察局的王队长还有赵队长，你认识吧？"

小警察点点头，睁开眼，问："他……他们在哪里？"

张雷说："他们都在到处找你们呢，你那三个同伴哪里去了？"

小警察摇摇头说："不知道，我们被撵……散了。"

张雷问："追你们的是些什么人？"

小警察说："我……不知道。"

小警察疲乏地闭上眼，皮子喊了张雷一声。张雷抬起头，看到小警察的身下已经积了一大摊血。他知道，这个小警察恐怕是不行了。

过了一会儿，小警察微微睁开眼，对张雷说："张……张大哥，看到王队长，对他说声，让他赶紧找人，救……救刘唐他们，他们……危险。"

小警察的声音很小，说完最后两个字，他慢慢闭上了眼睛。

张雷喊他，想问问他叫什么名字，小警察只是睁开眼看了看张雷，什么也说不出来了。

4. 土人的仪式

这次赵刚没有按下小周的头。小周跟赵刚都看到了前面那几个把脸涂得雪白、嘴唇弄得通红的鬼一般的人，也看到了后面把脸涂成锅底一般黑的几个殿后的壮汉。

小周没有叫出来。但让他惊异的是，队伍中间竟然还有三个脸色正常的人。

因为走在中间的缘故，两人没有看清这三人的身体，但是看着那熟悉的正常人脸孔，两人都觉得有些亲切。

待这些人走近了，小周愣了，因为他看出来了，其中有两个人竟然是一起来的两个警察！他们一个叫王金宝，一个叫张芬。那个叫张芬的长得很壮实，浓眉大眼，却起了个女人名字，常让小周等人笑话。

现在这个张芬和王金宝就走在……等等，小周又仔细看了看，发现这两人好像不是在走。不，是三个人，还有那个叫虎子的猎人。这个猎人小周对他的印象也比较深，是个心粗，但是很直率的伙计，这三个人怎么会在这里？

小周记得清楚，他和赵刚还有李良从驻地走出来的时候，他们三个加上另一个猎人，是赵刚安排守在驻地的人啊！

并且小周也看清楚了，他们三个人真的不是在走，而是……有三个脸上涂着白涂料的人用托盘在托着他们，不！是托着他们的头！

赵刚显然也看到了这一幕，他觉察到了小周的身体猛然一抖，马上伸手捂住了小周的嘴。

一前一后，五支火把，还是十多个人。他们就这样簇拥着这三个人头，朝神秘的老林深处走去。

直到目送他们走远了，看到那些火把变得很小了，赵刚才松开捂住小周的手，瘫软在地上。

小周也一动不动地躺着，一声不发。过了好长时间，赵刚推了推小周。

小周叹了口气，幽幽地说："赵队长，您说，他们……怎么会跑到这里？"

赵刚看着天上稀疏的星星，说："不知道。"

小周说："他们怎么喜欢把人的头割下来呢？还有，怎么王队长他们好好的呢？他们要把王队长和那三个人的头，带到哪里去呢？"

赵刚严肃地说："看来我们是遇到了很大的困难，不过，现在怕也没有用。你也看到了，张芬他们是留在驻地的，可是他们死了。现在我们逃，弄不好也是死，往前冲也是死。当然，如果我们能救出王队长和小刘，我们的力量就能大一些。所以，我们只有往前冲，也许还能有活着出去的希望。"

小周咬了咬牙，说："赵队长，我什么都明白，您就说吧，我们怎么办？"

赵刚说："走！跟着他们，找机会救出王队长和小刘。王队长在这里，我觉得张雷他们也应该在附近。"

小周跟着赵刚，顺着小路朝前走。月光淡淡的，照在树林上，照在荒草上，却无法照清远处的黑暗。

火把燃烧松油的味道，还淡淡地飘在空中，也许是拐弯了，也许是走远了，那些鬼一般恐怖的人和火把，却一点儿都看不到了。

两人顺着小路，一直走到天亮，发现小路变得宽敞了。两人知道要有情况了，忙躲到路边的小树林里，继续顺着小路的方向朝前走。

走了一会儿，他们发现前面竟然出现了一片矮矮的房子。这些房子有茅草屋，有木刻楞，都排列得很整齐，坐落在一块不大的平地上。

小周惊讶地说："这里，竟然还有村子？是打猎的？"

赵刚狐疑地说："我看着怎么像是土人居住的地方？注意点，如果真的是土人的居住点，那附近肯定会有岗哨。别忘了，留意看着树上啊！"

两人一边警惕地看着周围，一边朝前走。前面树木比较稀疏，隐身比较困难。他们能看到穿着怪异的大人小孩从寨子中间走过。

好像快到早饭时间了，很多屋子里冒出炊烟，合着肉香，让两人垂涎欲滴，痛苦不堪。

小周说："这些人早上还吃肉，比咱吃的都好。"

赵刚喉结蠕动着，咽下一口口水，说："少说话！"

小周看了看赵刚，说："我真是走不动了，赵……"

话没说完，他们就看到几个脸上涂着黑色涂料的土人走了出来，来到茅屋前的一块小小的空地上。

空地上有个用大石头和石板垒成的台子，三个人用木盘端着什么东西走出来，把三个盘子放在大石板上。

三个人退后，朝那三个盘子磕了头，然后离开了。

赵刚心下诧异，不知道那三个盘子里盛着的是什么东西。小周盯着看了一会儿，说："赵队长，那盘子里放着的，是不是张芬他们的头啊？"

赵刚还真没想到这一层，听小周这么一说，觉得还真是有可能。他们把人头摆在这里，是要干什么呢？

赵刚带着小周迂回着朝前走了一段距离，想看清那三个东西到底是什么。这时，他们看到从房子里走出一队人，其中有个衣着华丽、手中拿着铃铛的肥胖女人。女人没有把脸涂上黑或白的颜色，只是把嘴唇和眉毛弄得非常凶恶。她边走，嘴唇边动着，好像在念叨着什么。

女人的身后，竟然跟着王队长和小刘。王队长的身后，是十几个把脸涂成黑色或白色的土人。而在这些土人身后，大批男女老少正从他们的茅屋里走出来。

他们手里端着肉食和各种粮食。那些食物还冒着热气，看得两人目瞪口呆。

小周小声说："他们这是要干吗啊？是不是要举行什么仪式，把王队长和小刘杀了？"

赵刚看了看王队长和小刘，发现他们神态自若，丝毫没有恐惧的样子。土人也没绑着他们，赵刚甚至看到王队长腰上的枪还在，这显然不是要杀他们的样子。

可是，那三个人头，显然就是土人杀的。难道土人只杀三个人？那也不会让王队长他们这么逍遥啊，起码要绑起来，把他们的枪缴了啊。

小周看到王队长好像在朝他们这边看，他不由得站起来，向王队长招手。王队长没看到他，却有一个警戒的土人看到他了。那土人猛然吼了一声，朝他们就扑了过来。

赵刚喊道："快跑，他们发现咱们了！"

5. 愤怒的张雷

张雷看着小警察在他的怀中，脸色逐渐变得惨白，小警察身下的血泊越来越大，他知道，这个年轻的生命已经离开这个世界了。

他把小警察放下，站起来，拿起刀，就朝刚才野猪出现的地方跑去。

皮子急了，喊道："张雷，你这是干什么？你这不是去送死吗？"

张雷没有回答。是的，他想送死，但是在死之前，他想找几个垫背的。

他跑到刚刚小警察隐藏的地方，看到的只有那头肇事的野猪。野猪身上多处负伤，伤口朝外汩汩地冒着血，它躺在地上，已经没有力气爬起来了。

野猪听到人的脚步声，只是半抬起头看了看张雷，鼻子"哼哼"了一声。张雷真想踹它一脚解恨，但是看它可怜的样子，又把抬起的脚放了下来。

张雷看到远处树林中有几个人影一闪，挥起短刀就冲了过去。等他跑到的时候，看到的却只有一棵微微摇晃的树，没有一个人影。

他对着他们消失的方向喊道："都是在林子里混的，是个男人就站出来！爷爷先告诉你们，我叫张雷，是张大爪子的徒弟，你们不是就喜欢杀人吗？你们出来杀我啊！你们为什么不杀啊？你们说话啊！你们出来啊！出来和爷爷练练刀！我不管你们是日本人还是什么人，也不管你们是不是猎头族的，我知道你们能听懂我的话！如果你们今天不出来，那我今天就把话撂下了，如果让我知道了你们是什么人，以后我见一个杀一个！一直把你们杀光为止！如果你们今天出来，跟老子过过招，就当我没说这话。当然，你们能杀了我张雷更好，杀了我，我屁都不放一个！"

张雷喊完了，周围却寂静无声，别说出来人，连蚂蚁都不见一只。

张雷又要朝里追，皮子和苗路已经跑了过来，拉着他就朝后走。

张雷怒吼道："你们这是干什么？我要给小警察报仇！"

皮子喊道："是报仇要紧还是救人要紧？你忘了还有三个警察被追着跑了？"

张雷听了，低下头，被两人牵着回来了。埋小警察的时候，张雷注意到这个小警察只穿着一只皮鞋，另一只脚上缠着一块破布。他想到了他们刚进来时，在一个山崖下发现的那只皮鞋，显然就是这个小警察留下的。

苗路和皮子吃了点儿东西，皮子让张雷吃，张雷吃不下，他俩只好给他留了点儿。

三人收拾停当，继续朝前走。

皮子说："张雷，你说跟在我们后面的真的是猎头族的人吗？"

张雷脑筋慢了半拍，侧脸问他："什么？"

皮子说："我的意思是，这些人真的是猎头族吗？"

张雷想了想，说："他们应该不是猎头族，这个可以确信。猎头族不会白天杀人，更不会这么追杀人。可是，他们是什么人呢？"

皮子问："那你说，他们是不是日本人？"

张雷一愣，想了想，说："现在真的没法说，我觉得他们像日本人。不过，既然是日本人，为什么不杀我呢？"

皮子说："要不他们就是中国人？"

张雷摇摇头，说："如果是中国人，那只有八大茔的瞿正光有这么大的势力。可是八大茎的人是这林子里的'官'，他们不会做这种暗杀的勾当。况且，我们跟他们没有仇恨，也没有利益冲突，他们没有理由追杀我们。"

皮子也疑惑地点点头，说："是啊，那这是谁要杀咱呢？"

三人边走边说，直到下午，他们才走到苗路看到三个警察的地方。这里是三座山会合形成的一个小山谷，地形比较复杂，草深林密。

他们在附近找了个遍，也没找到三个警察的踪影，连跟警察有关的痕迹都没有。只是附近的荒草都被胡乱践踏过，能看出有人逃跑的痕迹。

张雷三人顺着踏倒的荒草，一路追下去，直到"天麻麻黑"，也没有什么发现。

在追踪的途中，他们打了两只野兔。皮子收拾了一下，把兔子烤熟，三人吃了。

张雷做好了陷阱，回来对二人说："今天晚上，你们两个要分开睡，一人上半夜一人下半夜，有事就开枪，我会马上赶回来。"

皮子惊讶地问："你什么意思？张雷，你要上哪里去？"

张雷说："我们不能老是这样被别人跟着、监视着。我得去看看，他们到底是些什么东西！"

皮子把自己腰上的枪取了下来，递给张雷，说："带上枪吧，这东西还是有用的。"

张雷说："不用，我不是去杀人的，带着反而累赘。你们一定记着，睡觉的时候轮流睡，否则怎么死的都不知道。"

皮子说："这个你放心。张雷哥，你一定要小心。"

张雷说："放心，我从小就是跟着师父在这林子里长大的，没事。"

张雷准备好东西，转身就走。

为了不让对方发现自己，他先猫腰走了一段，从他们住宿的地方朝东直插，走出约莫五六里路，估计已经走出了那些跟踪者的外围，他才又朝住宿的地方摸去。

白天的时候，张雷边走边观察，他发现跟踪的人好像都集中在左边，并且那些人似乎遇到了什么问题，人员大幅度减少。张雷知道自己必须出击了，最起码要知道是谁在跟着他们，那些人跟踪的目的到底是什么。

他警惕地观察着四周，朝那些人住的地方迂回。远远地，他就看到一簇火光，有人影围着火光在转来转去。

张雷知道他们在外面肯定会有警戒的人，就边走边仔细观察着周围。

直到离火堆很近了，张雷觉得这距离应该不会有外围警戒了，刚要继续朝里走，听到身后传来隐隐的说话声。张雷忙隐身到一棵树后。

一会儿工夫，从张雷来的方向，走来了两个人影。近了，他听一个很气愤的声音说："怎么还得听那些日本人的命令？咱是中国人，凭什么听他们的？"

另一个人用低沉的声音说："这是大当家的意思，咱说别的也没用，照办就是。"

那个气愤的声音接着说："照办？你说得轻巧，那个狼煞，是一般人能杀得了的？你真的以为那个什么王爷是个中国人啊？他爹是中国人，但他可是在日本长大的，入了日本籍。还有那个川岛芳子，日本投降的时候没杀她，她竟然跑到这里来了！"

低沉的声音说："老胡，这个你就不知道了，这些日本人很多就是这个女人当年派来的。她早就听说了这些金子，在日本人占领东北的时候，还亲自带人进山找过。不过那次她什么都没找到，她临走的时候，就在这里留了一队人，专门寻找当年那些放棺材里、藏在人头中的金子。日本人在这里可威风着呢，你不知道，连方虎子都不敢得罪他们。最近他们不知道怎么知道了这个狼煞，唉，这些兔崽子，真是狗鼻子呢。"

那个气愤的声音说："我是恨瞿当家的，他怎么要跟日本人搅在一起呢？真的查到了那些金子的下落，咱这么多人，还用得着跟日本人合作？"

低沉的声音接着说："唉，也是呢，谁知道大当家是怎么想的。"

张雷觉得那个气愤的声音听着有点耳熟。他在大树后随着他们的走动移动着身子。等两人到了眼前，他几乎惊呆了，那个气愤的人，竟然就是那天晚上瞿正光派来送张雷等人的粗壮汉子！

瞿正光，这个当年响当当的绿林好汉，竟然跟日本人勾搭在了一起！

6. 钻木取火

赵刚和小周看看四周，竟然不知道什么时候，周围突然冒出十多个把脸涂成黑色的壮汉。他们个个威武雄壮，手持砍刀，"呜呜"地叫着，朝他们冲了过来。

赵刚和小周这几天已经锻炼得动如脱兔，当下也不废话，两人调动全身的力量，在树林中健步如飞。

跑了一会儿，赵刚说："别顺着小路跑了，前面再来几个黑脸人，咱就完全没戏了，跟着我！"

赵刚在一个比较平坦的地方，猛然从小路上拐了出去。小周紧跟着他，两人下了一个小山坡，经过一个山谷，进入一片密林中。

两人在密林中跑一会儿就转弯，跑一会儿又转弯，很快就把那些土人甩得没影了。

虽然他们看不到那些土人，不过两人也不敢乱跑，害怕自己再一头闯进他们的怀抱，于是只得先找个地方藏起来。

过了好长时间，赵刚才看到十多个一脸疑惑的土人从他们的眼前经过，边走边看着他们的脚印，四下寻找着。

两人看着那些人朝一个方向走了，立刻就往反方向猛跑。跑出了这片森林，翻过两个山坡，确认那些土人不会再追过来了，两人才坐下来歇息，喝了点儿水。

他们实在是饿了，不远处有野鸡野兔什么的跑过，但是两人都没枪。赵刚小时候玩过弹弓，用石头打鸟，就让小周给他捡石头，他抛石打野鸡。

树木都刚抽芽，叶子还没长出来，因此哪里有野鸡，看得很清楚。不好的一点是，那些野鸡老远就看到了他们，赵刚还在瞄准的时候，野鸡们就拍打着翅膀飞走了。

两人忙活了大半天，终于在赵刚把一块石头扔出去后，不知道是吓的还是真的打着了，一只野鸡竟一头从树上栽了下来。掉下来后，野鸡还满地跑，并且有两次都飞了起来，却因为没选择好方向，翅膀打在了树枝上，又掉了下来。

两人在下边朝野鸡猛扔石头，终于有一块石头打中了野鸡的翅膀，野鸡一只翅膀耷拉着，终于结结实实地落在了地上。

小周飞奔过去，一下扑在了野鸡身上，把它捉住了。

对着野鸡看了半天，两人也没从身上摸索出一根火柴。赵刚垂着头，说："没办法，咱生吃吧。"

小周疲惫地坐在地上，听赵刚这么说，瞪大了眼睛，说："生吃？赵队长，咱是人，可不是狼啊！"

赵刚沮丧地说："我知道，可咱得吃东西啊！天天吃那些野果子，身体受不了。吃肉，咱又没火柴，没火。吃点儿生的，好歹也能补充一下营养。没听说过日本人，连鱼都生吃呢。"

小周说："日本人不是人，我可是人，我生吃不了。"

小周在身上摸索了个遍，把裤腰带解下来了，赵刚惊讶地看着他。

小周先弄了把野草，然后找了块硬石头，用腰带上的铁扣砸石头。他想砸出火星，把那把干草点燃。

可是忙活了半天，腰带扣都让他砸扁了，一个火星都没冒出来。

赵刚看了看石头，摇头说："不行，这种石头砸不出火星，这附近山上恐怕没那种火石吧？"

小周也累了，把腰带扣一扔，坐在地上直喘气。

赵刚拿着野鸡，拽下了些鸡毛，对着鼻子闻了闻，张开嘴，却无法下口。

小周看着他，大概也想看看生吃鸡是什么状况。看了半天，生鸡依然好好地在赵刚手里。

小周说："赵队长，您怎么不吃啊？"

赵刚叹口气，说："我听一些老兵说，他们当年在山里打仗，抓到什么吃什么，连蛇都是生吃的，我当时就想，这有什么啊？可……现在轮到自己，怎么就不行呢？"

小周说："他们那是被敌人撵的，没时间做熟了吃。现在咱还没到那种地步。今天我就让您亲眼看看古人的智慧。"

小周在附近找到一块枯木，又在一棵死树上折了一根树枝。他先用石头在枯木上砸出一溜凹槽，然后用那根树枝在凹槽里来回蹭起来。小周让赵刚给他用脚踩着木头，他蹲在地上，两只手握着树枝，把树枝在凹槽上拼命来回拉动。

忙活了一会儿，他实在拉不动了，就让赵刚拉。他边用脚踩着木头，边划拉了一些枯草，放在凹槽的两边。

赵刚看着凹槽处似乎逐渐变了颜色，他闻到了越来越浓的木头燃烧的气味。

小周见赵队长脸上出汗了，说："来，赵队长，您先歇歇，我拉会儿。"

赵刚停下手，小周接过树枝，呼呼地拉动起来。

赵刚又拽了些干草，放在一边备用。

树枝在小周的快速拉动下，终于开始冒出一两点火星了，赵刚兴奋地喊道："快了！快了！再使劲儿！"

小周拼命拉了一阵子，虽然火星越来越多，却没能把干草点燃。

赵刚看着小周没有力气了，把上衣一脱，说："我来！"

小周疲乏地点点头，说："好，就差一点儿了。"

赵刚接手后，一阵猛拉，终于在冒出一阵强烈的火星后，把草点燃了！

两人赶紧小心拢火，划拉草。看着火势越来越大，终于烧了起来，小周看着火一直笑，都笑出了眼泪。

两人在草上加了些树枝，然后把野鸡用木棍串起来，放在火上烤着。一会儿，香味就飘了出来。

小周边流口水，边说："这下不用吃生的了。"

赵刚转动着木棍，说："真没想到，你小子还挺有办法。"

两人对烤鸡都没有经验，看着外面熟透了，以为差不多了，就拿了下来，拍打拍打上面的黑灰，一人拽了一条腿，开始吃。

腿撕下来的时候，小周才发现肉里还渗出丝丝血迹。他担忧地说："这……应该没熟吧？"

赵刚对着自己手中的那条鸡腿就是一大口，边嚼边含糊地说："没事，没事，野味啊，就这么吃才香呢……"

小周没有赵刚勇猛，他先吃着周边的熟肉。一口下去，即便是看着比较薄的地方，也能咬出血丝来。看着赵刚大吃特吃，他也试探着嚼了几口。果然吃不出血腥气，却是满口鲜香。

两人把一只肥胖的野鸡吃得一点儿都没剩下，赵刚满足地说："我当兵的那阵儿，最艰苦的时候生的都没得吃。你还嫌不熟，就是饿得轻了。"

赵刚弯腰在地上用野草擦了擦手，说："歇歇、唉，吃饱了晒太阳的感觉真好，真是天堂的日子啊！"

小周不相信地看着赵刚，说："赵队长，这……就是天堂日子？"

赵刚躺下，把一条腿架在另一条腿上，悠悠地说："小周啊，人要学会知足常乐。你说，跟刚才被追得死活不知的时候比，现在是不是很幸福？还有……"

小周突然眼神直了，喊道："队长，不好，有狼！狼来了！"

赵刚转身爬了起来，问："在哪儿？狼在哪儿？"

小周指着左前方，说："就在那儿，两只，不……三只，四只，五只……"

赵刚看着越来越多的狼，吼道："你还数数呢，快跑啊！"

7. 孙铜头

张雷看着那个粗壮的汉子从眼前走过，与此同时，前面不远处闪出两个人影，喝道："谁？"

粗壮汉子不耐烦地喊道："喊什么喊？就不会先看看再喊？"

那两人躬身退去，张雷吓得直拍胸脯，真没想到这些人竟然把暗哨布置得这么近。如果不是听到后面有人，自己不就直接撞上去了？

看清暗哨的位置了，张雷朝外退了退，从外围绕过暗哨，慢慢朝火堆靠近。

张雷在离火堆比较近的一丛灌木后趴下，看着这些靠在一起喝着酒、吃着东西，同时在骂骂咧咧地说着什么的汉子。

粗壮汉子正跟两三个人站在一起低声说着什么。火堆旁的人时不时地看看他们，好像也在猜测，这是要干什么。

突然有个人把手中的酒瓶子朝火堆一扔，砸出一小簇烟花似的火花，那人吼道："老五，我跟你说，我们可以打日本人，可以打土匪，但是你记住了，我孙铜头就是不能打野狼谷。我不管那里是什么大清金库，我也不管他有多少金子，帮日本人杀自己人，就是把我孙铜头换成金头，我也不干！"

有人起哄说："你当然不干了，给你把头换了，别说是金子的，就是钻石的，你也早死翘翘了。"

那个自称孙铜头的人喊道："我们虽然是在老林子里混，但是人不能把自己的良心混没了。把良心混没了，那还叫人吗？黑铁，你要是不听我的，我就带着铁匠帮弟兄走了！"

张雷一愣，这个人原来就是铁匠帮的老大孙铜头！

他听师父说过这个铁匠帮，说起来，他们就是一帮铁匠。当年在老林子里淘沙金的人非常多，到了道光年间，有人甚至开始开采山金。开采山金要用各种铁器，而且磨损非常厉害，这就使得大批铁匠聚集到了老林子里。

金矿老板们因为用的铁器量很大，常拖欠甚至黄了铁匠们的钱，铁匠们就联合起来，成立了铁匠帮会，统一跟金帮谈条件。

到了韩边让时期，铁匠帮出了很多厉害角色，孙铜头的师父曲铁，就是其中一个响当当的角色。张大爪子当初最敬重的就是铁匠帮的这帮汉子。张雷没想到，今天竟然能在这里遇到他们。

那个被称作老五的粗壮汉子跟人草草说了几句话，过来说："孙铜头，你嚷嚷什么？你铁匠帮算个啥啊？你真的以为铁匠帮还是以前的铁匠帮啊？再说了，老子是什么人？老子是中国人，我会跟日本人合作？除非我马老五从此不姓马！"

孙铜头不说话了。跟马老五一起来的那个瘦子喊马老五过去，几个人一起叽咕了好一会儿。马老五走过来，喊了几个人的名字，让他们随着那个瘦子走，这些人里面就有孙铜头。

孙铜头问："这是怎么弄的啊？我们铁匠帮就我自己啊？我走了，那我们的人谁管？"

马老五说："我管，你只管走你的，反正我们住几天也就过去了。"

孙铜头边收拾东西边问："去哪里啊？是不是帮日本人啊？"

瘦子笑呵呵地说："孙老大真不愧是铁匠帮老大。不过，您想想咱当家的是那没品行的人吗？日本人没投降时，他都没给过他们好脸色，现在他能跟日本人合作吗？大当家的胸怀，不是咱这些人能够猜到的。反正我跟大家交个底，大当家的跟日本人有合作，但他是在利用日本人。大家都知道，日本人凶狠，大当家的早就想找机会除掉日本人，还希望大家支持大当家的。"

孙铜头听这瘦子这么说，高兴了，说道："那就好！各位兄弟，一定要听马老五的话啊，那边完了，我马上就回来。"

有几个人站起来，说要送送孙铜头，孙铜头呵呵笑，说："这又不是多少年不见了，几天的事，你们送个屁啊。"

有个汉子站起来，说："铜头，我们弟兄都是在一起的，你一个人去我不放心，我跟你一起去。"

瘦子看看马老五，说："这不大好吧？这边的事也很重要。那几个山外来的人，必须看紧了。谁去谁不去，我们都是商量好了的，马老五，你看这事……"

马老五接口说："那……就让他去吧。你们那里多一个人，活儿就干得快些。我这边少一个人多一个人，影响不大。"

瘦子说："那好，几位，都准备好了吗？准备好了咱就走。"

孙铜头跟他的几个兄弟说了几句话，就和手下的汉子跟着瘦子一起走了回去。

张雷觉得好像瘦子和马老五不太地道，就悄悄地跟在他们后面。

那个瘦子边走，边跟身边的人笑呵呵地说着什么，一时倒是看不出有什么问题。

张雷跟着瘦子走了一会儿，看着他们在丛林中上山下山，真的是如履平地。他暗暗惊叹，这么多年没进林子，自己真的是不行了。

走了一会儿，他终于看出了这些人的门道。

跟着瘦子的人，除了孙铜头和他的手下，还有七个马老五的人。张雷注意到，马老五的人除了两个跟着瘦子走在前面外，剩下的五个都悄悄跟在了孙铜头的后面。

张雷知道，他们这是要对孙铜头下手了。

孙铜头依旧旁若无人，对这些情况丝毫没有注意。而孙铜头的那个手下似乎觉得有些问题，边走边朝后转头看看。

在后面走的那五个，非常会演戏，不紧不慢地跟着，有时候为了麻痹孙铜头和他的手下，会有一两个走到他们的前面，走了一会儿，再找机会落在后面。

走到一个比较狭窄的山谷的时候，瘦子咳嗽了起来。这瘦子好像有气管炎之类的病，咳嗽得挺重，边咳边蹲了下来。

孙铜头关切地问："王老四，你没事吧？"

瘦子依然咳嗽着，却转头看了看愣怔着的众人，突然喊道："还不动手！"

声音挺大，张雷都清晰地听到了。

孙铜头一愣，看着王老四，问："动手，动……"

就在这时，后面的五个人猛然挥刀，朝孙铜头和他的手下就砍了过来。孙铜头的手下显然比孙铜头警觉，在他还发呆的时候，抽刀就冲那五人扑去，同时喊道："大哥，快跑！"

在孙铜头愣怔的工夫，王老四也抽出短刀朝他刺来。孙铜头惊讶地喊了一声："王老四，你这是要杀我？！"与此同时他一跳，躲开了王老四的刀。

王老四不搭话，喊道："快上！杀了他们两个！"

孙铜头要去抓王老四，却被他身边的两个人横刀就砍。孙铜头不得不拔刀相接，这两个人都是高手，孙铜头显然没有预料到。几次险险躲过对方的刀后，孙铜头大惊，喊道："王老四，你竟然请了日本人！"

王老四叹息道："老孙，没办法，老大要带我们发财，你死活不让。这是老大安排的，兄弟，别怪我老四。"

孙铜头虽然力大无穷，可这两个日本人刀法刁钻古怪，招招要命。打了一会儿，孙铜头就挨了两刀，头上的一刀削去了一大块头皮，鲜血几乎糊住了眼睛。

孙铜头的手下却很勇猛，连续斩杀了三个袭击者后，挥刀冲了过来，朝其中一个日本武士就是一刀。

这个武士闪过，另一个武士斜里劈来一刀。三人你来我往，打在一处。

孙铜头在挥刀杀了剩下的两人后，赶紧吐着唾沫擦一擦眼皮上的血。

张雷看出那两个日本武士都是绝顶高手，孙铜头和手下联手，能胜过人家就不错了。他边看边暗暗为两人担心。

果然，孙铜头的手下连中两刀。其中一刀砍在了腿上，他只能拖着一条腿，招架着两个日本人。

孙铜头这时清理好了眼皮上的血，头上的血虽然依旧在流着，眼睛却能睁开了。孙铜头一边"哇哇"叫着一边扑上来，他的手下突然喊道："大哥，你快跑！再晚就跑不了了！别忘了给我报仇啊！"

说完，孙铜头的手下竟然把刀扔了，猛然跃起，朝一个日本人就扑了过去。那日本人稍退一步，一刀就捅进了孙铜头手下的肚子。孙铜头手下反而哈哈大笑，两只手分开，朝两个日本武士眼里各撒了一把粉。

　　孙铜头知道这是他手下在用自己的性命救他脱离险境。这种粉是用胡椒粉和辣椒面拌着生石灰做成的，没风的时候，那东西飘浮在半空，好长时间不散，所以一撒开，谁也不敢睁眼，除非是在上风头。

　　两个日本人和王老四捂着眼睛哇哇大叫，孙铜头还在犹豫。张雷听到树林里传来很多人奔跑的声音，知道不妙，也顾不得什么了，朝孙铜头就喊："铜头大哥，快跑，他们来人了！"

　　孙铜头一愣："你是谁？"

　　张雷听出孙铜头的声音里没有恶意，从藏身的地方跑出来，拉着他就跑。

　　孙铜头非常有力气，被张雷拉着跑了几步，一下就挣开了他的手，质问道："你是谁？"

　　张雷听到后面的脚步声越来越急，忙从后背掏出一把铁蒺藜扔在身后，说："孙大叔，我师父是张大爪子，我是张雷！别的先不说了，王老四铁了心要害死你，树林里还埋伏着人呢。快跑吧！你不回去，铁匠帮的人就完了！"

　　孙铜头低了头，不再说话，跟着张雷就跑。

　　张雷跑一段路就朝身后扔几颗铁蒺藜，带着孙铜头朝后跑，跑到皮子和苗路在的那个山坡下，先绕着跑了一半圈，又朝另一个方向跑了一会儿，撒了一圈铁蒺藜，这才转身回来，上了山，直奔皮子他们等着的地方。

8. 身陷狼群

　　赵刚和小周一阵疯跑，狼群在后面紧紧跟着。这次的狼群跟上次不一样，似乎不打算只是跟着他们，而是想尝尝他们的味道，因此狼群嚎叫着，争先恐后地朝他们猛追。

小周边跑，边抽空朝后看。当他看到那些凶恶无比的小眼睛，看到它们露出的尖利牙齿，不由得两腿发软，哭唧唧地说："赵队……赵队长，这次恐怕它们要来真的了。"

赵刚低头猛跑，骂道："这么多废话？赶紧跑吧！"

好在两人都填饱了肚子，脚下有了些力气，两人就在山林里跟这些四条腿的畜生比赛起了长跑。

但是两人怎么能是这些家伙的对手呢？跑了一会儿，小周就被一头狼从背后扑倒了。

小周大叫，赵刚转身一棍子，刚好打在狼张开的牙齿上。那头狼受伤不轻，嘴里被打得血肉模糊，嚎叫着朝一边逃去。

赵刚发现前面不远好像有个山洞，拉着小周就朝山洞跑去。

没想到狼越来越多，从他们的周围，前后左右，猛扑过来。赵刚和小周挥舞棍棒，胡乱敲打着。

好在离山洞不远了，山洞在半坡上，离地面比较高。赵刚先搭着肩，让小周上去，然后让小周把他拉了上去。

野狼马上把洞口围住了。两人坐在洞口，看着那些狼不服气地蹦跶着，似乎想要冲上来，两人顾不得歇息，赶紧在洞口周围搬了几块石头，看着哪个有冲上来的可能，就扔下一块石头。

可要命的是，洞口石头不多，而狼却越聚越多。

一会儿，外面的狼就从几十只聚集到上百只。又过了一会儿，狼的数量越来越多，以至于一眼看去，前面的山坡上、树林里，甚至远处的山峰，都有狼在朝这里奔跑。

小周艰难地把一块石头从山洞里搬出来，坐在洞口，看着外面密密麻麻的几百上千只狼，发了一会儿呆，喃喃地说："完了，完了！这下真的没救了。这些畜生，别说咬，就是一只舔一下，也把人舔没了。"

赵刚看着那些眼神凶恶的家伙，又看了看身边的几块石头，问："没石头了？"

小周说："这周围没有了，里面也不多了。唉，没用了，就这几块石头，能坚持多长时间？算了，让它们吃了算了。队长，我求求您，您先用石头砸死我吧！"

赵刚惊异地说："砸死你？为什么要砸死你？"

小周一脸的绝望："死了，它们吃的时候就不疼了啊！要不看着它们一口一口咬身上的肉……我想想，就吓死了。"

赵刚说："那你使劲儿想想，直接吓死得了！我是不会帮你这个忙的，要帮，你找别人帮去。"

小周急了，说："现在我到哪里找人去？队长，这不是开玩笑，我真的怕疼。"

赵刚说："那我把你弄死了，谁把我弄死啊？我就该活着让这些畜生吃啊？小周，我发现你怎么那么自私啊？你连人家一个猎人都不如。你看人家李良，为了救咱，把自己都押上了，你再看看你，什么心理啊你……"

小周被赵刚教训得不说话了，想了一会儿，他说："要不……我先砸死您？"

赵刚白了他一眼，说："我不用你砸，等会儿我自己死去。不好！快砸！快砸！有两个畜生快上来了！"

果然，有两只狼竟然跃上了别的狼的脊背，作势要朝山洞里冲。小周扔了一块石头下去，没砸中。赵刚举起一块大石头，朝其中一只狼砸了下去。顶上站着的那只狼偏了偏身子，躲了过去，大石头却砸中了它下面那只狼的头部。这只狼哼都没哼一声，就摔倒在地上，把站在它身上作势要跳的狼摔了下去。

另一只狼跳了起来，小周拾起木棍，朝着狼头狠狠地砸了下去。那只狼相当了得，身子一偏，躲过木棍，同时张口探头，竟然把棍子咬住了。

小周吓得哇哇叫，赵刚掂起棍子，朝着这狼头就是死命一击。

这只狼嘴一松，"扑通"就掉了下去。

小周拽着棍子，一屁股坐在地上，擦着脸上的汗水，艰难地吞咽着唾沫。

赵刚怕狼群再效仿这两只狼的动作，便先举起了一块大石头，对着洞口下的群狼示威。

那些狼大概看出来这种攻击方法比较危险，于是暂停了动作，有的坐在地上，死死地盯着赵刚，有的几只凑在一起，好像在商量着什么。

赵刚喉头发干，心脏猛跳，额头上大汗直流。他知道，如果这些家伙真的像人们说的那么聪明，商量出什么好办法，那他们这次真的就得葬身狼腹了。

太阳开始偏西，寂静了一会儿的狼群开始骚动起来。它们一部分聚集在洞口下三五米远的地方，一部分朝两侧散开，把洞口下面的山坡腾出了一块空地。

一开始赵刚不懂它们的用意，疑惑地看着它们胡乱跑动。等过了会儿，看着它们在洞口下聚集了一部分，其余的四下散开，他的汗水就流出来了。

赵刚喊倚靠在洞壁上的小周："快做好准备，这些畜生要进攻了！"

小周疲乏地转转脖子，说："它们怎么攻击？"

赵刚看到一只健壮的狼在空地的不远处开始倒腾着前爪，做着进攻前的热身，急了，骂道："你要死了啊？听见没有？它们就要冲进来了！"

小周不大信，勉强地坐直身子朝外看。

太阳西斜了，金黄色的阳光刚好照在那只跃跃欲试的大狼身上。小周看看四周肃立着的狼群，惊讶地问："赵队长，它们这是要开运动会？"

赵刚急了，说："别扯了，赶紧拿好棍子，它们这是要进攻了！"

"进攻？"小周一愣，抓起棍子就站了起来。

似乎为了响应赵刚的话，那只狼猛然冲了起来。虽然是个小土坡，这只狼却越跑越快，它健壮的四肢和身体犹如拉满了弦的弓，透着力量和杀气。

小周不由得赞叹："这家伙真壮！"

赵刚沉稳地握着棍子，说："待会儿我先打，我打不下去，你再动手。记住，打它的耳朵部位！"

小周说："好。"

那只狼几个优美的跳跃就跑到了山洞前的空地，然后一跃跃上了前面密密麻麻挤在一起的狼群脊背上。

赵刚看到被踏着的狼竟然也轻轻地一跳，先前的狼便借力跳起，朝山洞就跃了上来。

赵刚瞄准这只狼的脑袋，手中的棍子狠狠地砸去。

狼受不了这一棍子，嗥叫一声，就落了下去。

小周看到这个情景，有些得意地说："这些家伙，不过如此。"

让他没想到的是，又有一只狼，不，是许多只狼，接二连三地冲了过来。起跳，跃上山洞下狼群的脊背，借力跳起，冲着两人恶狠狠地叫着，那种架势，似乎是想用眼神，用吼声，就把两人撕碎。

两人抡起棍子，把那些跳在半空的狼打下去。

这个打法比较容易，被打下去的狼有的嗥叫着躲到了一边，有的被打狠了，直接就死在了地下。

这些凶恶的家伙似乎不畏生死，看着同伴一只只被打下去，却个个无所畏惧，前仆后继。

赵刚和小周很快就累得不行了，但是他们不敢停下。他们很清楚，只要有一只狼上来，他们的末日就来临了。

两人很快汗流浃背，小周的胳膊从酸痛到麻木，到现在的毫无知觉，他觉着棍子好像带着自己的胳膊挥舞着。

赵刚一边把一只狼打下去，一边嘱咐道："小周，一定要抓住棍子。棍子没了，咱也就完了。"

小周赶紧使把劲，却发现手竟然不听自己使唤了！他喊道："赵队长，我的手……好像不听我指挥了。"

赵刚说："我也是。不过，一定要好好握住棍子，天快黑了。天黑，它们就应该散了吧。"

小周心里嘀咕：天黑了，它们不会更多吧？

赵刚奋力挥舞着手中的木棍，胳膊在麻木之后，似乎有千斤重。赵刚看着眼前似乎不知疲倦、无穷无尽跃起的狼群，心里越来越绝望。

突然，赵刚手中一震，再举起木棍的时候，觉得木棍竟然轻了很多。

小周喊道："不好！赵队长，您的棍子断了！"

9. 阴谋

张雷带着孙铜头找到皮子和苗路，两人正坐在山头看着四周。

看到有两个人跑过来，皮子喊道："谁？"

张雷应声："皮子，是我。"

皮子听出是张雷的声音，带着苗路迎了下来。皮子看到血肉模糊的孙铜头，吃了一惊，问："这是谁？咱的人吗？"

张雷说："不是，这是铁匠帮的孙大当家的。皮子，快想法烧点热水，苗路，你找些干净的布，要大一点儿的。"

苗路瞪眼了，说："张雷，我上哪儿弄干净布去？咱这儿除了穿的衣服，别说布了，就是线头都找不到一个。"

张雷说："好，那你们赶紧烧水。"

张雷让孙铜头坐下，自己脱下外面的衣服，又脱下了内衣，扯下了一只袖子。其实他们进山的时候，张雷是准备了一捆纱布的，可惜现在都找不到了。

等两人烧开了水，张雷把孙铜头脸上的血污洗了洗，掀开头皮，给他上了一些自制的药粉后，把那只袖子一扯两半，把孙铜头的脑袋给包扎了起来。

孙铜头大概是因为疼，或者是这变故太突然，他自始至终很少说话。等张雷给他包扎完了，他才说："谢谢了，小兄弟。今天如果没有你，我就死在那些人手里了。"

看着孙铜头气愤的样子，张雷宽慰他说："孙大当家的，在那些人面前，您敢说真话，真不愧是铁匠帮的老大。"

孙铜头轻轻摇头，说："真没想到，瞿正光那么勇猛的一条汉子，竟然能跟日本人合作！估计此时我的那些帮中兄弟也遭遇了不测。唉，是我对不住他们啊！"

张雷看他情绪低落，就说："孙大当家的，先不说这个了，折腾半宿了，您先歇息吧。"

照顾孙铜头睡下，张雷也找个地方躺下，睡了一觉。

第二天一早，苗路和皮子先弄好了吃的，才把张雷叫醒。张雷发现孙铜头的头部又流出了一些血，应该是昨天晚上包扎得不好。他把孙铜头伤口的血处理了一下，在附近薅了几棵野草，吩咐皮子给熬了，让孙铜头服下。

吃了饭，几个人收拾了一下，就要出发。一直不说话的孙铜头开口了，他问："兄弟，你能告诉我，你们这是朝哪里走吗？"

张雷说："不瞒孙大当家的，我们是去寻找被猎头族追杀的兄弟。"

孙铜头一愣："猎头族？你们发现了猎头族？"

张雷说："是，我这个兄弟，也被猎头族追杀过。不过他很幸运，逃了出来。"

孙铜头看了看苗路，问张雷："你们怎么知道他们是猎头族？"

张雷说："他们把人杀了之后，头都没有了，尸体的下面还放着金子。"

孙铜头摇摇头，说："猎头族杀人，不是随便杀的，我师父见过猎头族杀人。他们都是把人绑架，带到他们的祭祀地点杀死，杀人后，再把尸体秘密地送回来。"

张雷说："我们也在怀疑。我有一事问孙大当家的，如果得罪了，请您包涵。"

孙铜头说："有什么想问的，你就尽管说。我这人直言直语，何况你又救了我一命。"

张雷说："马老五等人跟踪我们，却又不杀我们，这是什么意思？"

孙铜头叹息一声，说："唉，你不知道。这个马老五是瞿正光的拜把子兄弟。他拿着瞿正光的手令，让我带着铁匠帮和脚行帮的人跟踪你们，说你们可能是来取鬼头金的，我这才带着人跟他来的。"

"鬼头金？"

孙铜头看着张雷，很意外地问："怎么？你们不是来取鬼头金的？"

张雷苦笑了一下，说："孙大当家的，你们上当了，我是从一个王爷和光叔那儿才听说了鬼头金，进林子前，根本就不知道这东西。"

孙铜头又问："那你们来这里干什么？"

张雷说："不瞒您说，我们是来抓两个罪犯的。他们逃进了林子，负责押送的四个警察跟了进来，我们来是为了寻找那四个警察。"

孙铜头问："警察？是什么……东西？"

张雷解释说："哦，是……和过去衙门的捕快差不多吧！"

孙铜头点点头，沉思着说："那你们跟鬼头金一点关系都没有？"

张雷说："没有，绝对没有！"

孙铜头又问："你师父张大爪子就没提过鬼头金这东西？"

张雷说："没有，从来没说过。"

孙铜头叹口气，说："你师父是好人啊！他是不想让你蹚这趟浑水。这个瞿正光让我跟着你们，是什么意思呢？"

张雷沉思着说："他可能真的以为，我是听了我师父的话，来找金子的吧？"

孙铜头点头，说："有这个可能。这个瞿正光为了金子，已经昏头了。"

张雷说："不瞒孙大当家的，我也怀疑这些猎头族是假的。我听我师父说过，猎头族的人都是晚上出来的，他们杀人都是偷偷的，不会在白天追杀。据说猎头族消失好多年了，他们总不会突然出现，还把自己部族的习俗都变了吧？"

孙铜头说："应该不是他们。"

张雷说："跟踪我们几个的不止一帮人，除了您带领的人，还有一帮紧跟着我们的人。"

孙铜头说："这个我知道，他们是马老五带的人。这些人很神秘，只有晚上才有几个人到我们住宿的地方取些吃食，也不跟我们说话。"

张雷点点头，说："我怀疑，装扮成猎头族的人，应该就是马老五的人。也就是说，他们是瞿正光派来的。"

孙铜头一愣，狐疑地看着张雷，说："瞿正光……应该不会吧？"

张雷说："但愿吧，不过您想想，因为您不愿意跟日本人合作，他们就请日本人帮忙杀您，对于我们，他就更能下得去手了。"

孙铜头不说话，沉默着走了几步，转了话题说："你们这么朝前走，是找不到你们的人的。"

张雷问："为什么？"

孙铜头说："如果这真的是瞿正光的阴谋，跟踪你们的那些装成猎头族的人，肯定会发现，告诉瞿正光。如果你们还追着朝前走，那他肯定是有别的阴谋。"

张雷问："孙大当家的，您说，他们会有什么阴谋呢？"

孙铜头想了一会儿，摇头说："我还真是想不明白，既然是他们自己设置的阴谋，怎么还要我们这么多人跟着你们呢？"

10. 驱狼术

赵刚的棍子短了，只能等着狼快到了洞口，才去攻击。这样有些力气大的狼虽然受了一击，但是惯性使得好几只狼的前蹄已经趴在洞口上了。幸亏它们没有抓住，只在洞口抓了几下，就掉下去了。

随着赵刚和小周的力气越来越小，落在洞口的狼越来越多。有一只狼落下后，前蹄把住洞口，努力朝上爬。小周一脚踢去，却被狼一口咬住了鞋子。小周大骇，幸亏赵刚朝着狼头狠狠打了一棍子，那狼才掉了下去。

两人坚持了一会儿，狼群终于也累了，都蜷缩在两边休息。赵刚和小周累得浑身发软，喉咙发干。

小周哑着嗓子说："它们要是再来，咱就完了。"

赵刚说："别说话了，保持体力。"

两人就都坐着，"呼哧呼哧"地喘气。喘了一会儿，两人恢复了些力气。

赵刚站起来，试着活动一下腿脚。狼群竟然也站了起来，还是在洞底下聚集了一些，剩下的有在两边站着的，有站在稍远处的。

小周说："完了，它们又要进攻了。"

赵刚不说话，只是捡起了身边的棍子。小周摇晃着站起来，手竟然握不住棍子了。棍子举起来，就从手里溜出，他试了好几次，都是这样。

赵刚惊愕道："怎么了这是？"

小周说："完了，我握不住棍子了！手不好用了！"

赵刚过来，让小周把手掌伸开，然后再攥起来。结果小周的手伸也伸不开，更无法攥成拳头。

赵刚帮着小周把手指伸平，再帮他攥起来，如此做了几次，他的手终于有了些感觉，能攥起棍子来了。

两人摆好阵势，那些狼也各就各位，准备发起进攻了。突然，一声喑哑却穿透力十足的狼啸，从远处传了过来。

两人一怔，小周的腿都软了，说："这声音怎么这么吓人？赵队长，是不是狼的帮手来了啊？"

赵刚看向那些狼，狼群却没有犹豫，几乎同时转身，朝声音传来的方向跑去。

两人惊讶地看着这些家伙一会儿就跑得无影无踪，刚刚还剑拔弩张的洞口，马上变得冷冷清清，只剩下了两三具狼尸和七八只受伤很重的狼。

赵刚说："好像是狼王在叫它们吧。"

小周看着狼去的方向，余悸未消地问："它们不会再回来了吧？"

赵刚摇摇头，说："不知道。"

两人观察了一会儿，赵刚想喝水，发现水壶已经空了。小周的水壶还有点儿水，两人只是稍微舔了几口，润了润嗓子。

赵刚说："咱得下去弄点儿东西，万一过会儿它们再来，咱就没机会下去了。"

小周看了看洞口下面，说："这万一咱刚下去，它们就来了呢？"

赵刚说:"那就没办法了,反正如果咱什么都没有,等会儿它们来了,咱也没力气打了,照样会被它们吃了。"

小周想想也是,就跳了下去。

两人先弄了些干草,折了一大堆树枝扔上去,然后把一只刚死的、身体还温乎的狼也扔了上去,就赶紧爬进洞里。

还是钻木取火,点着了树枝,两人把狼用木头串起来,在火上烤着。

一会儿,香味就出来了。

两人没有利器,只能用手撕着吃。小周边吃边想起了那个没收了他们刀枪,还把李良留下的孙三爷,叹气道:"唉,也不知道那个姓孙的把李良怎么样了。"

赵刚奋力用手撕下一块肉,说:"谁知道呢,现在咱也没法救他。"

小周边吃肉边问:"赵队长,下一步你打算怎么办啊?"

赵刚说:"打算也没用,咱还得想法找人,找到王队长张雷他们,就有办法了。"

小周吃了点儿肉,胃里有了东西,求生的欲望又强烈了,他说:"咱一定得找到他们,我奶奶七十八了,还有一个月就过生日了,如果她过生日我不回去,她这个生日就没法过了。"

赵刚叹息一声,没说话。

小周话唠劲儿上来了,继续说:"还有我妈,我妈⋯⋯"

赵刚不想听这种忧伤的话,就说:"别说了,赶紧吃肉,别不等咱吃完,那些畜生又回来了。"

直到两人吃完,重新找了两根棍子,那些狼也没回来。

小周看着月光淡淡的山洞外,说:"它们不会不回来了吧?"

坐了一会儿,两人都困了。小周说:"赵队长,我看咱睡吧,不是说,有火狼就不敢靠近吗?"

赵刚看了看外面,说:"好像它们不会来了。对了,咱还不知道这个山洞是做什么用的呢。先别睡了,万一再从里面出来个什么东西,我们就完了。"

小周问:"那,怎么办?"

赵刚说："一时半会儿狼应该不会回来，再说了，这里有火，它们也不敢往里冲。咱先到山洞里看看，如果这里危险，咱就得走，别没让狼吃了，反而喂了别的畜生。"

小周惊讶地问："别的畜生？队长，这山洞里……能有什么？"

赵刚说："这谁知道呢？这林子里古怪东西多了，即便什么都没有，咱就这么睡觉也不安生。走，看看去。"

两人各自擎了一支火把，把山洞照得通亮，并排着朝里走。

山洞大概是因为在山坡高处，所以很干燥，空气很清冷，走得深了，竟然闻到里面有一股淡淡的香味。

赵刚惊讶，以为自己嗅觉有问题，于是问小周："闻到什么没有？"

小周吸了几下鼻子，说："我好像闻到有香味。"

赵刚放慢脚步，说："小心，这里面肯定有蹊跷。"

小周说："不会吧，真有什么东西，咱在外面折腾这么长时间，它能一点儿听不到？"

两人一只手擎着火把，另一只手紧握住棍子，慢慢朝里走。又走了几步，前面突然开阔起来。

小周惊恐地喊道："里面有人！"

赵刚攥紧了棍子，努力向前看去。果然，在他们的火把照不到的黑影处有两个人盘腿坐在地上，一动不动。

赵刚把手中的火把交给小周，两只手紧紧地握着棍子，压着心里的恐惧，问道："请问二位是什么人？怎么坐在这里？"

那两人依旧静坐着，一言不发，一动不动。

赵刚和小周慢慢朝前靠近，直到能看清那两人的面貌。小周走得快些，举着火把仔细地看了一眼，吓得直往后退，喊道："是骷髅！"

赵刚也是一惊："什么？骷髅？"

小周吓得乱哆嗦，说："骷髅！死人骷髅！吓死人了！"

赵刚松了一口气，说道："骷髅有什么可怕的？这里要是出来个活人，才可怕呢！"

赵刚凑过去看，只见两具骷髅都穿着厚厚的衣服，戴着很奇怪的帽子，叠腿坐着，竟然板板正正，庄严肃穆。

小周说："赵队长，我怎么感觉这人在看着咱呢？"

赵刚看着靠近自己的那具骷髅，也觉得好像是在看着自己。他说："我怎么也觉得他在看人呢？"

小周看出这两人戴的帽子好像很奇怪，更仔细地观察起来。赵刚发现这两个骷髅的手上都拿着一个手鼓铃，他们的前面各放着一个尺把长的、用各种颜色的布条制成的好像令牌样的东西。

而他们头上戴着的，其实不是帽子，而是头巾。头巾很大，几乎遮住了他们的半个脊背。在他们的额头部位，头巾上有一圈闪着亮光的装饰品。

他们的衣服更是艳丽，各色布条和装饰品搭配在一起，看起来有些怪异。

小周越看越害怕，一直朝后退，退到赵刚身边，说："赵队长，这两个……人，怎么这么怪？这衣服……"

赵刚说："他们是萨满巫师，他们手里拿的东西叫手鼓铃，是萨满教的法器。还有，他们的衣服是反着穿的，包括他们的头巾，都是反着围的。在萨满教的教义里，他们要去神的世界的时候，是要'倒着'去的。"赵刚拉着小周，朝这两具骷髅恭恭敬敬地鞠了三个躬。

小周惊讶地问："赵队长，咱为什么要朝他们鞠躬啊？"

赵刚瞪了他一眼，说："少说点话行不行？"

小周不小心把巫师面前令牌样的东西碰歪了，赵刚弯下腰整理端正，手一碰到令牌，觉得下面还有东西。他把下面的东西拿起来，发现那是一块很平整的木板，木板上还有字。

赵刚把木板靠近火把，发现上面竟然是汉字。

看到这几个汉字，赵刚顿时惊呆了！上面写的是：汉人，带着我的手鼓铃，那些狼就会听你们的召唤。

赵刚不相信地看看木板，再看看眼前的骷髅巫师，觉得这巫师好像要站起来一般。

赵刚喃喃地说："这……简直……太可怕了！这……这是真的吗？"

小周不解地看着赵刚的样子，问："怎么了？"

赵刚不理他，依旧看着巫师，说："巫师，如果您真的这么神，那您朝我笑笑啊！"

小周过来看了看牌子，也是惊惧不已，说："这也太吓人了！他怎么知道咱能来这里？"

赵刚把木板放好，然后把那个令牌样的东西放在上面。他看了看手鼓铃，说："走吧，不管怎么说，那是人家的东西。再说，现在又没有狼，拿人东西干什么？"

其实赵刚跟小周一样，想到要从那粼粼白骨中拿出手鼓铃，心里就打哆嗦，谁知道这是不是个骗局啊？

而且，他非常怀疑那个手鼓铃是否真的能让狼听话？

两人草草地看了看四周，再没有别的发现，就转回身朝外走。

远远地，两人看到火光，心里踏实些。但是又走了一会儿，两人惊呆了！

他们看到在火光旁边蹲着的，分明是两只狼！

那两个家伙蹲在火光旁边，好像很安逸。赵刚和小周见状，转身就朝后走。

两人又来到巫师骷髅前，看着巫师手中的手鼓铃。

小周看了看赵刚，问："队长，您真要拿这个手鼓铃？"

赵刚说："没别的法子了。我刚才想，这个巫师既然能在死前预测到咱会来，说不定真能灵验呢。这样的大巫师，不会骗咱的。"

赵刚把手中的火把交给小周，把木棍放在地上，对着巫师鞠躬，念叨说："尊敬的巫师师父，外面真的有狼啊！您说把您的手鼓铃借给我们，我就来借用了，冒犯之处，还请见谅。"

说完，赵刚躬身去拿那手鼓铃。其实手鼓铃在指骨里只是很松地圈着，赵刚一抽就抽了出来。

手鼓铃发出一阵响声，这声音很清澈，但是在这空旷的山洞里，却显得很诡异。

两人退出，赵刚一手拿手鼓铃，一手拿木棍走在前面。

小周担心地说："这东西，能好用吗？"

赵刚说："没别的办法啦！好用不好用只管试试。真没想到，这些畜生竟然不怕火，还敢跳上来烤火。小周，如果这手鼓铃不好用，你就用火把打啊！在这里用棍子恐怕不行。"

小周担心地问："赵队长，咱能行吗？"

赵刚咬着牙说："行！别怕它们，咱就能逃出去！"

两人走到火堆旁，跟那两只狼隔着火堆对视。

两只狼看着他们，很淡定地转身朝后面看了看。两人这才看清，对面岂止是两只狼！那两只狼只是离火堆近些，在它们的身后，最少有十多只狼，正趴在地上，好像在睡觉。

这两个家伙，难道是执勤的？

这两只狼呻吟似的叫了一声，后面的狼都站了起来。这两只狼也站起来，前腿伸出，后腿弓起，做出攻击状。

后面的狼也都摆开架势，一片"呜呜"声。

看着狼群的样子，小周直打哆嗦。他清楚，如果它们冲过来，也许不用十分钟，自己就会被撕成碎片。

面对这些利齿，他们手中的棍子简直就是玩具。

赵刚擎起手鼓铃，朝狼群摇了摇。

这些家伙一愣，还互相看了看，似乎不相信这个人手里竟然有这个东西。

赵刚又试探着摇了摇，这次它们信了，慢慢地把攻击的姿势收拢起来，狐疑地看着赵刚。

赵刚一看有门，便把手鼓铃举高，朝它们奋力摇起来。于是，他看到那些狼，竟然蜷缩起来。十多只狼挤在一起，好像孩子听到大人训斥，很害怕的样子。

小周大喜，说："还真是个宝贝！"

第五章 / 猎头族的追杀

1. 白衣女子

王队长和警察小刘是在张雷他们走了不久，听到从树林里传来快速移动的脚步声的。

王队长知道不好，拉着小刘就跑。

两人进了树林，朝着自认为安全的地方跑去。王队长和小刘学着张雷的样子，迂回着跑，两人累得筋疲力尽，终于把后面追的人甩掉了。

休息了一会儿，王队长和小刘觉得应该偷偷地回去，找地方藏起来，等着张雷。

两人就小心翼翼地朝后摸。走到一片小树林的时候，小刘眼尖，说："队长，前面有个人，好像是个女人。"

王队长惊讶地问："在哪里？"

王队长顺着小刘手指的方向看去，果然，在小树林比较稀疏的地方，站着一个穿着一身白衣服的人。因为比较远，看不真切，但从身影上看，应该是个女人。

王队长有些害怕，说："这里怎么会有个女人？不会是个鬼吧？别管她，咱绕过去。这个鬼林子，什么邪性东西都有。"

小刘跟着王队长朝右边走，他觉得那女人蹊跷，就又回头看了一眼。这一眼，救了这女人，也救了他们自己。

因为角度关系，这次他看到女人身边还有一个男人。不过那男人是坐在女人眼前的。

小刘拉住王队长，说："别忙！王队长，还有个男人！你从这里看！我觉得好像是那个男人绑架了这个女人。你仔细看看，女人的手好像被反绑着。"

听说女人是被绑着的，王队长立马关注起来了，他转回身，说："这么说，这不是女鬼了？如果真是绑架，咱得管。不会是那两个罪犯，进来又犯罪了吧？"

小刘仔细地看着，说："看不出来。不过，这个女人应该真的是被绑架的。王队长，那个男人站起来了，还打了这个女人一巴掌，女人坐下了。这男人真不是东西！"

王队长一听那男人还打女人，顿时火了，一边将子弹上膛一边说："走，过去看看。"

两人弯腰，悄悄地往前摸。走了一会儿，发现情况有些麻烦，他们看到在女人的旁边，还有一个男人，并且是和刚才那个男人面对面坐着的。

也就是说，他们无法从男人的背后摸过去。

两人蹲下，王队长小声说："小刘，咱分头行动，你从左侧过去，我从右侧过去。你手枪不是无声的，不能用，你用刀子消灭靠近女人的那个男的，我消灭另一个。"

小刘把手枪放好，摸出刀子，二话没说，朝左边走去。

王队长向右侧走了几十米，约莫他们看不到他了，就朝那三人的方向过去。

王队长最担心的是那个女人，两个男人好像在低头吃着什么，那个女人却站着，不时地转头，四下看看。

王队长走到与三人平行的地方，开始小心地朝他们接近。他边走边观察这三人。那两个男人粗壮，一头乱发，看来应该是山林里的人，不是那两个逃犯。

两个男人面对面坐着，边吃边聊天，还时不时地调戏那女人。女人很愤怒的样子，扭动身子，还企图用脚踢她身边坐着的那个男人。

两个男人应该是用什么把她的两只脚绑在了一起，因此她踢不到身边的男人。

王队长最看不起欺负女人的男人，看到这个情形，他气得七窍生烟，脚下加快速度，却不小心弄出了动静。两个男人听到了，齐齐转头朝这里看过来。

王队长忙隐身，两个男人没看到什么，就继续吃东西。王队长再探出身子的时候，就跟女人的眼神接在了一起。

女人看到王队长，一愣。王队长怕她喊出来，急忙对她做手势，意思他是来救她的。

女人看了看王队长，又看了看眼前的两个男人，抬起头，对着王队长轻轻地点了点头。

王队长继续朝前摸，一直到了他以为绝对有把握的射击距离，才趴下了，用枪瞄准了那个在女人对面的男子。

现在他都能听到两个男人的说话声了，他们满口污秽，正得意地对着女人说着下流之极的话。

王队长等着小刘先行动，却迟迟不见动静。那个女人都等急了，偷偷朝他这里看了好几次。

王队长忽然听到小刘惊叫一声，那两个男人也听到了叫声，猛然站起来，掏出腰刀。王队长怕小刘有危险，朝他瞄准的那个家伙就是一枪。

王队长的枪法不是很准，本来是想打那男人的胸口的，却打在了他的脑袋上。那家伙中枪后，似乎觉得头有什么问题，摆了一下头，就迟疑着倒下了。

另一个家伙很鬼，马上隐蔽起来。王队长也不玩躲藏了，他举着枪就朝他们跑去。就在这个时候，小刘扑了上来，握着短刀，朝那家伙就刺。

那家伙比小刘要壮实得多，小刘拿的又是短刀，尚未到他跟前，他就用大刀朝小刘猛劈，小刘赶紧收势，朝后连连退去。

王队长怕伤着小刘，也不敢开枪了，只得把枪插进腰里，也抽出短刀，加入了战斗。

这人显然非常恼火，他挥舞大刀，追着小刘猛砍。小刘在树林里跟这个家伙兜圈，好几次险些被追上。追了一会儿，那家伙不跟小刘玩了，返身来找看起来动作比较笨拙的王队长。

王队长一看机会来了，装作摔坏了腿，爬了好几次没爬起来。

那家伙高兴了，眉头舒展，舞着大刀，以为手到擒来，大模大样地朝王队长冲来。

王队长嘴里惊恐地叫着，手却猛然抬起，朝那家伙就是一枪！

那家伙显然没料到砧板上的鱼还能动弹，挨了一枪后，看着王队长的枪口发愣。

王队长又连开两枪，打在那家伙的胸脯上，那家伙才轰然倒下。

小刘过来，踢了那家伙一脚，说："差点儿要了老子的命！"

王队长爬起来，让小刘给两人搜身，他用刀割断了绑着女人的绳子。

女人警惕地看着他们，问："你们是什么人？为什么要救我？"

王队长打着官腔说："我们是警察，你是什么人？"

"警察？警察……是什么？"

小刘过来，说："哦……我们是猎人，山里的猎人……"

小刘说不下去了，因为这个漂亮女人非常麻利地从地上拾起一把刀，架在了小刘的脖子上。

2. 断腿刺客

张雷等四人继续朝前走，他们能觉察到，跟着他们的那些猎头族人多了很多，并且好几次都做出了要朝他们进攻的姿态，幸好张雷和皮子手里都有枪，又把这些人吓跑了。

孙铜头说："他们这是为了我，想杀我。"

张雷和皮子一刻也不敢松懈，紧紧地握着枪，警惕地观察着四周。

走了一会儿，张雷看到前面的山路上竟然躺着一个人，一动不动。

孙铜头心肠好，老远看到了，说："这人是不是死了啊？"

张雷觉得蹊跷，就想绕开走。张大爪子曾经告诉他，在老林子里无论看到什么，如果跟自己无关，哪怕是一块大金子，也千万别走过去。

孙铜头一向风光惯了，对这些东西毫不在意。看到张雷犹豫的样子，很不高兴地说："兄弟，你师父张大爪子可是非常仗义的，见死不救，非好汉所为。"

张雷知道，如果自己把师父说的话告诉孙铜头，他会更加鄙视自己。张雷只好让孙铜头离着远些，自己和皮子凑了过去。

到了眼前，张雷两人看到了这人的惨状，心里都不由得一震。

这人的双腿在膝盖处被生生锯掉了，两块很肮脏的、看不清颜色的破布包着他的两条断腿。所以他只能用手撑着地，艰难地爬动。

也许是累了，这人躺在那里闭着眼。听到有人走过来，他睁开眼，看了看他们，又疲惫地闭上了。

张雷发现这人穿的衣服竟然和他们的一样，他心里纳闷：难道这人是那两个罪犯中的一个？

那人又睁开眼看了看张雷，说话了："你是什么人？"

张雷问他："你呢？是不是瞎子屯的？"

张雷这话是试探，因为这人比较年轻，如果他是林子里的人，那像他这个年纪，应该没出过山，不知道外面有哪些屯子。

那人说："不是，我是吉林人。前几年因为打了一个当官的，跑到这里来的。"

这话让张雷有些不好分析了，只好问："你的腿……是怎么回事？"

那人侧转身，问："你们来这里做什么？"

张雷说："哦，我们是来找人的。"

那人看着张雷说："这么多人到这里，是来找金子的？"

张雷奇怪："你也知道金子？"

那人说："这里的人谁不知道？那是跟人头一样大的金块，你说，谁听了不想要？不瞒你说，我知道了金子的秘密……"

张雷真的吃惊了："你？你知道了金子的秘密？"

那人得意地笑了笑，说："我是这个林子里唯一知道那些金子秘密的人。知道狼煞吗？其实他就是当年的金子守卫者。他利用萨满法术，降服了狼王，让众多的狼听从他的号令，为他日夜守护着金子。所以要想得到金子，必须先杀了那些狼。"

张雷第一次听人这么说，他吃惊地问："你怎么知道这些？"

那人看着张雷，问："我说得没错吧？"

张雷摇头，说："我不知道。不过照你这么说，想得到金子倒是容易了，如果有枪，杀了它们不是很简单吗？"

那人瞪大眼珠子，说："野狼谷的狼是普通的狼吗？一般人就是有枪，也对付不了它们。况且，即便是杀光了那些狼，也没人知道那些金子到底在哪里。野狼谷那么大，想翻遍那个地方，一百年都不行。"

张雷释然了，说："说来说去，还是找不到金子啊！"

那人看了一眼自己的腿，让身子躺得更稳当些，说："我有个办法能找到。"

张雷不相信地说："那你去找啊！"

那人说："这个得需要你帮我，咱俩联手，肯定能找到金子。咱可以甩开日本人和瞿正光，得到金子，我只要一点儿就行。"

张雷觉得有些好笑，问道："你的意思是，我背着你，走到野狼谷？"

那人很认真地说："抬着也行，我看到你们有好几个人。"

张雷说："你别忘了，外面很多人包围着我们，他们是想杀人的。"

那人摆摆头，说："他们不会杀你的，他们需要你。你也许不知道，不过我可以告诉你，他们引你们走的这条路，就是去往野狼谷的。对了，你师父是张大爪子，是吧？"

张雷点头，问："你怎么知道这个？"

那人说："这个谁都知道，你知道狼煞是谁吗？"

张雷说："我不知道。"

那人眼珠子一动不动地看着张雷，问："真不知道？"

张雷说："我真的不知道。"

那人盯着张雷看，一言不发。张雷被看毛了，问："你看我干什么？"

那人叹一口气，说："也许瞿正光真的是想错了。"

张雷问他："想错了？什么意思？"

那人刚要说什么，孙铜头和皮子走了过来。孙铜头先是仔细地看了看那人的腿，又仔细地看了看那人的脸。

那人看着孙铜头，笑了，说："这位大哥，你这么看着我干吗？"

孙铜头问他："你的腿是怎么了？"

那人苦笑着说："我得罪了这里的大人物，被人家把腿锯断了。"

孙铜头突然问："你是八大荜的人吗？"

那人眼神游离了一下，忙说："当然不是，如果我是八大荜的人，怎么会落到这般田地。"

张雷看出这人的异样，心里顿时升起一丝不安。

这时，孙铜头伸手去解这人腿上的破布。张雷刚要制止他，躺着的那人竟然双手一撑地，跳了起来，同时手中多了一把刀子，朝着孙铜头就刺！

张雷扑过去，一脚把这人踹了出去。那人飞出去的同时，半截腿竟然跟身体分离开来，身体飞进了旁边的树林里。

与此同时，从树林里猛然冲出几个人，架起这人就跑。

张雷要追，被孙铜头拦住了，孙铜头说："算了，这个人是受了瞿正光的委派，来杀我的。"

皮子过去拾起了半截腿，那是用木棍和破棉絮做成的、酷似人大腿的两截东西。张雷看了看，惊异地说："这个家伙，竟然连这两截腿都是假的！"

孙铜头说："我就从这两截腿上看出这个人不地道。你想啊，什么人被锯断了腿还能爬到这里？这个瞿正光，竟然几次三番想要杀我，畜生不如的东西！当年他和我师父可是结拜兄弟，这么多年来，我一直认为他是一个铁血汉子，没想到现如今他居然会为了金子变成这样！"

皮子不由得感叹道："这腿弄得可真像啊！"

孙铜头说："那当然了，如果我没有猜错，这应该是陆笑生的手笔，但奇怪的是，陆笑生不是已经死了吗？"

听到这话，张雷惊住了，他知道陆笑生这个人，确切地说，他还跟陆笑生打过交道。

那时候他还不到二十岁，跟着张大爪子帮人押送货物，那批货物是当时住在八大莒的方虎子从南方进的一批丝绸。方虎子是在江东六十四屯惨案中逃生的中国商人，他为八大莒解决了很多问题，比方他花钱从哈尔滨请了医生，在八大莒成立了医院，还带人把危害极大的、以俄罗斯人莫德洛夫为首的土匪打得七零八落。

方虎子那批丝绸价值不菲，师徒俩一路非常警觉。一天半夜，他们走到虎跳崖下面的山路时，张雷看到路边有个女人被绑在树上，好像就要死了。

张雷要上前相救，被师父拦住了。

张雷很不满地说："师父，您不是告诉我要行侠仗义吗？"

张大爪子说："行侠仗义要看清楚，不是很清楚的事情一定不要管，哪怕前面有一大块金子，也不能去捡。"

一行人过了虎跳崖，到了安全的地方，师父安排人守好货担，带着张雷又走了回去。他们发现刚刚捆在树上的女人竟然不见了，一点儿痕迹都没有留下。

张雷很惊愕，师父长出了一口气，说："刚刚这个人不是女人，他是陆笑生，中国易容第一家，江南陆家的人。"

想起那个阴沉的夜晚，张雷不由得打了个寒战。

张雷说："这个家伙，当年我和师父见过，可是他怎么就死了呢？"

孙铜头说："说起这人来，他倒算是个好汉。当年日本黑龙会的人也到林子里找金子，陆笑生和八大莛当年的大当家方虎子一起为阻止日本人得到金子出过不少力，后来听说是生了病，死了。"

张雷点点头，疑惑地问："那这个人是如何学来陆笑生的本事呢？"

孙铜头想了一下，说："或许是当年陆笑生还活着的时候，八大莛里的人偷学来的吧？"

张雷想了想，觉得有道理，没有继续问下去。

3. 又见女鬼

王队长看着那女人猛然举起刀架在了小刘的脖子上，心里一惊，紧忙说："喂，这位姑娘，我们可是拼了命来救你的，你怎么可以这样？"

女子一脸怨恨地看着小刘，说："我知道你救了我，可他不是好人！"

王队长惊讶地看看小刘，再看看这女人。

小刘不相信地看着女人，过了半晌，才猛然醒悟，说道："原来……是你啊！"

看到小刘一脸的无奈，王队长真是摸不着头脑，问道："怎么？你认识她？你怎么能认识她？"

小刘低下头，说："咱进林子的第一天，我和王金宝还有张雷在林子里搜索，看到一个白色人影飘过去，真吓人。当时……我以为是个鬼呢，就朝她开了一枪。为这事张雷骂人了都……"

这事王队长知道，他问："那……你开枪打的就是她？"

小刘点头，说："像，应该是吧。"

女人愤恨地说："承认了吧？你们这些臭男人，就会欺负孤儿寡母，跟这两个死货有什么区别？我那天去给我男人烧三七，差点儿被你们打死！我一个死了男人的女人，你们为什么要杀我？"

小刘低着头，连忙说："对不起，对不起，我真的不知道你是人，我还以为是鬼呢，当时是太害怕了才开枪的！对不起……真的对不起！"

王队长弄清了缘由，忙对女人说："姑娘，你手下留情！我们一开始进这林子，是害怕啊！我们真的不知道……何况刚刚我们可是冒着生命危险救你的啊！你看在他年轻不懂事的分上，就饶了他吧！"

那女人看着闭眼等死的小刘，泪珠子"啪啪"地掉下来。掉了一会儿，她就把刀扔了，用手指着小刘的鼻子，说："枪是随便开的吗？你怎么比日本人都要狠毒啊？"

王队长看危险解除，忙把刀捡起来放在一边，说："姑娘，我们给你赔礼道歉了……"

小刘把王队长拉到一边，说："王队长，我们不该救她！别忘了，那天晚上就是他们的人搞鬼，还用箭射死了老李，杀死了猎人二愣！"

王队长想想也是，才要说什么，一转头，发现那女人不见了！

他们四下寻找，只在远处看到了一个白色的身影，闪了几下就消失了。

王队长叹口气，说："这样也好，都不用难堪了。唉，一个女人在这样的地方，也难为她了。"

小刘在那两个死人身上找到两把长刀，还有摆着的那点儿吃的。

王队长和小刘一人捡了一把刀，想了想，王队长又把两人吃剩的东西也带上了。

两人边认着路，边小心朝后走。走了一会儿，两人觉得周围越来越陌生。而他们进来时的脚印，早就找不到了。

小刘沮丧地说："王队长，我们迷路了！"

王队长其实早就发现了，他四下看了看，说："迷路也得走，说不定能碰上张雷他们。"

小刘看看眼前绵延不尽的树林，咬咬牙，继续走。

一直走到傍晚，他们也没有找到路，更没有遇到什么人。两人就像是茫茫大海中的一条小船，无论怎么漂，也看不到岸。

饿了，他们也不敢生火，只能把缴获的食物拿出来吃点儿。

选择好住宿的地方，两人坐了下来。奔波了一天，两条腿灌了铅一般沉重，他们一动也不想动了。

小刘看着天上的星星，说："王队长，我有个想法。"

王队长迷迷糊糊的，差点儿睡了，听小刘这么说，他抬起头，睁开眼，问："什么想法？"

小刘说："我觉得我们在林子里这么乱走下去很危险。"

王队长点点头，说："嗯，你有什么好办法？"

小刘说："我觉得这么走下去，只能是白送命。王队长，我不是怕死，而是这么死不值得。我看不如我们回去搬救兵。否则，那些走散了的同伴也很危险。"

王队长叹气道："我是真没想到这林子这么复杂，不知道我们一路留下的记号后面的人看到没有。小刘，你说得有道理，可是我们不能那么做。我是带头的，不管什么原因，我扔下他们跑回去，都是不可饶恕的错误。别的不用说了，咱还是先想办法找到张雷他们，他们不会走远的。"

小刘叹了一口气，没说话。

王队长站起来，说："这样，小刘，为了以防万一，咱俩得错开时间休息。你先睡吧，三个小时后我叫你。"

小刘也站了起来，说："王队长，你先睡吧，你年纪大，更累。"

王队长说："行了，别啰唆了，抓紧时间啊，三个小时后换班。"

小刘答应一声，蜷缩在一个背风的地方开始睡觉。王队长走到一个比较高的地方，让风吹着自己，以防睡着。

王队长坐一会儿，再四处溜达一会儿，好几次，他倚着树干，差点儿就迷糊过去。就在快到换班的时候，他突然听到一声尖利的叫声。

王队长一愣，小刘也惊醒了，一下子就跳起来，拔出枪，问道："什么声音？"

王队长摇摇头，声音尖利，好像是女人的叫声，又好像不是。因为太突然，他没听出声音传来的方向。

两人正在疑惑，那声音猛然又响了起来。这次他们听清楚了，是一个女人的叫声。第一声还比较模糊，随后的声音就清晰了，是非常凄厉的"救命啊，救命啊……"的呼救声。

然后，声音猛地又没了。

小刘说："是不是被人杀了啊？"

王队长拔出枪，说："不管怎么样，让咱碰见了，不能不管，走！"

两人打起精神，循着声音传来的方向找去。

夜晚的树林，显得清冷、诡秘。王队长和小刘穿行在树林中，约莫着离那声音应该很近了，两人就放慢速度，小心地观察着四周。

二人刚爬上一个小山坡，突然从旁边猛地跃起一个身影，朝小刘猛扑过来。

4. 交出金子

赵刚摇动手中的手鼓铃，只见那些耀武扬威的狼一下子就畏惧起来，各个摇起尾巴，露出讨好的样子。

赵刚不顾小周的劝阻，绕过火堆，来到狼群的面前。那些狼随着他的前进而后退，始终和他保持着几步距离。

小周看到那些狼步步后退，也大了胆子，跟在赵刚身后走过来。

赵刚说："那个巫师不是说，有了这个手鼓铃，这些狼就会听我的话吗？它们怎么老是后退呢？"

小周说："巫师的意思是它们不咬咱了吧？它们能听得懂人话？"

赵刚对着狼群猛然大喝一声："蹲下！"

小周不由得笑了，说："您以为它们是犯人啊？"

眼看到了洞口，狼一只接一只地纵身跳了下去。赵刚走到洞口，朝下面的狼摇了摇手鼓铃，那些狼竟然个个显得非常恭顺地缩起身子，开始撤退。

不一会儿，外面的狼群就撤了个干净。赵刚和小周跳下去，一开始还很小心，但四处巡查后，发现竟然真的一只狼也没有了。

赵刚看着这神奇的手鼓铃，感叹道："真是太神了！"

两人回到山洞，刚要准备睡觉，忽然又听到了狼啸声，声音比较近，很清晰。

赵刚好奇，要去看看。小周想起那个狼神，感到害怕，说："看什么啊？万一让它们发现了怎么办？"

赵刚晃动一下手鼓铃，说："咱有这个啊！这些狼能听巫师的，就说明这里肯定有什么秘密。小周，我觉得那个狼神好像也是个人。我打个比方啊，巫师能统领这些狼，那这个狼神是不是巫师的徒弟呢？上次咱都见过人家，他虽然让那些狼追击咱们，但不过是把咱撵出他的领地，对咱没有丝毫恶意。你说，咱如果能说服这个狼神帮助咱，无论是找人还是救人，那咱都不用发愁了。"

小周愕然道："赵队长，您真敢想。"

赵刚拍了一下小周，说："行了，别害怕了。有时候，人一害怕，什么事都做不成；人一挺起腰杆，什么东西就都怕人了。刚才如果咱害怕，不敢拿下这手鼓铃，咱现在不是让狼给咬死了吗？"

小周说："好，咱就去看看。不过，赵队长，您可一定好好地拿着这手鼓铃啊，它可是咱的救命大神。"

两人为了不被人发现这个山洞，先把火扑灭了，然后朝发出声音的地方走去。

让两人惊愕的是，他们一路看到有一只或者很多只狼从身边经过。不过，它们都是匆匆忙忙的，即便偶尔有狼看他们一眼，那眼神竟然像看同伴似的，丝毫没有要对他们发起进攻的意思。

小周刚开始还害怕，看到有狼从后面上来，会吓得惊叫一声，没想到反而吓得那些狼急忙离他们远一些，然后继续朝前跑。

不一会儿，赵刚就发现这些狼都是往一个方向去的，这样他们也不必矫正方向了，跟着那些狼跑就行。

　　小周也不怕了，却想到另一个问题，他说："赵队长，咱在这些家伙眼里，是不是变成狼了啊？"

　　赵刚说："管它们呢，只要不咬咱就行。"

　　两人跟着狼群绕过一个山坡，又爬上一个山坡，朝山的另一坡跑。

　　赵刚小声说："别跟得那么近！你以为你真成了狼啦？咱得看看情况，找地方隐蔽着。"

　　两人见周围的狼越来越多，知道应该快到目的地了，就远远跟着它们，同时寻找隐蔽的地方。

　　到了山顶，二人就不跟着狼群走了，而是小心地隐蔽潜行。

　　从山顶下来，二人看到了一片空地。

　　空地上，是熙熙攘攘的狼群，狼群的前面站着一个人。不用说，这应该就是狼神了。不过因为是在夜里，月亮又不是很亮，他们看不清这人的样子。

　　狼神的前面，是一字排开的二十多个黑衣人，他们举着长刀，一动不动地跟狼神对峙着。

　　赵刚二人悄悄地往前靠近，直到能听到他们说话的声音，才停了下来。

　　"我们到野狼谷来，没有别的意思。狼孩，你把你师父叫来，我有话跟他说。"

　　听这口气，赵刚一时也搞不清楚黑衣人与狼孩的关系。两人继续屏息细听，那个被叫作狼孩的人却一声不吭。

　　黑衣人的首领等了一会儿，又说："我知道你能听懂我的话，我也知道你会说话，你师父让你装哑巴，是怕你说出你们的秘密。狼孩，你知道我是谁吗？我是你师父这几十年辛辛苦苦、呕心沥血到处寻找的人。你师父段钢是条忠义汉子，我作为大清朝的王爷，要向他鞠躬致谢！当年王进举为了把这笔税金送给我，血洒老林，段钢受王进举所托，保护税金，一直等着有人来找。我今天来了，狼孩，希望你帮助你师父完成他义兄所托之事，把藏在人头里的金子交给我们。如果你做不了主，你可以把你师父叫来。"

赵刚吃惊地张大了嘴巴，迟迟没有闭上。

什么？大清税金？还有清朝王爷？这林子里怎么这么多的怪事？

赵刚以为这次那个狼孩该说话了，没想到，任凭这个王爷说得多么慷慨激昂，狼孩还是稳稳地站着，一动不动，像个石头人一般。

有几个人要朝前冲，被那个老王爷拦住。他说："我把金子取走，你们师徒就可以过正常人的生活了。否则只要那些金子在，俄罗斯人来抢，瞿正光也要，还有数不清的土匪流氓惦记着，想想你们这些年，受了多少苦啊？听说你师父当年被日本人赶进野狼谷，差点儿丧命，他的手下都被狼吃光了！唉，我来晚了啊！你把金子给我，你们师徒要是还愿意住在野狼谷，我就给你们在这里盖房子，负责你们的吃用。还有，你也快二十岁了，你以为你真的是狼啊？不！你是人！你不能跟你师父一样，打一辈子光棍，我可以给你找个漂亮姑娘。哈哈，晚上睡觉搂着一个喷香的女人，可比搂着一只骚哄哄的野狼强多了。你有了女人，就能有孩子，到时候你们一家人和和美美，给你师父养老，多幸福的日子啊！总比现在这样天天担惊受怕，遭人暗杀好多了吧？怎么样，孩子？你倒是回话啊？！"

狼孩还是一声不吭，旁边有人终于沉不住气了，上前一步，骂道："八嘎牙路！"

老王爷再次把人拦回去，对狼孩和善地说："孩子，你师父不在家吧？这也没什么，我认为这也是个好事。你师父回来，听说你办了这么好的事，他会非常高兴的。你不用担心，我老人家绝对不是诓你，我这里有我们王府的大印，不信你看。"

老王爷从怀里摸出一个布兜，递给那个狼孩。狼孩还是一动不动，更别说看了。

老王爷呵呵一笑，把手收回来，说："好，你不看也行，你把金子给我，我会给你一份官家文书，你给你师父段钢，他肯定高兴。孩子，我把话都说了，你如果再不给我，那你就是想私吞税金，我就要抓人了！"

最后几句话，老王爷的口气严厉起来。这时狼孩终于开口了，他不但会说话，而且口齿清楚："日本狗！"

5. 杀人真相

王队长和小刘没防备，小刘一下子就被来人扑倒了。与此同时，有两个人朝王队长扑过来。

王队长看着打不过，转身就跑。后面两人骂了句什么，追了上来。王队长刚要准备转身开枪，他们突然又不追了，返身朝后走。

王队长怎能让他们走了？他瞄准一个家伙的后背就是一枪。另一个人一转身，朝王队长扔了一把飞刀。不过他的技术不是太好，王队长还没来得及躲避，飞刀便扎进了旁边的树干上。

王队长朝这家伙开了一枪，也没有打中。

不过王队长顾不得他了，举起缴获的大刀，赶紧就去救小刘。

小刘正跟偷袭他的家伙滚在一起。

小刘功夫不错，那个家伙也是个厉害茬儿，两人爬起来又纠缠着倒下，不断地翻滚着，让王队长都没法下手。

正犹豫的时候，突然听到身后有动静，王队长知道不好，刚要转身，猛然觉得头部一阵剧痛，还没等他回过神来，他就身体一软，倒在了地上。

那个人砸了王队长后，挥舞着棍子，过来就要砸小刘。小刘本来是占了上风，两只手紧紧地卡住了身下这家伙的喉咙。听到身后有声音，他朝旁边一闪身，那个人的棍子就敲在了同伙的脑袋上。

小刘滚到一边，情急之下，也顾不得太多了，掏出手枪，朝举着棍子的家伙就是两枪。

因为离得近，两枪都打在了这家伙的心脏位置，人还擎着木棍，就一头摔倒在地上。

旁边有个女人大喊："他们的人很快就会上来的！"

这个女人被捆在树上，她的裤子已经被褪了下来。小刘回头一看，发现此人竟是刚刚被他们所救的白衣女子。

小刘用刀把女人身上的绳子挑开，说："快跑吧！"

小刘走到王队长面前，摇晃了几下，他还没醒，没办法，小刘只好把王队长的枪捡起来，拽起他的手，背起人就跑。

那女人追了上来，小刘有些讶异，说："我们为了救你都这样了，你还要干什么？"

女人说："你别朝这边跑！这是寻死，跟我来！"

小刘有些怀疑地看着她，女人急了，说："看我干什么？你们救了我两次，我看出来了，你们是好人。"

小刘听出这个女人说的是真话，就跟着她跑。

女人脚力很厉害，小刘背着王队长跑了一会儿，就不行了。女人接着背过去，竟然还跑在了小刘的前面。

两人穿过树林，蹚过小河，跑得筋疲力尽，直到进了一个山洞，才停下了。

女人把王队长放在地上，喘着粗气，说："没事了，到这里就安全了。"

小刘打开灯光已经很弱的手电，照了照山洞。山洞不深，洞里好像常有人来，收拾得很干净。洞里有一堆火炭和没烧净的木头，显然不久前还有人在这里住过。

小刘问女人："这里……是什么地方？"

女人说："这个山洞是我们的地盘，你放心，那些人是不敢过来的。"

小刘一愣："那些人？那你们又是谁？"

女人看了看小刘，问："你得先告诉我你们是什么人，怎么到了这里。"

小刘想了想，说："好吧，我们是山外的猎户，有个人杀了我们的兄弟，逃进了这大山里，我们是来找人的。"

女人看着他，有些疑惑，说："你们有那么多的枪？"

小刘捏了把冷汗，说："猎户嘛！我们很多人都有枪。打日本的时候，很多人上山捡枪，有的家里有好几把呢。"

小刘说的倒是实话，不过，那些捡到的枪大都上缴了。

女人信了，说："我看你们的样子，也不像是这老林子里的人。"

这时候，王队长痛苦地呻吟了一声，身体开始动起来。

小刘跑过去扶起他。王队长睁开眼，看了好一会儿，才看清小刘，问："小刘，我们这是在哪里？"

小刘说："在个山洞里，那个女人……哦，就是这个大姐，带我们到了这里。"

王队长看着眼前的女人，想了想说："我是不是被那混蛋打昏了？"

小刘点头，说："多亏这个大姐背着你，她说这个山洞是他们的地盘，那些追杀咱的人是不敢来了。"

王队长看了那女人一眼，问："真的吗？"

女人点头，说："是的。这里是我们的地方，瞿正光的人是不敢来的。"

王队长坐正身子，两只手搓了几下头，问："你们的地方？你们是什么人？"

女人说："我们是这大山里的人啊！这山里各种人多着呢！八大茔的瞿正光是最大的一帮人，我们是另外一帮。我们的人比较乱，有汉人，有俄罗斯人，还有猎头族后人……"

王队长一听，惊讶地站起来，头碰到了洞顶，他呻吟着蹲下，喊道："猎头族？你们是猎头族？"

女人说："我不是猎头族，不过我们这帮人里有很多是猎头族的后人，怎么了？"

王队长大吼道："怎么了？猎头族杀了我们那么多人，你还在说怎么了？"

女人惊讶地问："什么？你说什么？猎头族杀人？"

王队长说："是！我知道他们已经杀了我们三个人，都是把头割掉，然后在他们的身下放着金子。白天还在追杀我们呢！他们的脸上涂成黑色，难道这不是猎头族的人吗？"

女人说："你们真的误会了！我告诉你们，猎头族杀人只是传说。即便是现在活着的猎头族老人，也已经不杀人了。因为他们的萨满巫师在十多年前便命令他们不许再杀人了。况且，杀人留金更是荒唐，猎头族早就不做黄金生意了，现在他们在树林里以打猎为生，哪里来的金子？"

王队长看女人不像撒谎的样子，就问她："那……林子里还有别的部落吗？就像猎头族的小部落一样？"

女人摇头说："没有。不过，如果你说追杀你们的人，就是把你们兄弟砍头的人，那我应该知道是谁装成猎头族，砍去了他们的头。"

王队长惊异地问："那是谁？"

女人说："应该是瞿正光。他现在和日本人勾结在一起，要对付野狼谷。只有他的人才有能力追杀你们，除了他，就连日本人也没有这么大的势力。"

王队长摇头，说："我见过这个瞿正光，是个堂堂正正的汉子。他设了岗哨，专门对付日本人，他还和张大爪子……嗯……还有那个什么段钢是好弟兄，他的人装成猎头族杀人，我不信。"

女人苦笑了笑，说："你不信，那你知道抓我的这些人都是谁的人吗？"

王队长想了想，还是摇头，说："即便他们是瞿正光的人，说不定他们是见色起意，这应该跟瞿正光没多大的关系，更不能证明他跟日本人勾搭在一起。"

女人无奈地笑笑，说："好吧，我现在说服不了你。不过，我敢用我的命担保，杀你兄弟的人，绝对不是猎头族。"

王队长也很迷茫，说："张雷也怀疑啊，他说即便是猎头族，他们也是偷偷摸摸地在晚上出来杀人，他们没有在大白天追杀人的习俗啊！"

女人说："很多事都是你想象不到的，你看到的未必是真的，我说的话，你以后会明白的。很多人为了金子，可以不要良心，表面上最堂堂正正的人，说不定最狠毒。"

女人说完，就站在洞口，对着丛林打了一个呼哨。王队长想起了他们进入林子中的第一个夜晚，他们被很多土人围住，那些人打呼哨喊人，那声音跟这个声音几乎一模一样。他还想起了跟这个女人的恩恩怨怨，他们都互相杀过对方的人，如果对方的大批人马过来……

王队长想到这里，对女人说："对不起，我们还有没办完的事，不能跟你一起走。"

说完，王队长站起来说："小刘，咱走。"

女人很惊讶，说："你们要朝哪里走？这里到处是瞿正光的人，他不会放过你们的！"

王队长叹口气，说："生死有命吧。小刘，走。"

小刘显然没考虑到这一层，因此犹豫着，说："王队长，咱……真的走？"

王队长说："走！"

女人终于明白了，她学着小刘的称呼，说："王队长，不是我说你，你一个大男人，也太小瞧我们了。以前我们是有过恩怨，不过那都是误会啊！你杀了我们的人，我们也杀了你们的人，起因都是误会。说清了，都别计较，就没事了。何况你是我的救命恩人，我的族人只会把你当贵客，不会为难你的。"

王队长还是怀疑，说："不会那么简单吧？听说老林子里的人都是有仇必报的，你一个女人，他们能听你的？"

女人呵呵地笑了起来，说："王队长，我告诉你实情吧！我公公是族长。那些猎头族的人，要听我公公的。如果你还是不放心，那我可以不说你们是谁，以前的事权当没发生过。他们只知道，你们是我的救命恩人，这可以吧？"

王队长大喜，说："这行！他们不会认出我们来吧？对了，认识大半天了，还不知道你叫什么名字呢。"

女人笑了，说："不会。他们看到你们的时候都是晚上，这个你放心。其实猎头族的人都比较单纯，他们不会多想的。哦，我叫金英丹，族人都叫我英丹，你们也这么叫就行了。"

过了一会儿，从树林里传来了几声长啸，英丹惊喜地说："他们来了！"

果然，片刻之后，就从树林里走出了十多个人。他们脸上涂成白色或者黑色，从树林中走出来时，鬼魅一般，无声无息。

英丹对王队长说："你们不用害怕，他们把脸涂成这样是为了辟邪。"

王队长感到疑惑，他们自己看起来都跟"邪"差不多，还辟邪？

那些人来到山洞，听英丹介绍王队长和小刘是她的救命恩人，便一齐跪下给他们磕头。王队长心说，要是知道我们开枪杀了你们的人，恐怕就不是这个样子了。

他和小刘拉起这些人，女人说饿了，招呼大家弄吃的。

这些人带了肉和面食，还有水，他们竟然还在这个山洞里找出锅和一些木头。有人在洞口拽了几把草，几个人忙活了一会儿，山洞里就烧起了火，做起了饭。

另一边支起了架子，有人串着肉，在火上烤了起来。

王队长观察了一会儿，发现这些人虽然穿着怪异，装扮吓人，说话做事却很正常。他们边忙活，还边开着玩笑。英丹作为族长的媳妇，也跟着他们整理那些吃的，跟一家人似的。

吃饭的时候，小刘吃着吃着，大概想起了死去的同事，眼圈猛然红了，把手中的肉放到了一边。

英丹很细心，看到了小刘的表情，关心地问："怎么了？怎么就吃这么点儿？"

小刘朝她勉强笑笑，说："没事，没事。"

说完，小刘拿起肉继续吃。但是谁都看得出来，小刘吃得很勉强。

王队长知道原因，被割去头颅的警察中，有一个跟小刘关系非常好，那个警察曾经在一次执行任务中救过小刘的命，现在小刘肯定是想起他来了。

王队长安慰他说："别想那些了，吃饭。"

小刘点点头。

有个脸上涂成黑色的汉子看看小刘，又看看英丹，问："他这是怎么了？"

英丹想了想，说："他们有三个兄弟，被假扮猎头族的人给杀了，还把头砍去了。"

"什么？"十多个人都惊讶地抬起头，看着小刘和英丹。

英丹说："是真的。他们装成猎头族，杀人后，还留了金子。"

"还留了金子？"黑脸汉子惊讶了，"他们这是为什么？"

英丹说："我也没想明白。不过，如果是瞿正光干的，那他就是为了嫁祸我们，或者……是为了隐蔽自己的杀人目的。"

"杀人目的？"王队长念叨了一遍。

6. 狼孩

狼孩的三个字坚硬清晰："日本狗！"

老王爷恼了："你怎么不哑巴了？"

狼孩不答话了，猛然号叫一声，弯下腰，做出攻击状。他身后的几百只狼，也同时探爪躬身，做好了攻击的准备。

老王爷朝后退了一步，喝道："你小子以为弄这么些畜生，就能吓唬住人了吗？告诉你小子，如果我没办法对付这些东西，我就不来了！"

老王爷说完，双手一举，两边各有五人出来，十人手中就多了个喷壶样的东西，打开喷壶的一瞬间，就喷出了长长的火焰。他们举着手中的火枪似的东西，朝狼群走去。群狼四处逃散，他们简直如入无人之境。

十个人分散开，围成一个大圈，几乎把平地都占了。群狼逃到树林里，离他们远远的。

老王爷大笑，双手一挥，剩下的十个黑衣人持刀就把狼孩围了起来。

赵刚看清了，这些黑衣人手中所持的都是闪着青光的日本刀。真的是日本人啊！赵刚知道日本人的狠毒，心里为狼孩暗暗担心起来。

狼孩被十人围住，却并不慌张，他站直身子，一动不动。围着的人看他没有动作，便朝他慢慢靠近。

狼孩等围着的人离他只有几步远了，突然长啸一声，身体弹起，朝着眼前一人就扑了过去。

那人立于他面前，早有防备，身体一侧，躲了过去。

狼孩其实只是在他眼前划了一下，身体根本没停，手中的铁爪子猛然刺中了旁边一个人的脖子。

狼孩落地的时候，身体猛然又弹起，铁爪子在那人的脖子上绕了半圈，鲜血喷涌而出。

鲜血的气味吸引得那些狼嚎叫着冲过来，却被外面那些喷着火的喷壶给吓了回去。

赵刚发现那些喷壶非常厉害，那些狼没来的时候火苗不大，等那些狼来了，那些人不知道怎么弄的，火苗猛然就大了起来。

狼孩落地站立，中了狼爪的那人猛然倒地，抽搐了一会儿，就不动了。

剩下九个黑衣人并不惊慌，重新把他围了起来。这次狼孩故技重施，却没能得逞，反而被身后跟上来的一个刺中了后背。幸亏狼孩机敏，趴下了身子，伤得不重。

狼孩改变了策略，利用自己出手快的优势在突袭失败后，猛然跑到他们的后面进行袭击，但是也没有成功。这九人互相配合，互为后卫，狼孩虽然身体敏捷，武功不弱，但是也架不住九个日本高手。狼孩好几次濒临绝境，看得赵刚他们心惊肉跳。

两人如果手中有刀，早就冲出去了。可是现在他们手中只有木棍，再看看那些日本人的刀法，他们知道，就算出去也是送死。

就在两人无比着急的时候，那些日本人开始下死手了，他们冲着这个狼孩连连发起攻击，狼孩在躲过几次攻击后，被一刀砍在了胳膊上。狼孩吃痛，对着空中发出了几声狼啸。

那些在树林里的狼跟着嚎叫起来。叫声悲凉，透着乞求和倾诉。老王爷大喊一声："他这是在求救！快，先杀了这个小混蛋！"

九人再次冲过来。

狼孩这次没有退缩，猛然大号一声。树林里的狼有胆大的，听到号声后，相继冲了出来。但是，怕火的天性让它们在那些骤然强烈的火苗前犹豫了一下。就在这时，老王爷跑过来，朝这些狼开了枪。

王爷的枪是威力很大的火铳，火铳的火苗冲向那些狼，马上有三只狼倒在了血泊中。

剩下的几只狼吓得退了回去，有两只狼却不畏生死，朝老王爷冲了过来。

老王爷一看不好，转身就跑，幸亏离他比较近的两个手拿喷壶的家伙交叉着喷火，把两只狼逼了回去。

狼孩挥舞两只铁狼爪，又冲进九个日本人的包围中。赵刚看出来了，他这是孤注一掷的打法。赵刚心想，这个狼孩完了。

这时，小周用手拽了赵刚一下，把头探到他的耳边，说："用那个手鼓铃，赶着狼过去。"

赵刚不是没想过这个办法，可是狼怕这个手鼓铃，同时它们也怕火啊，万一它们被火吓回来怎么办？

小周看出了他的顾虑，说："我看差不多，它们怕火，可是也有不怕火的，刚刚还有跑到山洞烤火的狼呢。那些不怕火的却怕这个手鼓铃，所以只管试试。"

赵刚觉得小周的话有些道理，于是他悄悄站起来，摇动了手中的手鼓铃。果然，那些缩在林子里的狼听到铃声，竟然都站了起来，跟着他朝前走。

要命的是，那些狼只是亦步亦趋地跟着他，那意思好像让赵刚去咬人，它们在旁观战似的。赵刚停下，它们也就不走了。

赵刚忍不住骂，狼群索性坐下来看着他。

那些在外围拿着喷壶的人听到了赵刚的叫骂，其中两个把喷壶让别人拿着，攥着长刀就搜索了进来。

这两个家伙真是昏头了，他们以为这是在外面呢。他们手中没有了火，狼群可就不在乎他们了，几百头狼待他们走进林子后，马上把他们层层围了起来，两人想退出去，可已经晚了。

愤怒委屈已久的狼群潮水一般地涌了上去，一会儿工夫，这两个人就成了两堆骨头。

一旁看着的赵刚和小周吓得哆哆嗦嗦。

林子外的那些日本人也不敢进来。他们知道，如果没有这威力巨大的喷壶，他们还不够给这些狼塞牙缝的。可他们又不敢拿着喷壶进林子，如果引起大火，恐怕他们也逃不出去。

虽然狼群吃了这两个家伙，但是外边的狼孩却更加危险了。他连挨了两刀后，已经站不起来了。

幸亏有几只狼吃了人肉，嗜血的本性让它们疯狂地冲过火墙，朝那九人就扑了过去。可是这几只狼根本就不是这些武功高手的对手，几个回合下来，就倒在了血泊中。

九个人朝狼孩步步逼近，狼孩拖着腿，步步后退。

老王爷走过来，得意地说："怎么样？你现在说出黄金的下落，我还可以饶你。要是不说，哼，我马上就砍下你的头！"

狼孩看着他，一言不发。

老王爷看了一会儿，被他气疯了，喊道："杀了他！"

就在这时，远处突然传来一声呼啸。这声呼啸就像是在平静的湖水中扔下了一块石头，狼群猛然骚动起来。

紧跟着又是一声呼啸，老王爷和那些人还没回过神来，狼群就如河水一般漫了过来。狼群互相配合，躲过那些霸道的火苗，朝那九人冲了过去。

有的狼冲得太急，被燎得毛都糊了，空地上散发出一阵阵毛发的焦煳味道。

九个人赶紧围成一圈，背靠背，把老王爷围在中间，拿着喷壶的人也靠过来，用火苗保护着他们。

树林中呼啸声再次响起，声音未停，一道黑影掠出，闪电一般直接冲到一个拿着喷壶正跟狼搏斗的人面前，手起掌落，那人没来得及反抗，就被拍碎了脑瓜，扑倒在地上。

黑影落地，一拳砸出，把另一个挥舞喷壶的人的胳膊砸断，猛然进身，只一肘，就把那家伙拐得飞了起来。

狼群乘机冲了进去，人狼战成一团。

黑影在又打死了两个日本人后，朝那个老王爷冲去。老王爷早有准备，对着黑影就是一枪。

眼看黑影躲不过去了，突然有只狼跃起，挡在了黑影前面。随着狼的一声悲鸣，黑影长啸着冲过去，老王爷却被两个日本人保护起来。

这时候，几百只狼已经杀死了五六个黑衣人。剩下的人在群狼的包围中勉强支撑着，一不小心，就会被狼拽倒一个。只要他们倒下，就失去了重新站起来的机会。

那个黑影也杀死了挡在他面前的两个日本人，老王爷用日语又喊来两个日本人，挡在他与黑影之间。他绝望地说："段钢，你就知道杀人，你知道我是谁吗？"

那个被称为段钢的黑影站住了，却不说话。老王爷又喊道："我是大清唯一活着的老王爷！当初王进举不是让你找到我们，把金子给我们吗？"

那个被称作段钢的人终于说话了。他问："你是不是那个大清格格的哥哥？"

老王爷问："哪个大清格格啊？"

段钢说："陪日本人睡觉，帮着日本人杀我族人的那个！"

老王爷不知道怎么回答好了，段钢又厉声喝道："老东西，你现在已经是个日本人了，你以为我段钢真的成了狼了吗？当年我二十多个兄弟，被日本人追杀得就只剩下了我一个，逃到了这里，你们还不放过！兄弟之仇，我怎能不报？你带着日本人来抢大清的税金，等你死了，我看你怎么去见祖宗！"

段钢说完，猛然出手，抓住一个日本人的胳膊，一脚就把他踹了出去。众人大惊，齐齐朝后退。

地上是一堆一堆的狼和人的尸体，日本人和狼群都死伤惨重，暂时对峙起来。

段钢却依然凶猛，他长啸一声，就朝着日本人冲了过去，狼群也跟着一齐鼓噪。

日本人和老王爷看着这个比狼凶恶一百倍的狼煞，不由得瑟瑟发抖。

就在这时，东边的树林里突然冲出一队人马，先是一排火枪，打散了众狼，然后挥舞大刀，朝狼群和狼煞攻击过来。

赵刚他们看得清楚，这些人脸上涂了各种颜色，鬼怪似的"哇哇"叫着，气势凶猛异常。

他们似乎知道狼煞的厉害，专门有人轮流朝狼煞射箭。

狼煞被迫连连后退，这些人并不恋战，他们救出那些日本人和老王爷后，由弓箭手和火枪手押后，火速退去。

7. 舍己救人

几乎是在一瞬间，狼群、狼煞、狼孩、日本人，都没了影子。

赵刚和小周眼前的世界变得空寂。一堆一堆的狼尸和人的尸体，就像是地狱的写照。

两人站起来，四下看了看。

小周喃喃地说："走得真快。"

两人第一次这么近看到杀人的场景，好长时间都没从那种惊心动魄中恢复过来。

赵刚抽了抽鼻子，空气中飘浮着浓得化不开的血腥味。他想说什么，张了张嘴，觉得嗓子干得厉害，就不说了。

小周问他："赵队长，咱怎么办？回去？"

赵刚点点头，说："回去，还得把手鼓铃还给人家呢。"

两人转过山坡，一路上见到零星的狼趴在树林中，不过大都很疲惫的样子，看到他们走过来，只是勉强地动一动身子。

当然，也有狼在默默地赶路，不过跟来时不同。来的时候，它们都向着同一个目标，所以赵刚跟着它们走就行，现在散场了，它们各自回家，赵刚和小周失去了向导，走了一会儿，就迷路了。

赵刚手中的手鼓铃一路轻轻地响着，因此狼群都不袭击他们。直到他们走出野狼谷，铃铛还是响着，但他们没有在意。

在野狼谷里，因为不怕狼，走一会儿就能遇到一只或者几只狼，让他们很有安全感。两人不知不觉走出了野狼谷，好长时间都没有遇到狼，丛林中安静神秘的气氛，反而让两人感到阵阵寒意。

小周胆子小，看着周围静谧的树林，总觉得好像有什么在跟着他们，因此边走边向后看。

赵刚问他："你看什么啊？"

小周说："队长，我们又迷路了。"

赵刚闷闷地说："我知道。"

小周说："队长……我觉得后面……有人。"

赵刚斥责道："别疑神疑鬼的，这里能有什么人！"

小周真觉得后面有人，转过身，却什么都没看到。他心里告诫自己，也许真的是因为害怕，自己出现幻听了吧！

两人又走了一会儿，走到一个山谷，小周看到前面好像站着几个人。他怕自己看错了，轻轻地拽了一下赵刚，说："赵队长，前面……前面有人。"

赵刚赶紧睁大眼睛朝前看去。前面的几个人已经变成了横向排列，在他们面前拦住了去路。

赵刚拉着小周转身就跑，刚转过身，就有人从树林中蹿出，又挡在了他们面前。

赵刚把手中的棍子横在胸前，问："你们是什么人？"

其实刚一问完，赵刚就知道这句话是废话。那些人手中的日本刀，已经清楚地表明了他们的身份。

还是那个老王爷，他从树林中走出来，看着赵刚和小周。老王爷把两人从上到下来回看了几遍，问："山外进来的？"

赵刚知道，遇上这个老家伙，恐怕是九死一生了。他稳了稳心神，说："是，我们是山外的猎户，你们是什么人？"

老王爷冷笑几声，说："山外的猎户会到这里来？好吧，就算你们是猎户，那你说，你们到这里来干什么？不会是拿着棍子来打猎的吧？"

赵刚说："我们是到这里来找人的。"

老王爷点点头，说："我知道了。几天前我也遇到过几个人，他们明明是跟踪我们的人，却说自己是山外的猎户，来找人的。你俩跟他们是一伙的吧？不过他们有枪，呵呵，说自己是猎户，却拿着手枪！你的枪呢？拿着手枪的猎户和拿着棍子的猎户？哈哈哈……你们这些猎户，真有意思。"

赵刚说："我不知道别人，我们就是两个人进来的。您说得对，我们有枪，不过我们拿的是火枪，几天前，被一个叫孙三爷的人抢去了。"

老王爷一愣，说："孙三爷？哦，他抢了你们的枪？你看，你们这些猎人真是软蛋。要是搁我当年的脾气，非跟他们拼了不可。好了，你们就跟我说实话，是不是张大爪子让你们来找金子的？"

赵刚第一次听人把张大爪子和金子扯到一起，因此一愣，说："张大爪子？找金子？这是哪跟哪啊？他怎么知道这里有金子？"

老王爷"嘿嘿"一笑，说："怎么？在王爷我的面前装傻啊？小子，你还太嫩了！这么多年没人进山了，突然来了这么多人，还都是找人的猎户？找人有你们这么找的？专跑到这野狼谷里来找？说吧，谁让你们到这里来的？你们是不是来找段钢的？"

赵刚之前听到老王爷和狼孩的对话，对事情已经知道了个大概。他说："你看我们像是认识段钢的样子吗？我们是山外的猎户，来找人的。不知道什么金子，也不知道段钢。我倒想知道，你们是什么人？"

老王爷呵呵一笑，说："你真的想知道我是什么人？"

赵刚说："是，当然想。"

老王爷笑得更加恐怖了，说："好！不过，我猜你知道我是谁后，你会后悔的，还想知道吗？"

赵刚说："有什么好后悔的？你是人又不是鬼，再说了，鬼我都不怕，还怕知道你个人？"

老王爷停住笑，说："好，这话说得有骨气，那我就告诉你吧！我是大清的王爷。不过可惜，大清倒台了，否则我会在这种破地方，为那点破金子卖命？怎么样，知道我是什么人，害怕不？"

赵刚说："有什么可怕的？死的王爷我都见过，还怕活的？你找你的金子，我找我的人，你凭什么拦我们的路？"

老王爷冷冷一笑，说："你以为知道了我身份的人还能从我这里活着走出去？告诉你，这金子铁定是我的，凡是来找金子的，我都不会放过！行了，我也不跟你啰唆了。"

老王爷退后，朝身边的人一挥手。

两边的人握着刀，朝两人就围拢过来。

小周和赵刚赶紧转身，朝左侧猛然跑了出去。老王爷在后面喊道："追！杀了他们！"

小周边跑，边对赵刚喊："赵队长，手鼓铃！快摇手鼓铃！"

赵刚一听，也不管好不好用了，拿着手鼓铃就猛摇起来。

什么奇迹也没有发生，后面的人还是紧紧跟着，他们盼望救命的狼，一只也没有出现。

两人跑了一会儿，赵刚猛然站住，他把手鼓铃塞进小周的手里，说："快跑！咱俩只能跑出去一个，我儿子也有了，死就死了！你快跑！"

小周知道赵刚要做什么了，喊道："不行！赵队长，您走吧，我挡一阵！"

赵刚猛踹了小周一脚，喊道："快跑！再啰唆我一棍子砸死你！"

赵刚说完，便挥起棍子，朝日本人迎了上去。

小周知道队长此去必死无疑了，自己上去，肯定也是白死。他只得一只手握着手鼓铃，一只手攥住棍子，朝前猛跑。

不知道跑了多久，小周前面突然又出现了一群人，他一头撞在了其中一人的身上。

8.不杀之谜

张雷问孙铜头："他们还有什么？"

孙铜头说："他们有一个大清王爷。据说，当年王进举他们就是要把金子送给这个王爷的哥哥或者叔叔。当年段钢让一个手下拿着信物潜出大山，找大清的另一个王爷，后来这个信物就落到了这个王爷的手里。不过大清倒台的时候，这个王爷跑到了日本，入了日本籍。对了，有个日本女人叫川岛芳子，你知道吧？"

张雷说："听说过，不过不知道是干什么的。"

孙铜头说："这个女人可不简单！当年就是她带着一群日本人来大山里找那些金子的。这个王爷据说也是她从日本找来的，目的就是让段钢把那些金子交给日本人。"

张雷点头，说："我知道了，这个王爷，我们前儿天碰到过，他带着一帮日本人，我们差点儿被他杀了。"

孙铜头说："这个老东西，虽然是中国人，却比日本人都狠毒。他找过方虎子，方虎子是从俄罗斯人的大屠杀中逃出来的，因此非常痛恨俄罗斯人，这个王爷就来联系方虎子，说要联手对付俄罗斯人。但是方虎子很有眼光，他知道日本人同样不怀好意，因此没有同意他的要求。后来老王爷竟然联合俄罗斯人来攻击八大茔，他们攻击的第一个地方，就是我们铁匠帮。铁匠帮离八大茔中心最远，我们打不过他们两家联手，第一天晚上，就有四十多人被杀。这些王八羔子，见人就杀，不管男女老幼。"

张雷问："他们为什么要攻击八大茔呢？"

孙铜头说："当然是为了金子。八大茔里什么人都有，其实很多人都在秘密地找那些金子。据说当年王进举用棺材送出去的金子，只是一小部分，大量金子的埋藏地点，他死前都告诉了段钢。日本人曾经秘密派出部队寻找段钢，好几次都差点儿抓住他，但是后来段钢下落不明。日本人以为是八大荃收留了段钢，他们认为吓唬一下，方虎子就能听他们的摆布。哪知道方虎子真的是只老虎，他连夜调动人马，对他们进行了反击，打得他们落花流水，从此再也没敢动我们一指头。"

张雷说："可惜，现在方虎子老了。"

孙铜头低下头，说："其实……方虎子已经……没了。"

张雷一愣："没了？"

孙铜头说："是，要不瞿正光怎么敢这么胡作非为？"

张雷说："那为什么瞿正光要瞒着大家呢？我见过他，他没说方虎子已经不在了啊！"

孙铜头说："这我就不知道了。"

张雷叹了口气，心想：真没想到，林子里的人竟然也是这么复杂，金子竟能让好好的一个人变得如此不堪。

张雷问："孙大当家的，您说他们引着我们去的，是野狼谷？野狼谷我知道，他们为什么要引领我们去那个地方？"

孙铜头说："当年王进举运金子的时候，是你师父张大爪子和段钢负责一路保护的。现在你来到了林子里，瞿正光肯定以为你知道金子的下落，或者是来找段钢一起弄出金子的。他们知道，那个狼煞其实正是段钢。"

"什么？狼煞是段钢！"张雷一惊，"怎么会是他？那他为什么不去找方虎子和瞿正光呢？他和瞿正光也是非常好的兄弟。"

孙铜头摇摇头，说："这个我也不知道，其中肯定是有故事的。这十几年来，很多人都知道狼煞，但是不知道狼煞就是段钢。有人说，段钢有时会化装来到八大荃，也有人说，方虎子和段钢其实一直有联系。谁知道哪个是真的，哪个是假的？"

张雷沉思道："这么说，我们真的要去野狼谷了？"

孙铜头说："我估计，你要找的人也在野狼谷。瞿正光把他们抓去，就是让你去，然后通过跟踪你来找到段钢。"

张雷苦笑道："可是我对这事儿一点儿也不知道啊！"

四人边走边说，中午的时候，孙铜头带着他们来到一座山神庙前。庙很破旧，但是庙外有个棚子，还是比较新的。

孙铜头带着他们走过去，说："这地方当初是我们铁匠帮的一个据点。山神庙就是那时候建的，我年轻的时候，这庙还很好呢，现在不行了，这里已经不是铁匠帮的地方了。"

张雷发现棚子里竟然有锅灶，还比较新的样子，惊讶地说："这里怎么有锅？"

孙铜头说："去年另建的，瞿正光说是为了让巡山的人有地方做饭吃。其实就是为了去野狼谷方便。"

皮子高兴了，说："这不是有地方做饭了吗？多长时间没正儿八经做顿饭吃了啊！张雷，孙老大，我们中午就在这里吃饭？"

孙铜头找个地方坐下，脱下鞋子，把鞋子里的小石头和泥土倒出来。他边用手抠着鞋子里的泥边说："当然了，你们去研究点儿吃的，我找点别的东西。"

路上，皮子和苗路打了两只野鸡，弄了些干蘑，又找了些柴火，按照孙铜头说的，在几百米外的山沟里找到了一条清澈的小河，把锅好好地刷了刷。

孙铜头穿上鞋，在破庙外的墙角一阵摸索，找出一个菜墩和一把菜刀。

苗路和皮子就忙活起来了。

张雷跟着孙铜头进了山神庙。庙门虚掩着，庙的屋顶有很多处已经塌了，山神爷以及各位大仙的塑像都被雨水淋成了一堆堆泥土。庙的东南角的屋顶比较完好，那里有一尊关羽像，还能看出模样。

张雷走过去，发现在神像前竟然还有好像刚刚烧完的香灰。显然，有人不久前来过。

张雷喊过孙铜头，孙铜头看着那香灰，惊讶无比。

他连连说："不能啊！这里除了巡山队，没人来啊！巡山队过去应该有两个月了，这香肯定不是他们烧的。这……这是谁烧的呢？"

张雷说："您不是说，这林子里人很多吗？有人来烧香，有什么可奇怪的？"

孙铜头摇头，说："林子里的各帮人，都有自己的山神庙，他们不会到别的庙里烧香的。这个庙是当年铁匠帮建的，铁匠帮不管，别人是不会来的。现在铁匠帮住的地方离这里要七八天路程，都是没人走的山路，谁会来这里烧香？要烧香，铁匠帮也有山神庙啊！"

过了一会儿，皮子和苗路烧熟了野鸡肉，让他们去吃饭。

苗路撕下一条鸡腿递给孙铜头，说："孙帮主，这附近有人住吧？"

孙铜头说："没人，从前这里有个大金矿，日本人来之前，矿脉就不行了。好多年没人来了，如果有人，这个山神庙也不至于破败成这样。"

苗路撕鸡的手停了停，说："那我刚刚在庙后拾树枝的时候，怎么看到有人影？"

张雷听了，顿时惊了："有人影？是那些跟踪咱的人吧？"

苗路摇摇头，说："应该不是。这个人走得比较慢，我估计他没有发现我。我在庙后面，他在庙后的山坡上。他边走好像还边低头找着什么东西，不像是跟踪人的样子。"

孙铜头一直拿着鸡腿没动，看着苗路。直到苗路说完，他瞪大了眼睛，问："在后山上？找什么东西？他……是不是一个老人？"

苗路想了想，点点头，说："应该是。像一个老人的样子。"

孙铜头失声大喊："是山神爷！"

9. 巫师的化身

小周发疯一般朝外跑，他能听到赵刚的怒吼声，充满着惊恐、愤怒和求生的欲望。小周终于崩溃了，他"哇哇"乱叫，手臂乱舞，疯子一般跑着。

直到他撞在了一个人的身上。

小周想，反正早晚都得死，不怕了！他挥舞棍子，就朝这人砸去。

被撞的人没有躲闪，手中的刀迎上，就把小周手中的棍子磕飞了。然后那人飞起一脚，把小周踹倒在地上。

小周刚要爬起来，那人一脚踩住小周，立刻上来了几个人，把他捆了起来。

小周一直抓着手鼓铃，绑他的时候，有一个家伙看到他手中的这东西，一把就抢了过去。

小周要抢回来，手鼓铃在那个家伙的手里猛然响了起来。那人"哇"一声怪叫，竟然把手鼓铃扔了。

随着手鼓铃落地，把小周一脚踹倒的家伙，以及身边三四个人，便朝着小周跪下了。

小周被捆住手，看着眼前跪着的几个人，非常疑惑。小周问："怎么了这是？捆着我，还要给我磕头？"

一个过来给小周解绳子的黑脸汉子惊讶了："你是汉人？"

小周更是惊讶了："你们是什么人？他们为什么跪我？"

那人说："这个得问你手中的手鼓铃。这个手鼓铃是他们的萨满大巫师的法器，拿着这个东西的人，他们认为就是大巫师的化身，他们打了你，当然害怕了。"

小周疑惑地捡起地上的手鼓铃，摇了几下，说："这东西……这么神奇？"

那人说："当然，这可不是一般的东西。咦，好像你不知道？你是从哪儿弄的？"

小周没回答他的话，而是问："那我可以用这个命令他们吗？"

那人说："应该可以。"

小周拿起手鼓铃，猛然摇了摇，说："别跪着了，给我救人去！"

那些跪着的人好像能听懂他的话，一行人跟着小周朝后跑。当他们跑到赵刚停下来的地方时，发现那些日本人和老王爷已经不见了。

小周转身要走，那个黑脸汉子拦住了他，说："你不能自己乱走，这里有不少人，你跟我们走吧，你是山外来的吧？"

小周看了看他，没说话。那人继续说："我叫赵亚铁，你还是跟我们走吧！我们那里有个叫王队长的人，也是从山外来的，应该和你们是一帮的吧？"

小周一愣："王队长？"

赵亚铁说："是，四十岁左右，还拿着一把手枪。"

小周看了看这些人，明白了什么。他问："你们没把王队长怎么样吧？"

赵亚铁笑了，说："他是我们寨主儿媳的救命恩人，是我们的座上客呢。"

小周想了想，决定跟他们走。

让小周没想到的是，看到小周走路太慢，那些人砍倒几棵树，一会儿就做成了一个简陋的轿子，让小周坐上去。

小周不敢上，赵亚铁说："没事，上吧，你不上的话，他们心里反而不安。"

小周只好坐了上去。

轿子的屁股位置只有一根木头，硌得屁股有些疼。不过，不用自己走路，双腿终于可以歇歇了。小周坐在"轿子"上，不一会儿竟然就睡了过去。

他醒来的时候，看到的竟然是王队长和小刘。

小周不敢相信自己的眼睛，拼命摇晃了几下脑袋，喃喃地说："这梦做得也太真了。"

王队长过来推了他一下，说："小周，不是做梦，真的是我啊！"

小周坐起来，发现自己竟然躺在床上。床虽然非常简陋，却是真的。他的身上还盖着一张柔软的，用动物毛皮做的被子。

小周搓了几下脸，说："我真的不是在做梦？"

王队长说："不是，小周。要不，你掐下你的手，如果是做梦，你就感觉不到疼，不是做梦的话，你就会觉得疼。"

小周使劲掐了下自己的手，疼得叫了一声，这下他终于信了。

吃了早饭，老族长请人把小周叫过去。小周由王队长陪着，把得到这个手鼓铃的过程跟老族长说了。

老族长大叹缘分，把手鼓铃还给小周。

小周不要，说本来就不是他的东西，现在没狼了，他要这东西干什么！

老族长让他拿着，说这是大巫师的法器，既然是你拿来的，就应该由你去还。

小周感到身体乏力，回到老族长给他安排的屋子，又睡了一天，直到晚上，才觉得好了许多。

吃晚饭时，小周把他和赵刚的经历都跟王队长说了，听得王队长惊讶异常。

王队长也把他和小刘的经历简单跟小周说了。

原来，那些接王队长的人听说有人装成猎头族杀人后，猎头族的人非常气愤，非要去捉几个问个清楚。

这时，王队长已经明白猎头族是被冤枉的了，为了避免不必要的麻烦，他劝住了他们，但是提了一个要求，就是帮他找到那三个兄弟的头。

这些猎头族的人也真是厉害，他们设计捉了一个假的猎头族人，让他带着他们找到了那三人的头颅。他们带着三个头颅回到了驻地，并举行了祈神仪式，这个场景被小周和赵刚看到了。

虽然重新会合了，但是想起来时的十多个人，现在失踪的失踪、死的死，三人心情都非常沉重。

小周问："王队长，下一步我们该怎么办呢？我们总不能老待在这里吧？"

王队长皱着眉头，说："没想到事情会变得这样。我和小刘这几天也在想，我们下一步该怎么办。我当初是小看这林子了。唉，别说我，就是张雷大概也没想到这里面会有这么多的事。这样，我打算先观察一下，利用老族长的力量，帮我们找找其他人，看看他们到底哪里去了。那俩罪犯到了这里，估计活不成了，就不管了。不过张雷应该是没有问题的，只要找到张雷，加上老族长帮忙，找到剩下的人就问题不大了。现在你的任务就是好好休息几天，恢复体力，等有了目标，咱还得满山去找人呢。找到人，咱就回去，回家！"

第六章／鬼头金之谜

1. 内奸

让王队长没想到的是，他们住的寨子竟遭到了袭击。三人为了互相照顾，住在一个屋子里，小周白天睡得多，晚上睡不着，就在王队长和小刘睡着之后，在寨子里逛了逛。

王队长告诉过他，晚上有几个地方不能去。这个营寨晚上有暗哨，哨兵有规定：进入禁地者，必杀！

小周不敢乱跑，就坐在门口发呆。

小周看着朦胧月光下的房子，不由得想起了父母。自己出生入死到了这里，还能顺利回到家，看到父母吗？

小周面前正对着一条胡同。他正发呆，突然看到胡同里好像有人影闪过。他以为自己看花眼了，就摆了下头，再仔细看去。

人影似乎正从远处朝这边走过来。小周不大相信自己的眼睛，因为王队长说过，入夜之后，有几条胡同绝对不能走，那是按照八卦阵摆的禁地，进入那个地方就是找死。而进入这条胡同执勤的人，外人是看不到的。这条胡同看起来跟别的胡同一样安静，其实杀机四伏。

可是，这条胡同怎么会有人出现呢？

小周再仔细一看，头就大了，因为胡同里不是一个人，而是一队人马！这队人马突然神秘地从营寨的最险要处突击进来，犹如神兵天降。

守卫胡同的人呢？难道……

小周没敢想下去，忙回到屋里，把王队长喊醒。

王队长一听有人从胡同攻了进来，马上蹦了起来。小周又把小刘喊醒，两人忙着穿衣服，小周先拿起刀，在门口看着。

那十多个人来到村寨，朝空地中间的议事堂就冲了过去。

议事堂里有人，是专门负责晚上执勤的。他们看到一队人冲进来，马上敲起了铜锣。

"当当当"的锣声，刺破夜晚的寂静，惊醒了这个安静的寨子。

铜锣一响起，各家的大门立刻开了，一个个提着刀枪的汉子从屋里冲出来，如潮水般向广场涌来。

十多个偷袭者一听到锣声就开始朝外跑，却被外面巡夜的人挡住了。十多人有两三个冲了出去，剩下的就跟寨子里的人打了起来。

这几个家伙都是好手，其中有三四个日本人非常勇猛，被一大圈的人包围了，依然挥舞长刀，毫不畏惧。

老族长一是不想跟对方结仇太深，二是想留下活口问问到底是哪儿的人，是谁指派来的，因此让大家刀下留情。

没想到这些人猛打猛拼，有的干脆采取了自杀式打法，不杀死他们，他们就一直进攻，哪怕刀没了，手被砍掉了，他们依然用头、用脚来进攻。

王队长、小周、小刘三人看得惊心动魄。

战到最后，村民只捉了一个活口，老族长命人将这个活口关押到小屋里，可还没等到审问，他竟然自己一头撞在屋角上，死得妥妥的。

偷袭营寨的人身上，没有任何能证明他们身份的东西。王队长只是从他们用的长刀和武功套路上，看出来有三个日本人。

老族长组织人寻找在这条胡同上值夜的暗哨，让他们非常震惊的是，这条胡同里的八个固定暗哨和十多个移动暗哨，无一存活，全部被杀。

"有内奸。"老族长和一个脸色阴沉的老道士四处查看完毕，很沉痛地说。

这条胡同在白天没什么特别，但是到了夜晚就会成为战略要地，如果提前知道了胡同里的暗哨位置，那铲除这个胡同里的人马就非常容易了。

知道这个秘密，并且熟知暗哨位置的人，在寨子里并不多。

老族长召集几个管事的开会，通知的人回来说，那个俄罗斯人不见了，在他家负责照顾他的人也一起没了。

老族长一愣，带着人去了俄罗斯人的家，王队长也跟着去了。

俄罗斯人的家就在那个作为生门的胡同边上。

这是个跟别家差不多的普通木屋，家里很整齐，好像有人刚刚收拾好似的。屋子的墙上挂着一张俄罗斯油画，画很旧了，有的地方颜料开裂暴起，不过画面上的白桦树还是很漂亮。

老族长问刚刚来找俄罗斯人的年轻人："张洛夫家里的人呢？"

年轻人说："我来的时候他就没在家里啊！当时木门开着，屋子里一个人也没有。"

因为不熟悉情况，王队长也看不出什么名堂。老族长四下看了看，说："这个张洛夫跑了。"

王队长问："您怎么知道他跑了？"

老族长指着墙上的一枚钉子说："张洛夫在这里挂了一张沙皇的油画，现在不见了，还有他挂在墙上的军用水壶也没有了。他是早就计划好了的，要不怎么能收拾得这么利索？这个没良心的俄罗斯人！"

王队长惊讶道："族长，您的意思，是他……"

老族长点头，说："是。把那些偷袭者引进来的，正是这个俄罗斯人。我们这个地方住着三十多户俄罗斯人，他们有的是当年来淘金住下的，也有的是在日俄战争时期逃进来的。咱这个寨子鱼龙混杂，什么人都有。为了团结，我们的议事会里各个族的人都有。这个张洛夫打过仗，懂军事，人也不糊涂，寨子的防御和哨兵安排他都非常清楚。不是他，还能有谁。"

王队长问："这么说，他对这个寨子非常熟悉了？"

老族长点头，说："非常熟悉。"

王队长突然想到一个问题，他问："族长，您觉得那些偷袭寨子的人，会是谁派来的？"

老族长看了看王队长，转回头说："走，回去再说这个。"

2. 山神爷

张雷看了看眼前破烂的山神庙，狐疑地问孙铜头："山……神爷？"

孙铜头说："不是这个山神庙里的山神爷，我说的是我们铁匠帮的前帮主，也是我的师父，他的外号叫山神爷。两年前他突然失踪了，有人说在这山神庙附近看到过他，没想到他真在这里！"

孙铜头一边说着，一边起身就朝后山跑。张雷让苗路和皮子在这儿等着，就赶紧跟上孙铜头。

两人经过庙后的杂树林，朝山坡上爬。这个山坡比较陡，有些地方甚至要手脚并用才能爬上去。

张雷很怀疑，一个老人能在这种地方行走？

因为爬得急，两人刚爬到一半，就累得有些受不了了。孙铜头招呼张雷歇息一下。

张雷喊孙铜头过来，他在一棵树上，发现了有人用利器砍过的痕迹。孙铜头顾不得歇息了，爬起来在附近搜索。两人扩大了搜索范围，终于确定了这记号的走向，就顺着记号一路朝前走。

下了山坡，经过一个小山谷，他们看到前面有个人影。

不过这显然不是个老人的身影。这人身材修长，行动敏捷，似乎正观察着什么。只见他朝前跑了几步，就找地方躲避起来。

孙铜头朝张雷一挥手，示意两人从两侧把这人包围起来。张雷会意，就跟孙铜头分开，朝这人包抄过去。

这人显然只注意前面，没想到后面会有人把他给包了起来。直到张雷离他只有十多米远的时候，他才发现张雷。

这人赶紧转身朝另一边跑，迎头就撞上了孙铜头。

但是两人想包围住一个人，显然是不大可能的。这人朝孙铜头猛然扔去一枚暗器，趁孙铜头躲闪的时候，一头朝山谷跑去。

张雷拔腿就追。

在山林里追人是很困难的，但是张雷预感到这家伙应该有什么机密，所以下定决心要把他捉到。

张雷跟师父学艺的时候，主攻飞跑和陷阱。虽然这些年功夫有些荒废，但终究比一般人要好得多。

张大爪子的跑功，讲究利用山坡地势，这个小下坡正好让张雷充分施展功夫。那家伙还没跑出小山谷，张雷就已经站在了他的面前。

这家伙一身黑衣，脸上涂成黑色，张雷猜这应该是瞿正光的人，因此他暗暗下决心，一定要活捉这人。

这人显然知道张雷不太好惹，四下看看，还想跑。张雷说："跟你说实话，你跑不过我。但是拼功夫，你弄不好能赢。上吧，趁我的同伴还没上来，你先结果了我，你就有可能跑出去了。"

那人还真信了，他挥起大刀，朝张雷就砍。

张雷没带枪，枪在皮子那儿，而且他拿的是短刀，两人一交手，他就很被动。况且这家伙的手上功夫真不错，好几次张雷都险些被砍中。

张雷心说：不好，没准自己还真能让人家给收拾了。

张雷知道孙铜头功夫好，可是这么长时间了，孙铜头竟然还没跑过来，难不成拉肚子去了吗？

张雷只好勉强接招，逃跑又觉得有些丢份。这家伙眼看要得胜，大黑脸上都有了笑意。张雷看着这家伙蹦来蹦去的脚，心下有了主意。

张雷偷偷从兜里掏出一把铁蒺藜，猛出一招，急攻这家伙中盘，吓得这家伙朝后一蹦，张雷脚步跟进，短刀上扬，那家伙上身后仰，张雷趁机在他脚下撒了一把铁蒺藜。

张雷趁这家伙反手一刀的时候，身体后撤，这家伙不知是计，脚下立马就跟了过来。

这铁蒺藜是张大爪子专门对付敌人追击用的，六面有刺，那些刺尖利细长，即使在松软的地上，只要有人踩上，也能扎进脚里，何况这里是硬地。

那家伙号叫一声蹲了下去，张雷跑过去拿着短刀就朝这家伙的大腿上扎。

这家伙也是条汉子，不顾脚上的铁蒺藜，猛然蹦起来，跳到一边，张雷扎了个空。

这家伙朝张雷扔了一把飞刀，趁张雷躲避的工夫，把脚上的铁蒺藜拔了出来。这时，张雷看到有两人朝他跑来，其中一个边跑边喊："张雷，我们来了！"

来的是皮子和苗路。两人手里都有枪，苗路手里还有把大刀。

这家伙一抬头也看到了皮子和苗路，知道麻烦了，也顾不得脚上的伤痛，大喊一声，朝张雷就扑了过来。

一连几刀，杀得张雷败退数米，看到张雷后退，他立刻就跑。张雷看到他想跑，就在后面追。

此时皮子和苗路都赶了过来，三人把这家伙围住了。

张雷说："不是让你们在山神庙里等着吗？你们怎么跑过来了？"

皮子摇头，说："我和苗路合计了，我们四个人不能分开。这里的事太多，一旦分开，遭人袭击，我们一跑，大家就又走散了。所以我俩就来找你了。你看这不幸亏我们来了，在下面我就看出来了，你一个人打不过人家。"

张雷想想，皮子说得也对，就不再说什么了。

看到三人包围了自己，那人有些绝望，大刀朝这个挥一下，朝那个挥一下，加上脚疼，攻势不凌厉，被三人逼得连连后退。

张雷想留一个活口，所以虽然有两人配合，也一直没下重手。

那人虚晃一刀，想趁机逃跑，不想迈步太大，脚上受力过重，扯到脚下的伤口，一下子摔倒在地。

皮子和苗路挡住他的去路，想去砍他，结果他挥舞了几刀，就逼退了他们。

张雷想去砍这家伙的腿，趁皮子和苗路跟他缠斗的工夫，从后面一刀，就扎进了这家伙的腿。

这家伙听到动静，转身也晚了。他转过脸来，张雷的刀子刚好扎进他右边大腿，这家伙吃痛，赶紧过来拔刀，皮子和苗路一看机会来了，持刀就捅了上去。

这家伙躲过了苗路的刀，却被皮子的刀刺进了喉咙。

这家伙还没来得及拔出张雷的刀，就听到喉咙处"咕噜"了几声，人就抽搐起来。

张雷过去抽出刀，遗憾地说："完了，死了。"

皮子第一次杀人，又害怕又兴奋，看着张雷颓唐的样子，他奇怪地问："怎么了？不应该杀？"

张雷说："我本想留个活口，算了，死了就死了。"

他朝山上看了看，很纳闷地说："孙铜头跟我一起跑下来的啊！他怎么还没下来呢？"

皮子随口说："不是山上还有人吧？"

张雷猛然醒悟，说："是！这个家伙不可能自己来的，快上去看看！"

三人快速爬到山上，果然，看到孙铜头正和两个黑衣人战在一起。

这两个黑衣人看到有人来了，想跑，却被孙铜头紧紧地缠住了。

看到张雷三人，孙铜头高兴了，喊道："快来帮忙！不能让这些混蛋跑了！"

张雷看到这些穿黑衣服的家伙，心里就来气，都是好好的中国人，怎么整天就琢磨着杀自己人啊！

张雷大吼一声，带着苗路和皮子就冲了上去。

张雷朝其中一个人甩去一把飞刀，将他扎翻在地。皮子和苗路帮着孙铜头挡住了另一个人的去路。

被拦住这人胆量有点小，他看了一眼在地上扭动的同伴，"扑通"一声就跪下了，对孙铜头喊道："孙大当家的饶命！"

孙铜头一愣："你是谁？怎么认识我？！"

那人把刀扔了，喊道："我是杜伟啊！孙大当家的，您大人大量，饶过小的吧！我们也是奉命行事啊！您知道，我们不敢不听啊！"

孙铜头点头："杜伟，好！瞿正光还真舍得下本钱，把你们都派出来了。好，你如果真是杜伟，那看在当年你给我端过茶的面子上，我不会为难你。但是，你得把你脸上的假面撕了，让我看看你是真的还是假的。"

杜伟直起腰，把脸上的那层假面撕下来。他们看到了一个脸色苍白、眼神惶恐的汉子。

张雷问他："你们为什么要把脸弄成这个样子？"

杜伟说："这个是瞿大当家的主意，他说这样可以嫁祸给猎头族。"

孙铜头问："你们到这里来做什么？"

杜伟说："孙大当家的，对不起，这个……我真的不敢说。"

孙铜头脸色难看了，问："为什么不敢说？"

杜伟低下头，小声说："请孙大当家的原谅，我们执行的是绝密任务，如果泄露，瞿正光的手段您是知道的。"

孙铜头说："那我来问，你只管点头或者摇头就行，不算你泄密。如果你连这个都做不到，我也就顾不得当初的交情了。你看，这样行不？"

杜伟犹豫了一下，孙铜头接着说："瞿正光可怕，是因为他阴险。我孙铜头从来都是光明正大，但也不是软柿子。我今天就告诉你，我是有仇必报的人。当年方虎子厉害吧？他的手下杀了我的人，我就敢当着方虎子的面杀了他的手下。你点头或者摇头之前，最好先掂量一下。"

杜伟见没有讲价的余地了，只好点头，说："好！我杜伟发誓，绝对不跟孙大当家的说一句假话，否则，任凭孙大当家的处置。"

孙铜头点头，说："好，那我就问了，你们来这里，是不是跟我师父有关？"

杜伟显然没想到孙铜头能问这个，猛然抬头，惊愕地看着孙铜头。

孙铜头说："看我干吗？没听清楚吗？"

杜伟慢慢地点了点头。

孙铜头激动了："我师父真的在这里？"

杜伟摇摇头。

孙铜头问："你摇头是什么意思？是他没在这里，还是别的意思？"

杜伟还是摇头。

孙铜头急了："妈的，你给老子打哑谜啊？他到底在不在这里？"

杜伟也忍不住了，说："我们也不知道。"

孙铜头问："不知道，那你们来这里干什么？"

杜伟站起来，一跺脚，说："罢了，孙大当家的，我就把我知道的都告诉你吧！我们是奉命来这里找你师父的。瞿正光的命令是，找到他后跟着他，说他后面有什么大阴谋。我们还没找到他，我们只是发现了一个人，从背影看，这人像您的师父，我们跟踪了一会儿，他突然就没影了，还有……"

杜伟刚说到这里，突然从林子里射来一支箭，冷箭深深地扎进了他的后背，他惨叫一声，就倒了下去。

张雷大喊一声"小心"，就朝冷箭射来的方向扔去一把飞刀，然后冲了过去。

树林里空无一人。张雷怕遭人暗算，略略察看了一会儿，便从林子里退了出来。

张雷回来的时候，杜伟浑身发紫，已经死了。

张雷惊讶地说："怎么死了？"

孙铜头拔下箭头，说："煨过毒。"

张雷说："这里不可久留，赶紧离开。"

孙铜头却不愿意，说："不行。他们既然在这里跟踪我师父，那说明我师父真的在这里，我不能让他们伤害我师父。"

张雷劝慰他说："孙大当家的，这里是不是真有您师父还不一定。再说了，即便您师父真的在这里，我们也得回去计划一下。您应该知道……"

张雷朝孙铜头使了一下眼色，暗示他林子里有人，小声地说："这里埋伏着不少人呢。"

孙铜头想了想，只好和张雷他们一起下山。

路上，张雷问："孙大当家的，您师父是怎么失踪的？"

孙铜头想了想，说："好像也没有什么特别的，我师父跟瞿正光和方虎子关系都很好，特别是跟瞿正光，两人可以说是过命的交情。我师父早早把铁匠帮撂给我，就是为了辅助瞿正光和方虎子。三年前，我师父突然从八大荃回到铁匠帮，仅仅几天后，他就失踪了。"

张雷惊讶地问："那他老人家也没跟您说什么？"

孙铜头说："他回来后，我就去见了他。我师父心情非常不好，几乎一言不发。我问他怎么了，他说他活见鬼了，详细情况他也不说，只是说他不明白，让我最近别去八大荃。几天后，他就突然不见了。"

张雷说："他老人家是不是看到瞿正光跟日本人来往，因此很气愤呢？"

孙铜头说："我后来也是这么想的。但是如果是看到瞿正光和日本人来往，他回到铁匠帮即可，为什么还要离开铁匠帮，还一走就是这么多年呢？"

说着话，他们就回到了山神庙。

孙铜头走到关公像前，看着那些香灰，说："这肯定是我师父烧的，我能感觉到。"

张雷问："那……孙大当家的，这里是当年铁匠帮驻扎的地方吧？"

孙铜头点头，说："是。"

张雷说："我只是猜测啊，当年这里是不是有铁匠帮留下的东西，比方说金子啊什么的，老当家的是不是来找东西啊？"

孙铜头摇头，说："绝对不是！我师父无儿无女，更不是一个喜欢钱财的人，他老人家唯一喜欢的就是喝酒交朋友。如果说是为了朋友或者喝酒，他倒有可能来到这里，可为了金子，那就是个笑话。"

皮子把已经凉了的野鸡肉烤热了，喊两人吃饭。经过这一番折腾，已经是下午了，四人商量了一下，决定在这里住一宿，同时再观察一下。

下午，苗路和皮子出去弄吃的，张雷和孙铜头又在附近搜索了一番。他们甚至偷偷跑到那几个死人的地方。让他们吃惊的是，刚刚还在地上的尸体全都不见了。

3. 八大茔往事

村寨里灯火通明，所有人都行动起来。有的在四处跑着喊人，有的在收拾那些岗哨的尸体。

老族长和几位长老商量了一些事宜后，就跟王队长他们进到议事堂最里面的一间屋子。

老族长先点着水烟，"呼噜呼噜"吸了几口，才说："王先生，现在我也没有必要瞒你了，在老林子里能对我们进行袭击的，只有八大茔的人。我相信你也看到了，刚才袭击我们的人里有日本人。这让我不敢相信啊！我对瞿正光还是比较了解的，他跟日本人来往，只是想利用他们。当年他曾经跟我说，他最想杀了那些日本人。但是现在袭击寨子的是日本人和八大茔的人，这太不可思议了。"

王队长问："您当年带着这些人从八大茔出来，不就是因为瞿正光勾结日本人吗？"

老族长摇头，说："这只是我跟族人的一个说辞，其实让我带人出来，是瞿正光的主意。"

王队长一愣："什么？瞿正光的主意？"

老族长点头，说："这么多年了啊！当时我跟瞿正光还有铁匠帮老当家的曲铁关系非常好，您应该听说过鬼头金的事吧？"

王队长点了点头。

老族长吸了一下烟，喷出一口烟雾，说："你是不是奇怪这事怎么跟鬼头金弄到一起了？唉，这就叫无风不起浪。这老林子里，如果没有这鬼头金啊，应该是风平浪静的。就因为有了这东西，什么事都有了。

"当年王进举带着段钢和张大爪子送金子出山没成，段钢就把金子藏了起来。段钢也好像从这个世界消失了一样，不过后来他还是跟瞿正光有了来往。"

王队长一愣："原来是这样！"

老族长说："段钢是条汉子，瞿正光请他到八大莹去，段钢说那样会连累八大莹遭殃。哎，对了，王先生，你听说过川岛芳子吧？"

王队长点头，说："知道。"

老族长重重地吸了几口烟，放下烟袋，说："她的父亲就是个清朝王爷，她也不知道怎么知道了这金子的事。这个女人带着人把老林子搅了个底朝天。那时候，日本人正旺着啊，没人敢说个不字，就是方虎子，也被这个女人用枪指着头骂过。"

王队长点头，说："这女人确实让人恨啊。"

老族长说："这还不算，瞿正光的贴身侍卫，四川王氏三兄弟，一夜间被人杀了。要知道，那王氏三兄弟可是非常了不得的人物，他们早年间可是当过大总统保镖的。这事后来被瞿正光查出来了，可是结果让他非常吃惊，杀他们的人竟然是八大莹里的一个瘸子！这个瘸子无妻无子，是个老光棍。杀三兄弟的刀，就是在他家搜出来的。同时死的还有……还有三兄弟养的一只金毛犬。这只金毛犬据说是三兄弟的耳朵，它非常机灵。这么好的一只犬，竟然被那老瘸子煮着吃了！"

王队长诧异道："那三兄弟武功不是很好吗？怎么能被这瘸子杀了？"

老族长说："是啊，瞿正光也很怀疑。但是老瘸子把杀人的经过说得一点都不错。他说他先药倒了金毛犬，再用迷香把三兄弟迷昏，然后他就像杀猪一样，把那三兄弟都杀了。"

王队长瞪大了眼睛："就这么简单？但是他杀那三兄弟干什么？"

老族长说："是啊，老瘸子说得那么准确，瞿正光就更不相信了。他觉得这件事看起来太合理了，细想起来，却有很多漏洞。于是，他就让人把老瘸子关了起来。经过审问，瘸子就把他杀人的理由说了。他说十多年前，他还没瘸的时候，他从山外托人弄了一个姑娘，准备做他的老婆，是那三兄弟让他把那姑娘放了，还揍了他一顿，让他成了个老光棍。"

"弄了个姑娘？什么意思？"

老族长苦笑了，说："说起来这事还真怪这三兄弟。老林子里男人多，光棍多，很多人就出山去找女人。哦，山外也有人专门做这个生意，从外面拐了女人，到山里来卖，这个老瘸子也托人买了一个。再强悍的女人，到了山里也就认命了，可是这个老瘸子的女人就是不认。老瘸子揍她，大雪天的把她扒光了衣服，捆在树下用鞭子抽，被那三兄弟碰到了，他们让老瘸子放人，他不放，就被三兄弟揍了一顿，把女人也给放了。"

王队长问："这弟兄三人是住在一起的？他们没有家人？"

老族长摇头，说："没有，他们三个都没有娶妻，瞿正光给他们找了好几个女人，三人都没看中。哦，三兄弟信佛，他们都说，等林子太平了，他们就出家。可惜，唉……"

"老瘸子被瞿正光关起来，没想到，当天夜里，他却自杀了。老家伙用捆棉袄的绳子，把自己吊死在屋里的大梁上。"

"真的是自杀？"王队长疑惑地问。

老族长点头，说："真的，从外表看起来，这事没有什么不对的。瞿正光却觉得这事绝对不是这么简单，他想查，却一点线索都没有。就在这时候，又发生了一件大事。"

"什么大事？"

"段钢来找瞿正光，让瞿正光给他弄点儿吃的。那时候段钢虽然被日本人四处追杀，却还有十多个兄弟。瞿正光就让人给他弄些吃的，吃饱之后，段钢带着人半夜从八大茔朝外走，走出八大茔没多远，就被人伏击了。他十多个兄弟，死了一半。段钢是个狠人，他的那些手下也个个厉害。不过，这次他们栽大了，死得都很惨，其中有两个人的头，被人砍成了七八块。"

王队长瞪大了眼珠子，说："这么狠？"

老族长说："是，这还不止，还有更狠的，瞿正光发现他自己都被人监视了。他出门的时候，家里的东西被人动过。"

"他那样的人物，都有人敢动他的东西？"王队长惊讶地说。

老族长叹口气，说："是啊，那时候瞿正光身边还有四个保镖。我当时负责他和方虎子家的守卫，真是怪啊，看不到人进去，他的家就被人翻了。"

"那，这和您带人脱离八大茔有关系吗？"王队长接着问。

"瞿正光正是看到八大茔已经乱了，他害怕自己把握不了局势，才让我带人出来，目的是给八大茔留一条后路。这下您明白了吧？"

王队长沉思着点头："原来是为了这个。"

老族长说："因为我手下有一帮人，跟附近的猎头族后人的关系比较好，瞿正光就让我带人来到了这里。当然，表面上是我们为他跟日本人有来往吵了几次，我才带着人出来的。我们出来后，无论缺什么，只要跟他要，他没有不给的。我们一直暗中有来往，只是这三四年，他像是变了一个人，突然就跟我断了联系。我派去找他的人，全都失踪了。还有今天的袭击，肯定是八大茔干的！这个瞿正光，难道真的成了日本人的走狗吗？"

4. 鬼打墙

晚饭后，张雷就在附近几个紧要处设了陷阱，四人轮流休息。

半夜的时候，张雷醒了。他都奇怪，自己怎么突然就醒了呢，想睡还睡不着了。

他躺了一会儿，就爬了起来。夜晚寂静得可怕，他总觉得，这寂静的背后，有一双双眼睛布满四周，正在监视着他们。

张雷知道，这些人不会轻易走的。

皮子在一旁值夜，迷迷糊糊的。听到张雷爬起来了，他也跟着站了起来。看着张雷在整理衣服，他没感到意外。张雷喜欢独自行动，他已经习惯了。

他悄声问："张雷大哥，你又要出去？"

看着皮子担心的样子，张雷拍了拍他的肩膀，示意他别说话了。张雷知道，这个胆小的皮子，其实心地善良，以他这样的心性，真不该到这林子里来。这是杀戮者的天堂，是恶人的乐园。

张雷看了看皮子手中的枪，说："有情况你就开枪，我会马上赶回来。"

皮子担忧地说："那你小心点儿，别走远了。"

张雷笑笑说："没事，放心，我不会扔下你们的。"

张雷把自己的枪也交给了皮子，自己检查了一下飞刀、短刀和长刀。他是个对各种刀都很有感情的人，只要这些刀挂在身上，他就很有安全感。

张雷大摇大摆地在庙前的空地上走过，这次他没有朝庙后走，而是直接从庙前进入了树林。

张雷估计这个方向肯定有埋伏者，并且人不少，他们不会想到张雷会突然朝这个方向走。张雷就是要扰乱他们，试探出有多少人在跟踪自己。张雷估计，随着离野狼谷越来越近，应该会有更多的人开始在野狼谷做准备，等待他进去。

张雷一直走到山下的小树林，树林里树影摇动，还依稀能听见慌乱的脚步声。

张雷知道，他们还等着他引导他们进入野狼谷，等着他带着师父的命令跟狼煞见面，甚至等着他挖出金子，所以在这之前，他们不会杀他。

所以张雷毫不客气地在他们刚刚埋伏的地方坐了下来。周围又变得非常静谧，仿佛那些人都变成了泥土，深入地下了。

张雷观察着四周，判断周围有多少人在看着他。当然，他也在想着，有多少人在寻找铁匠帮的老帮主。张雷相信这些人的判断，既然他们认为老帮主在这里，那老帮主肯定就在这里。可是老帮主来到这里做什么呢？难道这里真的有铁匠帮当年留下的金子？

张雷想不通也就不想了，现在他想的是要怎么摆脱掉这些人，还有怎么找到那些监视老帮主的人。

等了一会儿，看周围没有什么动静，张雷就站起来，朝山上走了几步。然后，他突然转身，看看后面的动静。后面没人。

张雷知道甩掉他们很难，索性不管他们了，按照自己的计划，朝下午那些人跟踪的方向走。

后面有人跟着，终究是不爽的。张雷走了一会儿，找机会猛然冲下山坡，又在几个地方连续拐弯，约莫把那些跟踪者甩下后，他才从另一面山坡小心地爬上来。

但是，眼前的情境差点儿让他吐血。他看到有四个黑衣汉子竟然从一旁的小路拐了过来。他们一身紧束，脚步矫健，离他只有十多米的距离。张雷甚至能看到他们手中的刀刃，在淡淡的月光下，一闪一闪地发着光。

张雷甚至听到了他们的喘息声和他们清嗓子的声音。他拔出刀，看着他们，并悄悄朝后退，躲进了一个已经干涸的水坑里。

张雷眼看着四人走过他的身边，但奇怪的是他们好像并没有发现他。

张雷远远地跟着那四个人。

那四人下了山坡，顺着一条小路走了一段，右拐，又上了一个小山坡。

山坡比较陡，但是这些人个个脚上功夫厉害，竟然一会儿就爬了上来。

又走了一段，张雷看到他们停下了。他们似乎比较疑惑，停下后，四人转头看，边看还边说着什么。

因为离得远，张雷听不到他们说什么。但是从他们比比划划的动作中，能看得出来，他们比较激动。

争执了一会儿，四人又开始爬坡。上了山坡后，他们转过山头，又开始下山。

他们拐弯下山的地方，张雷觉得眼熟。他走过去，站在那里仔细看了看，愣住了！

这个地方，竟然就是他刚刚从山下爬上来的地方。也就是说，刚刚这些人经过了这里，现在他们又从原地经过。

他们这是在干什么呢？大半夜的，难不成在这里锻炼跑步？

张雷突然眼神一亮，不会吧？那……他们？张雷想到了他进山后的第一个夜晚经历的"九宫八卦阵"，难道他们也遇到了这种阵法？

张雷还是悄悄地跟着他们，想到之前的遭遇，他心里就害怕。上次他们是很多人在一起，没有感到多么恐惧，这次只有他自己，真的是不一样。

张雷跟着他们下了山坡，在山坡下兜了一大圈，然后上山，转过山坡，经过他刚才停住的地方，又下了山。

张雷发现，自己之前遇到的九宫八卦阵中，设置了一个棺材，用以扰乱人的思维，让人处于恐惧中，从而削弱辨别方向的能力。而这四人此时好像是在绕着一面山坡兜圈子。

张雷知道，这个山坡上肯定有什么东西，到底是什么呢？

5. 俄罗斯人

王队长无法回答老族长的疑问。

想了一会儿，他问："族长，这个逃走的张洛夫，他是怎么到寨子里的？"

老族长说："我带着人来到这里的时候，就已经有一帮俄罗斯人住在这里了。他是后来跟着几个俄罗斯人一起来的。有人说他曾经是俄罗斯的军官，我觉得这无所谓。在老林子里，各种身份的人都有。我们这边有几个日本人，他们都曾经是日本军官，被俄罗斯人打败，逃到了这里，现在老了，都是很安稳的人。"

正在这时，有人进来报告，说他们找到了一具尸体，是张洛夫家里那个负责伺候他的人。尸体被人割断了喉管，扔在一个废弃的屋子里。

老族长愤然而起，骂道："这个该死的莫德洛夫！"

王队长看着老族长。老族长这才发现自己失言了，他坐下，叹了口气，说："真没想到，这个老俄罗斯人，还这么强壮，唉！"

王队长知道老族长应该不会瞒着他，因此不说话，一直看着他。老族长吸了几口烟，才说："有些机密是不能告诉外人的，希望王先生谅解。"

王队长点头，笑笑，说："我知道。"

老族长说："这个张洛夫就是当年截杀王进举的那个俄罗斯人。他确实是被打败后才来到这里的，当然，之前我就知道了这个人的身份。刚才我说过，瞿正光让我带人出来另建一个村寨，其实还有一个任务。他让我暗中帮助段钢，段钢后来被日本人追到了野狼谷，差点儿被狼吃了。野狼谷是什么地方啊，那里有上万只狼，日本人进去过几次，都损失惨重，他们就不大敢进去了。段钢好多年没有音信，日本人以为段钢死了，其实段钢是被野狼谷的老萨满给救了。"

王队长惊讶道："老萨满？就是救了小周他们的那个人？"

老族长点点头，说："是他。他的先祖是蒙古国大汗的巫师。清兵进了蒙古后，害怕蒙古人强悍，就杀了很多蒙古人。特别是对蒙古族的萨满巫师，几乎是杀了个精光，老萨满的祖先侥幸躲过一劫。老萨满有些手段，其中最拿手的就是驱狼。也该是段钢幸运，就在他要被野狼吃掉的时候，老萨满救了他。后来，段钢就成了老萨满的徒弟。不过段钢没有老萨满那么善良，他好勇斗狠，饿极了就直接喝狼血，很多人都叫他狼煞。"

王队长边听边点头，现在他对这件事已经有了个大体的了解。他想到了一个问题，问："这个莫德洛夫为什么要杀了那个伺候他的小伙子呢？"

老族长说："这人是我们派去监视莫德洛夫的。这个莫德洛夫脾气很大，有时候出去了很多天也不回来，我也不知道他到这里来是不是有什么企图，因此就派人监视他。当然，我的说法是派人去照顾他。其实别看他那么大岁数了，还是很健壮的，一般小伙子根本不是他的对手。这个老家伙，真没想到啊，他竟然跟日本人勾结上了！"

王队长叹了一口气，说："没想到这么复杂！"

老族长叹气说："看来日本人要对段钢动手了。"

王队长问："那您有什么办法吗？"

"日本人还会来的，这次是探路。唉，也算万幸，没让他们闹大。王先生，你们有枪，我想请你们帮个忙。"

王队长说："您说，如果是对付日本人，我义不容辞！"

老族长点头，说："好！当年瞿正光让我出来，说万一这些日本人找到了段钢的下落，他们肯定会有一场大战。他让我暗中训练人马，好在危急时候帮助段钢。野狼谷离这里很近，我想让您加入我们的队伍，去帮段钢。为了段钢，我给您鞠躬了。"

老族长说完就站了起来，要给王队长行礼。

王队长赶忙拦住他说："您放心，中国的东西绝不能让日本人得到，这个忙，我帮定了！"

老族长办事干脆利落，第二天一早，就开始分派人马。处理后事的，收拾村寨的，带着粮食准备出发的，各忙各的，有条不紊。

出发前，寨子里的老道士给他们一人一张符，说是可以化解凶境的吉祥符。

小周撇嘴说："这东西能有用吗？如果有用，咱就不用去打日本人了。"

王队长小声说："你了解这个老道士吗？"

小周摇头，说："我怎么会了解他？"

王队长说："那你还记得咱进山的第一个晚上，遇到的那个'九宫八卦阵'吧！我虽然没问，不过我猜那阵法肯定就是这老道士弄的！"

6. 密洞奇遇

四个黑衣人似乎不明白他们为什么在这里总是转不出去。走一会儿，就停下商量一会儿，然后再继续转。

张雷躲在暗处，看都看累了，那些人还在挣扎着寻找出路。

张雷知道，在他们转的这个圈子里，肯定有东西，应该是坟墓或者棺材一类，让人在黑夜中感到恐惧的东西。看着他们转得辛苦的样子，张雷的好奇心上来了，他在他们走远之后，就朝他们兜圈的中心走去。

他们围着转的，是一个不太高的山坡。张雷现在无法分辨这个山坡是朝向哪里的。

其实张雷最想知道的是，这四个人是不是就是跟踪老帮主的人，如果是的话，那么老帮主是不是就躲在这个小小的山坡上。或者他已经死了，做了鬼了，来捉弄这些还想抓住他的人？

山坡不是很陡，但是地势复杂，杂草和各种树木以及大大小小的石堆，弄得人无处下脚。

张雷是从山脚处往上爬的，爬到山坡的一半时，他突然掉进了一个大坑里。

张雷差点儿叫出声来，他赶紧站起来，发现屁股下坐着的是一口已经朽烂了的棺材。张雷心里一颤，立刻手脚并用地往上爬。

但是这个已经塌陷的坟墓，周边的土实在是太过松软，张雷的手用不上力气，一使劲上面的土就塌了。

连着摔了几个屁蹲儿，张雷的胳膊也没力气了，他双手发抖，冷汗都流下来了。

就在这时，张雷突然听到身边传来了"嘿嘿"的声音，像是抑制不住的笑声。

张雷的腿都软了，他赶紧跪下，对着棺材轻声说："这位先生……或者大姐，您千万别生气，我不是有意打扰您，我是不小心才掉进来的。您千万别跟我一般见识，我出去后，一定给您重修坟墓，给您烧纸送钱。"

说完，张雷站起来，他把手搭上洞顶，刚要继续用力爬时，突然觉得有一双手握住了他的手！

张雷的头"轰"一声就大了！他想叫都叫不出来了。

然后他就听见有个声音在他耳边说："别怕，也别叫。我是人，不是鬼。"

张雷喘了一会儿气，才有力气问他："你是人？你是人怎么会在这里？"

那人好像生气了，说："年轻人，说话注意点儿，我是人怎么就不能在这里？你再这么不知道好歹，我可就不管你了！"

张雷恢复了神智，心说别管是人是鬼，说好话总是没错的，先把自己弄上去再说，在这里蹲着才是真要命的事。

于是他说："老人家，对不起，我是害怕了，才说错了话，您能帮我从这里出去吗？"

那人说："我要是不帮你，我抓你手干什么？不是我说你，这么多的好路不走，你怎么朝这里走？"

张雷心里说，这个破地方哪里有好路啊？不过嘴里却说："麻烦您老人家了。"

那人手上一用力，张雷就被拽上去了。张雷这才看清楚，那人是一个老头儿。

张雷刚要说话，老人拍了拍他的肩膀。张雷转身看过去，就看到刚才那四个黑衣人就在旁边，木头人一般走着，动作死硬，如僵尸一般，看着真是有点吓人。

老人拽着张雷在小树林里三转两转，来到一个斜坡下。老人把坡下伪装的洞口扒开，让张雷下去。

张雷心说，他到底是人还是鬼啊？于是就犹豫着没敢下。

这时候，四个黑衣人已经走远了。老人看透了张雷的心思，朝他笑了笑，说："你是害怕我老人家吧？"

张雷后退了一步，没说话。老人叹了一口气，说："真是一代不如一代，你跟你师父差远了。"

张雷一愣："我师父？您……知道我师父？"

老人说："当然，如果不知道你是谁，我怎么会救你？你白天跟孙铜头在前面山头的时候，我就看到你们了。你腰间挂的刀是张大爪子的，要不是看到这刀，我还真想不起你是谁。当年你跟着你师父去八大茔，也就十多岁吧？"

张雷说："是，前辈，您是……曲老前辈？"

老人满意地"嗯"了一声，说："终于想起来了？好，现在还害怕吗？"

张雷心说，当然害怕了！我还是不知道你是人还是鬼呢！

张雷试探着说："晚辈张雷，是张大爪子的徒弟，前辈，刚才是我失礼了。只是前辈，您怎么会在这里呢？"

其实张雷的潜台词是：你现在是不是个鬼啊？

老人却没有注意张雷的口气，说："进去吧！进去再说，这里还是不安全。"

张雷没有退路了，只得钻进了山洞。

老人在外面做好伪装，也跟了进来。

山洞里黑乎乎的，张雷一下子又有了在坟墓的感觉，他不敢朝前走了。

老人走到前面，让张雷抓着他的衣襟跟着走。

山洞还比较宽敞，张雷用另一只手上下左右试了试，头上能勉强摸到顶，两边却根本摸不到边。

老人边走边说："这个山洞，是当年铁匠帮的先祖们建的。当时他们不但给金帮维修工具，自己也淘金。土匪多啊，不定什么时候就来了，他们就在这里弄了个山洞，就是为了躲避土匪。后来土匪没有了，这个山洞就闲了。知道这个秘密的人都死了，这个山洞就成了铁匠帮的一处秘地。也幸亏这个秘地，我才……唉，话说多了。人老了，脑子就不行了，很多话是不能乱说的。"

张雷却通过他的絮絮叨叨听出他真的是孙铜头的师父，当年铁匠帮的老帮主曲铁。

张雷心里踏实多了，说："曲老前辈，我在八大莛看到您的时候，您还年轻呢，这一晃就这么多年了。"

曲铁说："当年我和瞿正光还有你师父，正是意气风发的时候。唉，现在不中用了，老了。"

拐过一个弯，前面有了微弱的灯光。看到灯光，张雷的心更踏实了。他没话找话说："曲老前辈，您可真找了个好地方住着，这里真安静。"

曲铁长叹一口气，说："唉……你以为我这么大岁数了，愿意跑到这里一个人待着啊？要不是为了……唉，反正我看日子也快熬到头了，老天有眼啊，没让我曲铁白白在这里待了三年。"

话说到这里，张雷就跟上了，他问："前辈，您为什么要在这里待着呢？明天您就跟我走吧，有我和您徒弟孙铜头照顾您，您什么都不用怕。"

曲铁忙说："孩子，有一件事你得记住，你今天在这里遇到我的事，跟谁也不能说。等到能说的时候，我自然就出来了。你得在这里给我发誓，否则，我就得把你关在这里。"

张雷愣了："为什么要发誓？这事……孙铜头也不能说吗？"

曲铁斩钉截铁地说："当然，他最不能说，让他知道了准坏事。其实我今天把你领到这里来，就是找你说这个。还有件事，我得拜托你。"

张雷忙说："前辈，您可千万别这么说，有什么事，您尽管吩咐。"

曲铁严肃地说："不行！你必须先发誓！否则，我就把你关在这里！"

两人来到一个大厅似的地方，这里亮着一支蜡烛，地上摆着石凳石桌。张雷注意到，石凳旁边的灶台上摆着两个碗和两双筷子。即便是眼前的石桌上，也放着两个碗。

张雷问道："前辈，您这里……还有人？"

曲铁说："不许打听！快发誓！"

张雷跪下，双手对天合十，说："老天在上，我张雷发誓，在曲老前辈这里看到的一切绝对不外说！如若违誓，天打雷劈！"

曲铁把张雷拉了起来，说："好！好！孩子，为难你了。不过，没办法啊，我曲铁像鬼一样在这里躲了三年，如果前功尽弃，我自己倒是没什么，可对不起方大当家的，对不起老林子里的各位老少爷们啊！"

张雷问道："曲前辈，您现在能告诉我，您为什么要到这里来了吧？"

曲铁摇头，说："这个还不能告诉你，因为这是个非常大的秘密。不过我现在可以告诉你，我要你帮忙做的事了。"

张雷有些失望，说："好吧，前辈请说。"

曲铁说："其实也简单，明天一早，你要马上说服孙铜头离开这里。对了，你们打算去哪里？"

张雷说："我是来找我的几个兄弟，他们可能被瞿正光的人抓住了，或者被他们杀了，我们无论如何得找到他们。"

曲铁问："你们是不是朝着野狼谷走？"

张雷说："是，我们是顺着人走过的痕迹一路跟过来的，应该是朝野狼谷走的。"

曲铁说："好，对了，那个瞿正光怎么知道你来了这里？"

张雷说："我见过他。"

曲铁点点头，说："瞿正光以为你来是为了金子的。他怕你找不到路，所以才会让人一直把你引到野狼谷去。你就按照他们带的路线走，不过你到了野狼谷后，一定要想法找到狼孩，把这个给他，让他马上交给狼煞，也就是段钢。"

张雷懵了，问："狼孩是谁？我到哪里找他？"

曲铁说："狼孩是狼煞收养的孩子，也是他的徒弟。我也不知道怎么找到狼孩，这个要靠你们自己了。记住，你们到了野狼谷，不要轻易杀狼，野狼谷的狼是有灵性的。哦，对了，给你们个东西，这是当年段钢给我的，他说到了野狼谷后，摇动这个，狼就不会咬人了。"

曲铁说完，进了石壁旁的一个小些的洞，拿出了一个盒子，从里面取出一个铃铛来。

张雷接过来，用手摇了摇，铃铛发出悦耳的叮当声。

张雷惊奇地说："狼听到这声音就不咬人了？这个……是真的吗？"

曲铁说："段钢是从来不糊弄人的。"

7. 幽谷疑踪

王队长三人随着寨子里的人，进入丛林。这些人依旧是按照猎头族的习俗，把脸涂黑或者涂白，为了安全，他们三个也都把脸涂成了黑色。带头的汉子叫赵亚铁，据说他的叔叔是当年俄罗斯人扶植的土匪帮"花膀子"的大头领。

赵亚铁很健壮，即便是那些善于翻山越岭的猎头族后人也很服他。

当天上午，他们就在丛林中遇到了零星的日本人。这些日本人好像在寻找什么，发现他们后，马上就消失了。

赵亚铁遵照老族长的指示，一路直奔野狼谷，对这些树林中偶尔出现的人影一概不理。

跟他们走在一起，王队长他们有种很舒畅的感觉。这支有真正的猎头族人的队伍，才是虎狼之师。别说是瞿正光的那些人，就是日本人，他们也一概不放在眼里。

猎头族人善用刀。在猎头族的传说中，他们是古戎族的一个分支，几千年前被称为"犬戎"。犬戎在同尧、舜、禹等的斗争中失败，犬戎中最精锐的一部分猛将和巫师被他们的精兵追杀。为了斩杀犬戎的这支核心力量，尧、舜、禹等调动他们势力范围内的所有人马和禽兽，见了犬戎人，能杀的就杀，能吃的就吃，能咬的就咬。

幸亏有一只鹰一路在引导他们。犬戎人的这支人马在鹰的引导下，一直逃过大半个中国，到了东北。这里已经不是尧、舜、禹等的势力范围，犬戎人才在这里安了家。

王队长不大相信猎头族的这个传说。他知道犬戎族主要生活在云贵地带，要说他们从云贵跑到东北，那还不得累死？

这些猎头族男人用的刀，分长短两种。长刀刀身长三尺八，刀刃长四十厘米。短刀刀身只有一尺二，刀刃向外曲凸，刀背随刃而曲，两侧有双血槽及两条波形花纹，刀刃异常锋利，柄长十至十五厘米，用两片木料、牛角或兽骨夹合而成。

猎头族一行人虽不理睬一路上遇到的各种人马，但那些人马却对他们非常有兴趣。

赵亚铁也在队伍的后面留了一人当作"尾子"，也就是在大队人马走了一个小时后，后面远远地跟着一个人。这人必须异常敏捷，功夫厉害。他的作用就是看看在大队人马后面，是否有人跟踪。如有发现，必须想法子告知。

在丛林里行进，非常利于隐蔽，因此跟踪也非常容易。无论什么人，都有自己的反跟踪方法。那些日本人后面，说不定也有他们的反跟踪人员，这就要看反跟踪人的本事了。他们要先进行拼杀，哪帮的"尾子"胜利了，哪帮人才会安全。

赵亚铁留的"尾子"，当然不是一般的人，他屡次给赵亚铁送来信息：跟踪他们的人越来越多，不但有日本人，还有中国人。

赵亚铁边走边跟王队长商议："我们后面有人。族长的意思是直接去找狼煞。王先生，您觉得让他们一直跟着我们好呢，还是我们想办法甩掉他们好呢？"

王队长说："我觉得应该甩掉他们，让他们跟这么紧，不是好事，日本人太毒。"

赵亚铁说："好。那咱一分两半，你们先进野狼谷，我带人甩掉他们。"

王队长说："这样不好，进野狼谷事关重大。我觉得最好是你先带一部分人马进去帮助狼煞，我和另外几个人带着他们兜圈子，想办法甩掉他们。这些日本人难斗，甩掉他们不是那么容易的。"

赵亚铁想了想，说："好，我带一部分人先走，给您留个熟悉路线的帮手。你们一定要注意，说不定这些人会对你们下杀手。"

王队长说："你放心，我们这么多人，又有枪，没事。"

在一个山脚拐弯处，赵亚铁带着部分人先走，王队长等十多个人就在拐过弯后，找地方歇息起来。约莫赵亚铁等人已经走远，王队长等人才在另一个壮汉陶钧的带领下，先是顺着赵亚铁去的方向走了一段，然后又拐了出来。

陶钧对王队长说："要想把这些狡猾的日本人甩掉，在这样的地方是不行的。我知道一个地方，那里地势很复杂，山高林密，山谷狭小，在那里肯定能把地形不熟的日本人转晕。但问题是，那里比较远。"

王队长问："按照我们这个速度，要走多长时间？"

陶钧想了想，说："从这里走，最少也得半天。"

王队长下定了决心，说："半天也得去，总比在这里转好几天也甩不掉他们要好。"

一行人就在陶钧的带领下，翻山越岭，朝他说的地方行进。

陶钧告诉王队长，那个地方属于他们寨子的地盘，也属于八大茔，但是离八大茔很远，很少有人去，因此那里就成了林子里比较危险的地方。有些怕人的动物，比如蛇、熊，都聚集在那里。

走了半天，约莫快到陶钧说的地界了，王队长让大家歇息一下，吃点儿饭。趁着大家休息的时候，陶钧拉着王队长查看地势。

现在他们所处的位置是一处高地。"这里实际是一座大山。"陶钧说，"不过山太大，在山上感觉不出来。下了这个大坡，朝右边看，您看到没有？那些颜色发暗的树林，就是我说的那个山谷。"

王队长没有陶钧那么好的体力，因此找了个地方坐下来。从这里看去，山谷好像很幽深，有种被河水淹没的感觉。

陶钧说："那儿有些地方常年没有太阳，别说现在，就是夏天进去，也得穿很厚的衣服。"

王队长发现下面的山谷里好像有什么在活动，他指给陶钧看。

陶钧看了会儿，说："没有什么东西啊！这个地方很乱，你老远看着很像有什么似的，但其实大都是树，各种树。"

王队长却觉得他看到的东西绝对不是树，也不像是别的什么动物。那东西像人，很像。

王队长不敢歇了，喊了众人，带着大家朝下走。

这山坡看似不长，走起来却感觉无穷无尽似的。特别是有些坡陡的地方，下坡的时候，都得拽着旁边的小树。

好不容易下到山底，王队长朝他在山上看到有人影活动的地方找去。

下面的山谷其实还是比较宽敞的，王队长在山谷中仔细寻找，地上石头很多，草木稀少，看不出有人踩踏的痕迹。四面空空的，除了那些冰冷的石头，就是泥土和随着风摇动的草。

王队长对陶钧说："走吧，什么都看不出来。"

陶钧说："我说嘛，没人能走到这里，除非……"

陶钧的话没说完，小周突然在另一边喊道："这里有标志！"

8.难言之隐

张雷拿着铃铛，跟着曲铁走出山洞。他们看到那四个黑衣人似乎疲倦了，正坐在山坡上歇息。

曲铁带着张雷绕过那些监视的人。他对张雷说："告诉孙铜头，尽量少杀人。这些其实都是八大堂的人，苦命的，现在是被人骗了。"

张雷说："前辈，这个瞿正光真的变得这样了吗？"

曲铁走了几步，才说："事情不是那么简单，这事……会真相大白的。瞿正光是个好人，你以后会明白的。"

张雷疑惑地问："他是个好人？好人能让手下装成猎头族的人，杀了我那么多兄弟，还杀了孙铜头的一个好兄弟？"

曲铁似乎跟跄了一下，说："这个……好了，你别问了，以后你会明白的。"

张雷又说："前辈，我还有个事要问您，那些人为什么绕着那个山坡在转圈呢？"

曲铁想了想，说："好，我对你保密太多，这个我就告诉你吧！当年你和你师父在山里闯荡的时候，知道凌云观吧？"

张雷说："这个当然知道，我和师父当年还见过那里的道长呢。"

曲铁说："当年凌云观有很多高人，但是只有清风道长的师父才是得道之人。当年他把道长位子让出去，自己在林子里游荡，与山狼野兽打交道，跟我的师父交情也非同一般，山坡那个九宫八卦阵，就是他利用坟地摆的哦，他的师弟现在在七峰寨，还是老族长的军师呢。"

张雷很疑惑："这里……还有个七峰寨？"

曲铁说："当然。这个七峰寨其实是瞿正光在外面储备的一支力量，可惜……唉……七峰寨里有真正的猎头族后人，不过他们都有十多年不猎头了。如果我没估计错，你们应该会在野狼谷见面。"

张雷想再问曲铁点什么，曲铁说："好了，你该知道的已经都知道了，你不该知道的，我也告诉你不少了。再过几天，所有的事情你都会知道。记住照我的话去做，谨记！"

张雷说："好！前辈您保重！"

曲铁转身就走，也没跟张雷打招呼。张雷满肚子疑问，有些线索却又抓不住要领，他只得下山，回到山神庙。

天已经快亮了，值夜的是苗路。他示意苗路别出声，就躺下睡了。

第二天一早吃过饭，孙铜头还想继续寻找师父，张雷提议要走，说在这里也找不到人。孙铜头不高兴了，说他自私，如果丢失的人是他的师父，他肯定会找。

张雷暗暗后悔，觉得接受了曲铁交给自己的任务，真是麻烦大了。

孙铜头是个很倔的人，张雷劝说了他半天，他才说："这样吧，咱分头行动，你还继续找你的兄弟，我呢，就找我师父，这样总可以了吧？"

张雷接着劝："孙大当家的，我不是不帮您找师父，如果老前辈真的在这里，那他这么多年都过来了，也不差这几天。我的那些兄弟，说不定就差一分钟，小命就没了。如果您师父不在这里，您在这儿找，也找不到。前面不就是野狼谷了吗？野狼谷没人敢进去，只要咱走到野狼谷还没找到我的人，那我们就回来，帮您找您的师父，您说呢？"

孙铜头不同意，说："我这人有个毛病，心急。知道了什么事，就得赶紧去办。否则我饭也吃不下，觉也睡不着。咱分头行动，谁也不耽误谁，多好。"

张雷知道孙铜头这种人，不能跟他犟，得顺着他来。于是张雷说："您当然行了，您功夫好，那些人奈何不得您。可我们不行，说实话，这一路上，要是早有您这么个帮手，我们也不至于死那么多人啊！那可是三条人命啊，您也能看出来，这一路上最少有十多个人在追着我的那些兄弟，我们就三个人，如果没您的帮忙，您想想，我们能对付那十多个人吗？"

孙铜头为难了："这样啊……唉，也真是够呛。八大茔的杀手，那是不留情面的。兄弟，不是我不想帮你们，而是我真的要先找我师父。"

张雷看孙铜头油盐不进的样子，看来不拿出撒手锏是不行了，于是说道："我说个不讲道理的话吧，如果那天晚上，我不去你们宿营的地方，看不到您被那些人偷袭，那您……我没有别的意思，孙大当家的，我张雷救过您，您就权作还我个人情，帮帮我吧！"

孙铜头听张雷把话都说到这份上了，再推脱就太不仗义了，只好叹口气，说："好吧，算我孙铜头自私了。行，兄弟，那咱就走吧，早早找到你的兄弟，你们回来帮我找师父。"

张雷抹了一把汗，说这话的时候，他是真害怕孙铜头恼了。

四人收拾了一下东西，就要上路。孙铜头跑到屋里，对着关公像磕了几个响头，让关公保佑他师父平安，等着他回来。

张雷看着孙铜头小山一样的身躯虔诚地起伏着，心里觉得有些歉意。按张雷的意思，真想把真相告诉他，但是想到曲铁老前辈的嘱咐，张雷只得强忍着没开口。

这一天他们走得不是很顺利，眼前一直很醒目的脚印竟然找不到了。他们在山里转了半天才找到脚印，又走了一会儿，竟然出现了血迹。

几个人沿着血迹走了一会儿，那血迹又消失了。因为血迹的出现，四人很紧张，中午也没正经吃饭，只是边走边吃了点儿早上剩的野味。一直走到傍晚，他们才歇下，弄了点儿饭吃。

9. 难兄难弟

王队长顺着小周的手看去，果然，在一棵不太起眼的小树上，有个"十"字。王队长用手摸了摸，刀口上还能摸到小树湿润的汁液。

显然，这是有人刚刚刻上的。王队长有些疑惑，这个暗号是警队里常用的联络暗号。而老林里的人他们根本就不认识，那这人是怎么知道这个暗号的？

小周说："这是咱常用的暗号，王队长……怎么了？"

王队长慢慢地说："这个暗号是咱队内部用的暗号，那些进来搜捕的猎人和老林里的人，没人知道咱的暗号啊？"

小周说："说的也是。莫非……这是咱队的人留下的记号？"

王队长想了想，说："那只有赵刚了，难道是他？"

小周怀疑地摇头，说："应该不可能！就算他活着，也是在日本人手里。"

王队长说："先别管这些了，把人找到再说。"

陶钧走过来，问："怎么了？找到人了吗？"

王队长把那个十字指给他看，说："还没有，不过这是我的人留下的记号。"

陶钧很惊讶，说："你们的人逃到了这里？这也太厉害了，他们怎么能找到这里？"

小周说："应该是被追过来的吧。"

陶钧点头，说："这得受了多少罪啊！我看还是别在这儿研究了，他们肯定没翻过这山。那应该就在附近，咱分头找找！"

王队长点头，说："那就有劳各位帮忙了。"

陶钧吩咐下去，两人一帮，十多个人分成六帮，划定了各自负责的范围，就开始四处寻找。

王队长觉得应该顺着记号朝前走。

朝前走有两条路，一条是朝左拐上山，也就是王队长他们来的这条路。还有一条是顺着山脚走。山脚是一条狭窄的小山谷，地形起伏，乱石和灌木很多，几乎没有可以下脚的地方。

他们走了一会儿，前面就是左侧山坡的延伸部分了。如果他们再继续朝前走，就要上山了。

王队长正在观察，后面有人轻声喊他。他转身一看，是陶钧。

陶钧气喘吁吁地跑过来，说他们在西面的一个小峡谷发现了血迹，顺着血迹走，看见了一个山洞。他们估计人是进山洞了，就朝里面喊，喊了好几声，没人答应。他们怕里面的人有枪，就没敢进。

王队长一听，赶紧跑了下来，跟陶钧朝那个山洞走。走到半路，陶钧让他看那些洒在枯草上的血迹，血迹很清晰，一路滴到了洞口，证明应该有人在这个山洞里。跟陶钧一起的猎头族汉子正站在洞口，警惕地看着洞里面。

王队长走过去观察了一下，这个山洞不是很大，人要是进去，得弯着腰。

王队长朝洞里喊道："谁在里面？能不能听出我是谁？"

他这么喊，主要是怕万一里面不是他带着进来的人，那就麻烦了。

里面没动静，王队长害怕山洞太深，里面听不见，就朝里走了走，直到什么都看不到了，才喊："谁在里面？听得出我的声音吗？"

声音落下，过了一会儿，才有人回应："你是谁？"

王队长听到终于有人说话了，有些兴奋，但是因为回音太重，他听不出说话的是谁，于是就问道："你是谁呢？我怎么听不出你声音？"

里面的人也不笨，说："你是谁呢？我也听不出你的声音。"

这一回话，王队长终于听出这声音有些像赵刚，就问："你是不是赵刚？"

里面的人怔了一会儿，才说："你是王队长？"

"真的是你，赵刚！"王队长激动了。

里面的人喊道："王队长！"

王队长问道："你自己在这里吗？还是有别人？"

赵刚说："我们两个人，还有一个当初押解犯人的小王。"

王队长说："那赶快出来啊！别在里面待着了。"

赵刚说："不行，得进来个人帮忙。这个小王……不大行了。"

王队长进去，眼睛适应了好一会儿，才发现在山洞尽头，靠墙坐着一个一脸血污的人。地上还躺着一个人，一动不动。

赵刚显然没看到王队长的脸有什么异样，他没有王队长想象中的激动，只是哑着嗓子说："我以为自己要死在这里了呢。"

王队长心里一酸，说："老赵，别这么说，你是咱警察局的硬汉，怎么能轻易死去？"

赵刚摇晃着站起来，说："这个小王救了我，他中了日本人两刀，恐怕是不行了，唉……"

王队长说："先别说了，把人抬出去再说，我们带着草药，说不定能救活。"

赵刚和王队长抬着人，弓着腰，艰难地朝外走。

赵刚的身体虚弱，歇了两次，才走出山洞。

王队长放下人，直了直腰。

赵刚一抬头，看到王队长涂成黑色的脸，便猛然瘸着腿，朝一边退去好几步。

王队长惊讶了："老赵，你这是怎么了？"

赵刚听到王队长说话，心里充满疑惑，连忙站住，问道："你……你到底是谁？"

王队长这才想起自己涂成了黑色的脸，忙解释说："哦，老赵，我这是跟人家学的，说是涂成这样能辟邪。我真的是老王啊！你听不出我的声音来吗？"

赵刚狐疑地问："真的？你能用什么来证明？"

王队长想了想，说："过年的时候，我跟你借了十只鸡蛋，还给你的时候，你高低不要，还往门外推我，结果鸡蛋都掉地上打破了！"

赵刚点点头，又慢慢走了过来。他指着地上躺着的人，问："认识他不？"

王队长看看，摇摇头，说："没印象。"

赵刚说："你再想想，去年春天，咱去看守所，有个警察带着咱去找人，回来后，咱还请他吃包子。"

王队长又仔细看了看，点点头，说："对！就是他，吃饱后剩了两个，他拿回去了，说要给他妈妈吃，是不是？"

赵刚这才说："还真的是你！你弄成这个样子，太吓人了。"

王队长说："先别说了，看看这个兄弟还有希望不。"

王队长让陶钧找他们的土郎中过来看看，事情紧急，陶钧也顾不得隐蔽了，大声喊道："张富裕，马上过来，谁听到我话的，马上传给张富裕。"

树林里响起了一阵喊声，一会儿，喊声传回来了："请告诉准确地址！"

陶钧喊道："在刚刚分开的地方正西，大家都马上回来！"

一会儿的工夫，分散开的人都回来了。

小周看到赵队长，激动地抱着他，喊道："赵队长，真没想到你还活着！"

赵刚听声音认出小周，抱怨道："你们怎么都弄成这样？让我都不敢认了！"

小刘也过来跟赵刚打招呼，四人简单说了几句话，就围过去看那个郎中给小王治伤。

小王挨了两刀，一刀砍在后背，一刀捅进了肚子。后背伤势不太重，已经结痂。肚子上挨的一刀却比较狠，几乎捅穿了身体。赵刚用自己的内衣把小王的肚子紧紧地缠着，鲜血早把衣服都染透了。郎中把小王肚子上的衣服解开，只看了一眼，就站起来说："不行了，肠子都断了，没救了。"

10. 又一个赵刚

张雷正在林子里拾柴，突然发现了新鲜的血迹。他顺着血迹找去，看到血迹从一个小山坡下到沟底，在沟底的一丛灌木处消失了。

他把拾到的树枝放下，端起枪，向沟底轻轻走去。这是一段比较陡的路，他不小心把一块石头蹭了下去。随着石头骨碌碌滚到沟底，有两个人从沟底站了起来。他们各举着一支手枪，瞄准了张雷。

张雷看到他们穿着的破烂制服，就知道他们是谁了。他把枪放下，急忙朝他们喊道："你们是来抓罪犯的吧？我是白虎屯的猎人张雷啊！我是跟着王队长来这里抓逃犯和找你们的。"

举着手枪的两个年轻警察互相看了一眼，似乎不大相信，依旧用枪指着张雷，问："你们怎么到了这里？"

张雷边朝他们走，边说："唉，说起来这话就长了！你们追捕的那两个犯人进了大山里，王队长就带着我们进来找你们了。死了好几个兄弟，真没想到……"

两个警察看着张雷走过来，心里顿时紧张了，喝道："站住！再朝前走，我们就开枪了！"

张雷呵呵笑，说："就你们枪里那几颗子弹，还能留到现在？别吓唬我了！再说了，我是来救你们的，兄弟，把枪放下吧！"

两个警察终于把枪放下了，看着张雷走近，其中一个好像突然认出了他，说："对了，你是虎跳沟那边的吧？"

张雷笑了，说："是啊，白虎屯的，老猎人了。"

两个警察互相看了看，轻松地笑了。其中一个讨好地说："真是张大哥，张大哥，看见你真是太好了，我们已经三天没吃东西了。"

张雷说："走，我们那儿有好吃的。看到我，你们就不用发愁了。对了，你们怎么到了这里？"

两个小警察没回答他的话，而是说："张大哥，我们这里还有个人，你能不能帮我们抬着他。"

张雷惊讶地喊了一声，说："还有个？好，好，我帮你们抬着。"

张雷转过灌木丛，看到地下果真躺着一位，不过，从他穿的衣服能看出来，这人不是警察。

一个警察说："他叫张吉祥，是那两个罪犯中的一个。前天晚上，我们看到了局里的赵队长，他被人追杀，我们救他的时候，和日本人打起来了。混乱中，这个张吉祥也被日本人误会是我们的人，被砍了两刀。"

张雷惊讶道："你们看到赵刚了？"

这个警察点头，说："看到了，他和另一个人在一起，被日本人追着跑。后来，赵队长返身砍死了一个日本人，其他日本人把他围了起来，我们就上去救他。日本人太多，我们跑的时候跑散了，赵队长和我们的一个同伴不知道哪里去了。"

张雷问他们："你们在哪里看到的赵刚？"

这个警察指着张雷他们要去的方向，说："就是那里。"

张雷弯下腰，把张吉祥背起来。他身上挨了好几刀，不过都不致命，现在昏迷着，大概是因为流血过多。

张雷带着两个警察回到住处。苗路和皮子已经点着了火，看到张雷背着一个人，还带两个人过来了，惊讶地说："张雷，他们是谁？"

张雷说："眼不好使啊？这是两个警察，这个就是要抓的犯人。"

听说是犯人，皮子和苗路下意识地朝后退了退。孙铜头拿着几根木头回来，看到来了这么多人，也凑了过来。

张雷简单把三人作了介绍，然后看了张吉祥的伤势，给他上了点儿药。张雷身上常年带着自己用各种药草做成的药末。

张雷看了看昏迷的张吉祥，叹了口气，这种状况，能不能活过来，真是要看天意了。

因为人多了，张雷怕吃的不够，又和皮子出去转了一圈，打了只兔子。没想到两个警察真饿狠了，这只兔子都让他们给吃了。

幸亏天不黑，几个人又出去转了会儿，搞了几只野鸡，烤熟了，大家将就着吃了个半饱。

第二天一早，几个人起来后，就准备启程。他们打算边走边打野物，弄点吃的。

张雷和苗路用树枝做了个简易担架，抬着张吉祥，由两个警察引路，大家朝里走。

当天下午，他们就到了那片遇到赵刚的小树林。

树林在阳光下显得很静谧。看着这炫目的阳光，张雷想到了在家里的高大花，还有老狗大黄。如果没有这些杀戮该多好啊！张雷叹了口气。

孙铜头在地上找到了血迹，顺着血迹走了一会儿之后，血迹就分成两路，一路朝东南，一路朝西南。

一个警察辨认了一会儿，认出朝东南的那一路是他们留下的，那朝西南的一路，就应该是赵刚他们留下的了。

张雷对赵刚印象很好，觉得这个人比王队长人更实在些。看到这么多血，他觉得应该先找到赵刚，再去完成曲铁交给他的任务也不迟，于是就带着大家顺着血迹追了下去。

他们一直追到傍晚，终于发现了躺在山坡上的赵刚，他肩膀受了伤。张雷边给他包扎，边觉得好像哪里有些别扭，却说不上来。

两个警察问，另一个同伴呢？赵刚很愧疚，说："让日本人给抓去了，我没能救下他。"

张雷安慰他说："日本人那么凶恶，你能自己逃出来就很幸运了。"

晚上，吃过饭后，等大家睡下，张雷又悄悄起身，朝林子里走。

他向孙铜头打听过，现在他们的位置已经在野狼谷的边缘了，翻过这座小山，就正式进入野狼谷了。他得完成曲铁交代的任务，把那个小盒子送到狼孩手里。

因为手里有曲铁给的铃铛，据说能驱狼，因此他一路疾走，也没留意四周。

下了山坡，鞋子里灌进了小石子，他脱下鞋子，同时朝周围看了看。

借着淡淡的月光，他看到身后的树林里好像有小树猛然晃动了几下。

张雷马上意识到有人跟踪，他知道这一路上，跟踪他们的人多了，因此没太在意，穿上鞋子，继续朝下走。

这是一片非常开阔平坦的谷地，张雷走了好长时间，也没有遇到一只狼。他心里觉得奇怪，这儿不是野狼谷吗？怎么一只狼都没有？

又走了一会儿，过了一条不宽的干沟，上了一个小山坡，小山坡上没有树木，只有荒草。

张雷发现有很多荒草被火烧过，黑乌乌的，一圈一圈的。

张雷不知道，几天前，这里曾经发生过一场血战。如果不是晚上有露水，日本人那些能喷火的喷壶，早就把这片林子给点燃了。

张雷觉得这个地方有种很肃杀的感觉，而且他总觉得身后有无数双眼睛在看着他。

身后突然传来细微但清晰的声音，张雷猛然朝旁边一闪身，一只狼扑空，落在前面的地上。

张雷站起来的时候，看到有几十只狼已经从树林里走了出来，把他包围了。

第七章 / 血战野狼谷

1. 夺金大动员

王队长他们把警察小王埋了，几个人坐在一起商量了一下，觉得时间紧迫，要赶紧甩掉后面的跟踪者。

他们在陶钧的带领下，在这个地形异常复杂的地方转了几个圈，再突然返回，顺着山谷一角上了山，直接向野狼谷进发。

陶钧告诉王队长，他们寨子的老族长三年前到过野狼谷，在那里住了几天。据老族长说，狼煞因为跟人接触得少，异常孤僻，一天都说不上一句话。加上他经常喝狼血，身上的狼毒已经很深，如果不是这些年一直有人暗中接济，他早就死了。段钢现在非常想见到他的结拜兄弟张大爪子，不过看样子是很难见到了。

王队长问："那些金子怎么办？"

陶钧咧嘴，好像笑了笑，说："这个我们不知道，应该有很多人想要吧。"

王队长一愣："你们族长也想要？"

陶钧摇摇头，不说话了。赵刚在王队长旁边，也听到了这话，和王队长对视了一眼，都没说话。

他们其实很清楚，无论是谁想要，都没有他们说话的份，他们只能跟着看，完事后能顺利走出林子，活着回家就行。

晚上，他们依然是吃从寨子里带的食物，为了不暴露目标，他们不敢生火。

王队长和赵刚睡不着，在附近溜达说话。

情况发展到这种地步，已经不是他们所能掌控的了，哪怕是自己的生命，他们也无法做主了。两人聊了几句，坐在一块石头上出神。

二人忽然听到了脚步声，脚步声好像离这里比较远，在这寂静的夜里，比较清晰。

两人一愣，王队长拔出手枪，示意过去看看。赵刚手里也有了枪，是小刘把自己的枪给了他。有枪壮胆，两人就循着声音找了过去。

他们躲在大树后，看到一个黑衣人从他们的眼前走过。过了一会儿，又有一个人走过去。一会儿的工夫，竟然有二十多人从他们面前疾行而过。

两人跟着最后经过的那个人走了一段，因为害怕被发现，离得比较远，没过多久就跟丢了。

正无奈的时候，他们听到身后又有脚步声传来。

他们赶忙隐蔽，这次从他们眼前经过的是三个人。这三人走得比较慢，一言不发，边走边四下看着。

王队长和赵刚跟着他们下了山坡，走过一个山脚，在一个小小的山谷中，发现这里竟然聚集着几十号人。他们悄悄向这些人接近，躲在这些人后方的一块大石头背后。

看到这三个人过来，那些人忙让开地方，让三人走过去。

王队长弯着腰又走近几步，躲在一丛小灌木后面，从这里能看到一些人的面孔。他觉得其中一张面孔很熟悉，但是一时想不起这人是谁。直到有人说"瞿大当家的"，他才终于想起来，这人竟然是瞿正光！

瞿正光来到众人面前，点点头，说："各位，别的我就不多啰唆了，你们都是八大茔的精英，是八大茔的英雄。为了不让咱中国人的金子落到日本人手里，你们不畏生死，一直来到这里。现在最后的时刻就要来到了。或许大家还不明白，我为什么把大家叫到这里，现在我就告诉大家。明面上，我们是跟日本人合作，其实，我们是为了利用这些日本人，这个我自然不能守着那些日本人说。大家这些日子都累了，我给大家发点金子，当然，这只是一小部分，等事成之后，这次参加行动的，每人十两金子！我就说这些了，希望大家听从指挥，把属于咱中国人的金子拿到手！"

瞿正光说到这里，有人走过来，给大家发东西。八大茔的这些杀手也主动排好队，一个一个走过去领金子。

看到这场面，别说是那些八大茔的杀手，就是王队长都眼馋。发金子啊，人家真是有钱！

领到金子的那些杀手排列整齐，朝瞿正光一齐作揖，然后陆续离去。

最后，只剩下十多个人站在瞿正光身边。瞿正光对这十多人挥挥手，他们也一齐消失在了树林中。

王队长刚要站起来，突然有人按住了他的肩膀。他以为是赵刚，抬起头，却愣住了，他看到了一张涂成黑色的脸。

王队长刚要喊，那黑脸人说话了，他说："王队长，我是李良啊！白虎屯的李良，跟张雷一个屯子的。"

王队长狐疑地看着他说："你怎么把脸弄成这样？"

李良说："你不也是弄得跟锅底一样吗？"

王队长问："你怎么在这里？赵刚就在后面。"

李良高兴了："赵队长也在这儿？太好了，我的事他知道，他全知道。"

两人找到赵刚，赵刚惊讶地问："李良？你怎么到了这儿？你不是被那个孙三爷弄去了吗？"

李良说："是，那个孙三爷带人来跟踪你们，说跟踪的是张大爪子的徒弟。不过我们没找到张雷，昨天发现你们了，我就偷着溜出来，跟在孙三爷他们后面。要不是他们一直在中间挡着，我早就过来了。"

王队长惊讶问："张雷他们也在这里？"

李良说："是，孙三爷带着两批人过来。第一批人跟在张雷他们后面，他自己带着第二批人来到这儿。王队长，你们知道吗？他们几乎调动了八大莲所有的人，就是为了跟着张雷进野狼谷，找到狼煞，弄到那些金子。"

王队长问："那张雷还真的来了，他来这里干什么呢？"

李良说："应该是瞿正光的人把他逼来的，他们以为张雷是来找狼煞的，又怕跟踪不着他，就抓了几个人，引诱他来救他们，以便利用这几个人把他带到野狼谷。"

王队长瞪大了眼："抓人？你是说，他们抓了咱的人？"

李良说："也不确定，这是瞿正光的人跟孙三爷说的时候我偷听到的。不过他们说那几个人手里有枪，又很拼命，让他们很是挠头。"

王队长问："李良，昨天晚上瞿正光的那些人是不是已经进了野狼谷了？"

李良说："他们已经把张雷引过来了，现在他们大概已经知道了张雷去野狼谷的途径，或者说他们发现张雷去过野狼谷了。"

王队长说："这个瞿正光也真是要财不要命了，狼煞会把金子给他吗？"

李良说："瞿正光的人曾经进过野狼谷，但是没找到狼煞，他们觉得狼煞住的地方很可能就是放金子的地方。他们跟踪张雷，只要知道了狼煞的住处，就会包围狼煞。狼煞再勇猛也不能杀光他们一百多个人吧？何况他们还准备了火枪，那些火枪能把狼煞打成筛子，功夫再好，也不行吧？哦，还有日本人。据孙三爷说，这次瞿正光是答应跟日本人平分这些金子。日本人有办法对付野狼谷的狼，而瞿正光负责对付狼煞。"

王队长点头，感慨地说："这个瞿正光真是太狠了，他当年可是狼煞的好兄弟呢！"

李良说："那个孙三爷也是这么说呢，其实瞿正光的很多手下都不赞成他这么做，包括孙三爷。当年，方虎子带着他们跟日本人不知道打了多少场仗，瞿正光也是非常厉害的。孙三爷其实是个好人，比较讲义气，他把我抓去后，对我也不错。据他说，当年方虎子正是看中瞿正光是条忠义汉子，才让瞿正光协助料理八大堂的事，方虎子是想把八大堂大当家的位子让给瞿正光的。这个决定，当时八大堂几个头面人物都很支持。现在，谁也没想到瞿正光竟然会变成这样。"

王队长说："张雷现在在野狼谷里，我们得想办法帮助他，否则，这个六亲不认的瞿正光真的会杀了他，我们得赶紧进入野狼谷了。"

赵刚说："我就是不理解，瞿正光和狼煞，本来都是好兄弟，为什么会闹成这样啊？"

李良说："人是会变的，何况还有那么一大堆金子。"

几个人边说话边回到住处，安排了位置就歇息了。

第二天，王队长把他们看到的跟陶钧说了，又把李良介绍给陶钧认识。陶钧听说瞿正光的大批人马已经进了野狼谷，急得饭也没顾上吃，就带着人向野狼谷行进。

陶钧带着大家抄近路，一路朝里走。走了一会儿，他们就听到了一阵枪声。

王队长仔细听了听，说："是我们的枪声，应该是张雷他们！"

大家辨别了方向，就朝枪声响起的地方急速前进。翻过一个山坡，他们就发现了在树林中行进的大批人马。

这些人有的涂成黑脸，有的保持原来的脸色。李良说："八大堂的人行动的时候，各个山头有各个山头的标志。把脸涂成黑色和白色其实并不是模仿猎头族，而是瞿正光的左右护卫队。孙三爷带着的人是瞿正光的左卫，所以涂成黑色。你们看到没有，他们有的在胳膊上绑着白手绢，那是四爷的手下，那些画着剑眉的，是五爷的手下。今天八大堂的高手基本都来了。这真的是想要狼煞的命啊！"

李良刚说到这里，不远处突然飞速跑过一队黑衣人。这些黑衣人行动起来非常迅捷一致，就像是一阵风，急速从树林里掠了过去。

"这是日本黑龙会的人。"李良说。

"黑龙会？"赵刚一愣。

"是。我听孙三爷说的，他说这些日本人是当年黑龙会派来寻找金子的。日本投降后，他们也没回去，一直住在林子里。"李良解释说。

2. 狼向导

张雷看着众多的狼像是约好了一样，从树林里出来，警惕地盯着他。

以前他跟师父在老林子里闯荡时，遇到狼是常事。但是，遇到像现在这么多，并且还这么有秩序的狼群，却是第一次。

张雷边掏出铃铛，边在心里合计，这东西能管用吗？如果没用，岂不是要被这些畜生给活吃了？

他边缓缓地向前走，边摇动了铃铛。

那些狼果然像是听到了狼王的命令似的，前面的给他让开了道路，两边包围着他的狼也自动落到了他的后面。而他一转头，看到后面的狼却是越聚越多，都跟他保持着一定的距离，好像是他带领的军队似的。

张雷想到曲铁的话，如果段钢真的获得了能够驱赶狼群的能力，带着这么一支凶猛的队伍去跟敌人决斗，倒真的是很威猛。

张雷在狼群的簇拥下朝前走，走了一会儿，他惊奇地发现，如果他走的方向不对，就会有几只狼从旁边跑过来，朝他靠近。

一开始张雷不知道是什么情况，看着狼靠过来，便朝它们拼命摇铃铛。那些狼不敢太靠近他，却在一边跟着，使得张雷只能向另一边走。这样，直到给张雷纠正好方向，它们才又缩回去，继续在后面跟着。如此走了几次，张雷终于明白，它们是带着自己朝它们的目的地去的。

它们会带着自己去哪里呢？张雷想了想，觉得自己有这个铃铛护身，它们不大可能把自己带到某地害了。它们应该是带自己去见它们的"领导"吧？狼煞统治着野狼谷，它们的领导，应该就是狼煞吧？

张雷不再担心了，他领会了那些狼的意思，便一路朝前走。狼群后来大概觉得这人太笨了，就有一只狼跑到了他的前面，直接在前面带着他走。

张雷心说，有这招你们干吗不早用？

张雷前面有狼引路，后面有狼跟随，一路翻山越岭。要说有它们的保护和带领是很好，可是它们带着张雷走的路，很多地方简直没法走。幸亏张雷是个老猎人，脚下功夫又好，才能勉强跟着它们爬陡坡，跳悬崖。

走了不知多长时间，那些狼突然都停住了。

眼前是一个狭窄的小山谷，不远处黑乌乌的，张雷仔细看去，竟然是一个洞口。那些狼都蹲坐下，很肃穆地看着洞口。

张雷习惯性地看看四周，发现这个洞口的位置很奇特。两边都是峭立的山峰，山洞位于一个不是很高的小山腹中，看起来就像是一条张着大口的蛇，等着张雷进去。

张雷来到洞口，对着里面喊："有人吗？有……人吗？"

喊了好一会儿，没有回音，张雷只好沿着洞口的台阶走进去。

山洞里漆黑一片，张雷划着火柴，四下照了照，在火柴即将熄灭的时候，他发现在突出的洞壁上，竟然有一盏油灯。

张雷心下一喜，急忙又划着一根火柴，点燃了油灯。跟外面用的油灯不一样，这盏油灯点燃后，散发出了一种动物皮毛一般的臭味。张雷知道这是用动物的脂肪熬成的油。这种油时间长了会发臭，但是当作灯油，还是很好用的。

借着灯光，张雷看到山洞比较狭窄，地上有一堆草，被压得很平坦，好像是有人在上面睡过觉的样子。张雷心想，难道这里就是那个狼孩睡觉的地方？

张雷端起油灯朝里走。没走几步，他又发现了两副棺材。棺材没上油漆，露着白花花的木茬，显得很诡异。

张雷赶紧朝后退，边退他心里边想：难道这就是传说中装着金子的棺材？这里面装的是人还是金子呢？

退了几步，张雷赶紧转身，打算走出山洞。刚要迈步，他发现眼前站着一个人，而这人竟然长了一张狼脸！

张雷不由得惊叫一声，刚要朝外掏铃铛，那人却一伸手，把头上的假狼头摘了下来，狼人变成了一个眉清目秀的孩子。

这孩子虽然稚嫩，却一脸严肃地看着张雷，一句话不说。

张雷举着灯，上下打量着这孩子。他在心里松了一口气，只要是个人，他就不怕。他问："你就是狼孩吗？"

那孩子看着张雷，皱着眉，点了点头，那样子，好像叫他狼孩，他很不高兴似的。

张雷看着他的样子，觉得不是很放心，就问："你师父段钢呢？"

孩子摇摇头，示意他不知道。张雷明白，跟这个孩子相比，狼煞更加孤僻，别说是跟人见面，就是跟狼见面都很少。他现在在哪里，恐怕除了他自己，没人会知道。

张雷把那个盒子拿出来，递给狼孩说："这是你师父段钢的好兄弟曲铁让我送来的，里面是什么东西，我也不知道，不过他说让你一定要转交给你师父。"

张雷停顿了一下，怀疑地问："你能交给他吗？"

狼孩点点头，却没说什么。

张雷把盒子放在狼孩的手里，觉得这孩子挺可怜，就想跟他多说句话，问他："你叫什么名字？"

狼孩边看着盒子边摇头。张雷真是恼火了，问："你是不知道还是不想跟我说？"

这次狼孩抬起头，迷茫地看着他说："不知道。"

张雷问："那你师父叫你什么？"

"狼孩。"

张雷突然想起了那两口棺材，就问他："那棺材……里面是什么？"

狼孩突然警惕地看着张雷，眼神瞬间变得很冷硬，他盯着张雷好一会儿，才又摇了摇头。

张雷看他的样子，知道不好再问下去了，于是转身出了山洞。

还是那群狼带着他，穿山过岭，一直送他回到狼群出现的那片山坡。张雷给众狼作揖，然后径自朝后走。

一路上，张雷总觉得好像后面有东西在跟着他，他刚开始以为是狼，也没太在意。走了一会儿，后面突然咳嗽了一声。张雷知道坏了，自己这一路是被人跟踪着。

张雷不动声色，却猛然跑了起来，跑了一会儿，又拐弯折回来，藏了起来。后面那人也不笨，依然不紧不慢地朝前走。张雷看着他的身影，觉得有些熟悉。

这人快走到张雷跟前了，就在张雷快要看清楚他的脸孔时，这人却猛然转身跑开了。

3. 救命铃铛

张雷心里很诧异，他先观察了一会儿，感到四周情况正常了，才转身回去。

第二天早上，孙铜头要求往回走。张雷想了想，就跟赵刚商议。赵刚却不同意，说他们还有警察下落不明，不能丢下不管。

孙铜头对赵刚的提议不满，他对张雷说："兄弟，你救了我一命，我已经帮你找到你的朋友了。我得回去看看了，铁匠帮那么多人还在等着我呢。"

张雷说："孙大当家的，我们赵队长的话也对，我们还有兄弟没找到，他想继续找找。当然，您想回去，我可以理解。不过咱已经到这儿了，我们那些兄弟应该就在附近，我们就找一天，明天咱一起朝后走，可以不？而且瞿正光的人还在四处找您呢。"

孙铜头瞪眼了："你什么意思？以为我怕他们吗？"

张雷忙说："不是啊，是我们还需要您的帮助啊！这儿是最危险的地方，我的那些兄弟生死不明，孙大当家的，咱既然一起来的，最好还是一起回去啊。"

孙铜头被张雷说得无话可说了，只好点头说："那就一天，明天要是你们不走，我也要自己走了。"

吃过饭，几个人坐在一起说话。张雷昨天晚上跑路太多，睡得少，因此比较累，坐在一边打瞌睡。突然他身边有人惨叫一声，原来是苗路中箭了。张雷猛然抬头，看到远处的山坡上有很多人在向这里快速接近。

张雷大喊一声："快跑！"

他刚要站起来，身边又是一声惨叫。他转身一看，是一个警察中箭倒在了地上。

张雷和赵刚各背起一个受伤的，皮子和另一个警察抬起半死不活的张吉祥，一行人赶紧朝树林里跑。

刚跑几步，就发现山脚下已经有人拦住了他们的去路，呼叫着朝他们冲来。

孙铜头大声骂着瞿正光，对张雷他们喊："跟我来！别乱跑！"

张雷等人跟着他，先朝左边跑了一会儿，避开了那些弓箭，然后从一处比较平缓的地方爬山。

爬到半坡时，那些人已经到了山脚下，开始朝上爬了。张雷和皮子各开了几枪，打倒了几个人，然后再朝上爬。

张雷昨天晚上就是走的这条路，爬上山坡再下去，就是野狼谷的地界了。

孙铜头边背着小警察在前面爬，边气喘吁吁地说："前面就是野狼谷了啊！这些王八蛋，怎么敢追到这里来？"

张雷想起了昨天晚上跟踪他的那个人影，他有种感觉，今天这些人的进攻，肯定跟昨天晚上的那人有关系。

爬上山顶，几个人歇息了一下。孙铜头背着的警察已经不行了，张雷等人呼唤了他一会儿，他一声不吭。孙铜头要把这个警察扔下，另一个警察却倔强地背起同伴，张雷想让他放下都不行。

几个人只好继续带着那个眼看就要不行了的警察上路。张雷下到半坡，后面那些人已经上到山顶了。张雷下到山谷，却发现他们还是在山顶，没有下来。

孙铜头疑惑地说："现在他们很容易就能追上我们，可怎么不往下走了呢？"

张雷想了一会儿，说："他们这是在逼我们进野狼谷，昨天晚上……有人跟踪我，但是没敢进野狼谷。"

孙铜头大惊道："昨天晚上你进野狼谷了？那些狼……你真厉害。"

张雷说："不是我厉害……不说了，过会儿再说。"

几个人找到一处安全的地方，张雷让皮子监视着山上的那些杀手。张雷把昨天晚上的事简略跟大家说了一遍，他说肯定是对方跟踪他没成，今天要把他们撵来。当然，他没提曲铁让自己帮送东西的事，只是说想进去看一看。

孙铜头不傻，问："那些狼认识你？你怎么一点事都没有？"

张雷说："这个以后再说，大家商量一下，咱是进野狼谷，还是不进。"

赵刚问："那我们进去，那些狼不会伤害我们吧？"

张雷说："这个不会。"

赵刚说："那进去吧，否则很危险。"

张雷看了看没受伤的那个警察和孙铜头。孙铜头知道，那些人想撵他们进去，肯定有目的，虽然还不清楚对方的真实想法，但是这么进去，肯定会对狼煞造成危险。

孙铜头看看赵刚，说："我觉得咱在这里应该没什么危险了，所以，我认为还是别进去了。"

赵刚正要说话，突然听到皮子边喊着边跑过来："有人！有人跟着进来了！"

张雷等人跑过去，却什么都没有看到。

皮子惊恐地指着不远处的一堆石头说："有五个人，都是好身手，跑到那石头后面了！"

他们又跑过去，依然什么都没发现。看看寂静却危机四伏的四周，张雷赶紧带着大家回去。

孙铜头问："怎么办？咱进去还是不进？"

张雷想了想，说："不进，先看看这些人到底想干什么再说。"

几个人背起伤员，在张雷的带领下，在野狼谷附近迂回。

张雷边走边思索瞿正光把他们驱赶进来是为了什么。如果是为了找到狼煞，那瞿正光可真是错了，他是真的不知道狼煞在哪里。

不过有一点张雷很明白，如果让瞿正光觉得自己没什么作用了，他会毫不迟疑地杀了他们，这才是张雷不能进野狼谷的真正原因。

张雷他们八个人，三个受了伤，艰难地穿行在野狼谷外围的山林中。那些跟踪他们的人已经不再躲闪，常有人影如闪电一般从他们的身前身后经过。

苗路受伤不重，拔出箭头包扎后，已经能勉强跟着大家走。其他人轮流背伤员，只有苗路扛着枪不用背人，时刻注意着周围的情况。

有好几次，苗路举枪瞄准从前面闪过的人，都被张雷拦下了。张雷觉得现在他们还太弱，还是少惹人家比较好。

张雷想在夜幕的掩护下进入山谷，因此他选择了在靠近山谷口子的地方宿营。

晚饭后，张雷先在四周侦察了一番。情况比他想象的糟多了，几十个人，分成许多帮，密密麻麻地包围了他们。这些人身形敏捷，行动诡秘，训练有素。除了这些已经被他发现的人，肯定还有暗中监视的，弄不好连自己的一举一动都被他们看在眼里。

张雷还感觉到，有个人暗暗地跟着自己。张雷几次回身找人，都扑了个空。

回到驻地后，张雷把皮子和孙铜头喊到一边，把情况跟两人说了，他的计划是让两人跟他一起进野狼谷，等快到野狼谷时，这两人埋伏下来，看清楚跟踪他的那个人到底是谁。

两人答应了下来。

三人开始行动，走到野狼谷外，孙铜头和皮子找地方埋伏起来，张雷继续朝前走。

但是张雷走了好一会儿，也没听到身后有跟踪的声音。他有点奇怪，就返身回来，问孙铜头和皮子看到人没有，两人都说没有。

张雷心里骂这人真狡猾，不过事已至此，他也没有别的好办法，他让两人回去，把外面的人接进来，赶紧进谷。

两人走后，张雷先潜伏着，观察着四周。

张雷能听到，不远处还是有人暗中跟着他。那些人觉得已经掌握住张雷的秘密，却不知道，张雷他们只要进入野狼谷，也就把那些人排除在外了。

不一会儿，孙铜头带着人过来了。张雷带着他们穿过山谷，直接走向上次进入的那个山坡。许多狼从树林中走出来，张雷取出铃铛摇了几下，那些狼似乎也认识了他，带着他就朝前走。

这次因为背着人，张雷他们走得很慢。那些狼也慢悠悠地带着他们朝前走。

到了狼孩居住的山洞前，狼群突然停住了，不安地朝着张雷他们嗅着，很怀疑地在他们周围转来转去。

张雷觉得这些狼好像是怀疑他的来路，就想掏出铃铛来证明自己的身份。但是一伸手，他愣住了，他放在上衣兜里的铃铛竟然没了！

张雷大惊，拽了一下孙铜头，对他说："坏了，铃铛不见了！"

大家都已经明白了那个铃铛的作用，听说铃铛不见了，再看看四周已经变得骚动不安的狼群，所有人都急了。

孙铜头埋怨张雷说："你怎么不好好拿着啊？是不是装在兜里掉了？"

张雷也不知道是怎么回事，刚刚他还用手拿着，赵刚说要解手，他就把铃铛装进了兜里，替赵刚背着那个警察，过了会儿，赵刚追上来，把那个警察又背了回去。

苗路突然喊道："赵刚呢？赵刚怎么不见了？"

张雷猛然有些觉醒，脑门上立刻就出了汗。他曾经微微不安的感觉，这会儿得到了验证，他赶紧喊道："快找赵刚！快！别让他跑了！"

但是已经晚了，那些狼围成一个圈，慢慢朝里收紧。张雷喊道："喂，你们这些畜生，刚刚还好好的，怎么转眼就不认识人了呢？"

狼群不理会张雷的喊叫，没了铃铛声的指令，狼群就把他们当成了普通人，朝他们"呜呜"叫着，似乎随时都会发起攻击。

4. 绝境

王队长他们日夜兼程，晚饭都没顾上吃。

他们在野狼谷外遇到了来接应他们的人，那人说野狼谷最近发现了很多游离在外围的人，赵亚铁让他们快点儿赶过去跟大部队集合。

陶钧听了也急了，加快了速度。这下子可苦了王队长了，一起进来的几个人都比较年轻，虽然吃力，但也没什么大问题，赵刚呢，又比他健壮。只有王队长年龄最大，身体也不是很好。但是这种危急的情况下，他也没办法，只得咬牙坚持。

这样没命地跑了一会儿，前面的人突然停下了。王队长以为到地方了，说："哎呀，累死了，这……"

下半句没说完，他就被前边的人转身捂住了嘴。

王队长惊愕地朝前走了几步，放眼看去，前面稀疏的树林里，走着一队人，不！应该是好几队人，他们个个步履矫健，在一群狼的引领下朝前走着。

最让他惊讶的是，前面引路的竟然是赵刚！王队长惊愕地看了身边的赵刚一眼，赵刚同样目瞪口呆地看着前面的大队人马。

这些人面前的另一个赵刚，手中拿着一个铃铛，边走边摇动。那些狼乖乖地簇拥着他，仿佛他是它们的头狼。那微弱却清晰的铃铛声音，在他们的耳朵里，简直比得上山崩海啸。

"这是怎么回事？"赵刚喃喃自语。

"是瞿正光的人！"李良悄声说。

陶钧也呆呆地看着这支庞大的队伍，没有了主意。在他们的心目中，野狼谷最大的保障就是无处不在的狼。它们凶狠狡猾，几百年来，没有哪一支力量敢闯进来，所以当年的萨满巫师才能够躲过清军的追杀，在这里活下来。

现在他们的保障没了，狼成了对方的乖孙子，他们十多个人，怎么能是这些人的对手？

王队长在关键时候，还是显出了领导者的本色，他说："先不管别的，咱得想法牵制住他们。"

陶钧说："他们那么多人，咱……能行吗？"

王队长咬咬牙说："不行也得行！咱只要开枪，就相当于给野狼谷的人报了警。赵亚铁会带人出来，还有狼煞他们。只要狼煞来了，这些狼应该听他的吧？"

陶钧说："是！"

王队长说："好。我们开枪，你们准备好弓箭，怎么着也得杀他们四五个！他们来追，咱就跑，陶钧对这里熟悉，他们应该没法追上咱。"

赵刚气得牙痒痒，说："我先开枪，先打那个假赵刚！"

王队长忙说："等等，等大家准备好弓箭。"

陶钧等人搭箭上弓后，赵刚就对准那个得意扬扬地走在前面的假赵刚开了一枪。那家伙大概没有料到会有这么一劫，毫无防备，随着赵刚的枪声，他猝不及防地倒在了地上。

与此同时，王队长的子弹和陶钧等人的箭也朝那些人射了过去。

几声惨叫过后，刚刚还得意扬扬前进的人和狼四散躲避。赵刚和王队长打了几枪后，就带着人后撤。那些人看清了目标，朝他们就冲了过来。

陶钧带着大家穿山越岭，后面魔鬼一般的追击者紧追不舍。跑了一会儿，王队长就不行了。他刚想靠在树上歇息，陶钧过来拽着他："跑慢了就没命了！他们手里拿着铃铛，后面可还跟着一群狼呢。"

听说有狼，王队长害怕了，咬牙跟着陶钧继续跑。又跑了一会儿，李良在后面喊："他们不追了！王队长，咱歇息歇息吧。"

王队长听到这话，浑身一软，当即躺在了地上。陶钧让众人保持警戒，他转身朝后走，走了二百多步，果然没见人追上来。陶钧这才安心地回来，与众人坐在一起歇息。

众人四仰八叉地在地上躺了一会儿。赵刚喘匀了气，想起来那个假赵刚，生气地骂起来："这老林子真是有鬼了，还能造出假人。刚才便宜了那玩意儿，下次再让我看见，我得一刀一刀把他割碎了，把肉烤着吃了！"

王队长"哼"了一声，说："还吹呢，别让人家烤着吃了，就不错喽！哎哟，我这腿啊……疼死我了。"

陶钧说："大家休息一会儿，还得朝前继续走，瞿正光一伙人鬼着呢，他们不会轻易放过咱的。"

赵刚说："这话对，这些人简直就跟鬼一样，让他们黏上，不死也得脱层皮。"

王队长恳求道："再躺一会儿，就躺一会儿，我实在是不行了，我现在恐怕连站都站不起来了。"

众人又歇息了一会儿，陶钧突然站起来，说："我好像听到了什么动静，你们听到了没有？"

众人仔细听了听，都说没有。

赵刚说："咱肯定是把他们甩下了，这山里随便一岔，十里八里就出去了，别大惊小怪的。"

陶钧皱着眉听了一会儿，突然喊道："都起来，快跑！狼，是狼……狼来了！"

众人虽狐疑，却也都相信陶钧，纷纷站了起来。几乎同时，一片凄厉恐怖的狼嚎之声如潮水般涌起，有人摇着铃铛，带着狼群，朝他们疯狂地冲过来。

王队长朝着摇铃铛的那个人开枪。那人却非常狡猾，连躲过了两枪。赵刚开枪打狼，狼被打倒几只，却丝毫不影响大批的狼继续冲击。

陶钧喊大家快逃，众人吓得屁滚尿流，跟着陶钧就跑。他们一直被狼追到一个山崖上，陶钧差点儿从悬崖上跌下去。

前无去路，后有饿狼，众人陷入绝境。

5. 师徒重逢

张雷等人继续与近百只龇着牙威胁他们的狼对峙着。

前面不远处，就是那个狼孩居住的山洞，张雷朝山洞大喊："狼孩！狼孩！我是上次来给你送盒子的人，你快出来啊！"

张雷喊了很多声，洞里也没有什么动静。那些狼是典型的白眼狼，根本不顾及刚刚还不错的情谊，对他们步步紧逼，张雷等人只好连连后退。

张雷不敢摘下枪，凭以往的经验，他觉得这些家伙应该还不至于马上对他们攻击，但是如果他敢朝它们开枪，惹恼了它们，麻烦可就大了。

孙铜头骂道："是哪个王八蛋把咱引到这里来的啊？这不是来喂狼吗？"

孙铜头的声音刚落，一个苍老的声音响起："骂谁呢？孙铜头，你小子在骂谁呢？"

孙铜头惊愕地抬头，辨别着声音传来的方向，有些不相信地说："您……您……您是师父？"

那声音哈哈大笑，说："你小子，总算没忘记你师父。"

声音未落，一个身影从远处走了过来。

孙铜头想过去迎接师父，可那些狼朝他"呜呜"地表示恐吓。曲铁穿过狼群，走到他们面前，又转身对"呜呜"噪着的狼"呜哩哇啦"地喊了几句，然后喊道："你们这些畜生，还不闪远点儿？"

狼群似乎听懂了曲铁的话，马上就朝两边闪开了。

孙铜头跑过去，在师父面前跪下，说："孙铜头见过师父，您老人家怎么在这里啊？"

曲铁有些得意地说："我也是刚来，这几句咒语也是段钢才教给我的呢，不错，还真管用。"

孙铜头说："师父，我到处找您呢，您老人家到哪儿去了？"

曲铁招手让孙铜头起来，继续说："你师父我有重要任务，今天人都到齐了，我的任务也快完成了。走，跟我一起看好戏去。"

张雷走过来朝曲铁抱拳，说："前辈，我们是来找人的，这人还没找到呢。再说，这深山老林里，看啥戏啊？"

曲铁哈哈一笑，说："你们只管跟我走，我保证你们既能找到人，还有戏看。这里没人，别说段钢，狼孩也不在这儿。"

张雷问："狼孩去哪里了？"

曲铁一挥手，说："跟我走，我保证你们能看到他。"

众人有些莫名其妙，却都知道曲铁的本事，只得跟着他走。

走了一会儿，他们便遇到了一队黑衣人。这些黑衣人行动敏捷，手持钢刀，把他们围了起来。

曲铁二话不说，拔出短刀，朝黑衣人扑了上去，孙铜头和张雷随即跟上。十多个黑衣人虽然勇猛，却怎么能是这些真正的老林人的对手。曲铁老当益壮，刀法凌厉凶悍，孙铜头这些日子憋屈得要死，早就想杀人了。这师徒俩互相配合，一会儿工夫，就有四个黑衣人倒在地上。

剩下的几个黑衣人眼看情况不妙，转身就跑。孙铜头要去追，曲铁说："别追了，还有正事要办呢。"

张雷从地上捡起一把刀，看了看，惊愕地说："日本人！"

曲铁说："没什么稀罕的，这山里日本人多着呢。不过他们的刀不错，可以带上。"

张雷说："前辈，警局的王队长也带着人在这山里找人，您看到他们没有？"

曲铁说："跟我走，我保证你们今天晚上都能看到。"

6.陶钧之死

还是陶钧有办法，他让众人赶紧在附近找了一些枯树枝，他脱下内衣，用火折子点燃内衣，引燃了树枝，一堆篝火迅速生了起来。

火苗燃起来后，众人把能折断的松树、小杂树都扔进了火里，火堆越来越大，狼群不敢靠近了，只好蹲下，老远看着火堆。

王队长看着后面的狼群，说："这狼倒是挡住了，这么大一堆火，林子里的人都能看到，咱麻烦大了，兄弟们。"

陶钧说："管不了这么多了，先过了这一关再说吧。"

树枝点燃后，陶钧让大家举起树枝，慢慢朝前移动。群狼顿时骚动起来，都跃跃欲试，但是怕火的天性让它们不得不后退。那个手持铃铛的家伙一直躲在暗处不断摇响铃铛，企图阻止狼群后退，但是也没用。

终于到了山坡下，王队长他们可以选择逃跑了，但此时他们却为难了。如果他们逃跑，这些狼肯定还会继续追他们，他们又将陷入危机之中。守着火堆安全，他们却无法逃跑。

王队长想开枪击毙那个拿着铃铛的家伙，但那个家伙非常狡猾，他躺在地上，躲在狼群屁股后面，一直没有暴露。

陶钧发现，围着他们的人也越来越多了。这些人躲在狼的后面或者侧面，对他们虎视眈眈。他从不断移动的人影中，认出了高出周围人一头的莫德洛夫。莫德洛夫跟在一帮日本人后面，高大的身形在周围小个子的衬托下，显得格外突出。

陶钧对王队长说："我看见莫德洛夫了，他真成了日本人的狗。"

王队长说："都是为了金子，这个混蛋杀了那么多中国人，不能让他跑了。"

陶钧说："您想多了。现在是咱在跑，他们想杀了咱呢。"

王队长说："等我们找到咱的人，我肯定会回来杀了他。先让这个小子多活几天。"

赵刚说："队长，我们不能死等在这里，这狼越来越多了，再等下去，咱都不够给它们塞牙缝。"

王队长说："反正都是个死，管他的塞牙缝。我是跑不动了，算了，不跑了，早晚是个死，不费那个劲了。"

陶钧说："这么多狼，应该是好几个狼群的狼都来了，每个狼群都有自己的领地，一个狼群如果要想跑到别的狼群的领地上去，两个狼群就要有一番死战。现在它们之间不打架，就是因为那个铃铛。咱们唯一的办法，就是杀了那个手拿铃铛的家伙，夺过铃铛，那这些狼就该听我们的了。"

赵刚说："这个难了，这么多狼围着他呢。况且他也不露面啊，我们能听到铃铛响，却看不见人在哪儿，你怎么杀他？"

陶钧犹豫片刻，用手指着右前方说："你们朝那个地方开枪打狼，狼和人的注意力都集中在那个方向，我趁机冲过去抓人。"

大家都明白，这是唯一的办法。王队长和赵刚朝右前方开了几枪，几只狼中弹，倒了下去。狼群略微后退，这时铃铛急促摇响，旁边的狼群朝那几只狼倒下的地方涌来。陶钧趁机朝左侧的一片小树林摸了过去，他顺利地跑进树林，借着微弱的火光，终于找到了那个躲在树林一侧摇着铃铛的人。

让陶钧没有想到的是，这个摇铃铛的人旁边，还围着三个黑衣人。而四个人的旁边，居然还围着十多只悠闲的狼。

这些狼大概是头领一类的，跟着摇铃铛的这个人移动，时不时仰头嗥叫几声。

看到此番情景，陶钧有些绝望，可他又明白，他别无选择。只要他能迅速夺过铃铛，这些狼头领就能听他的号令，到时候剩下的三个黑衣人也就无所谓了。但是如果他一击不成，他就会立刻被这些狼撕成碎片。

陶钧略微观察了一会儿，搭弓上箭，瞄准了正摇着铃铛的家伙。他趁这个家伙转头朝向他的时候，骤然发箭，铃铛声戛然而止，这家伙也陡然摔倒在地。

陶钧早已冲出，几乎在这人倒地的同时，就冲到了这人身边。他摸到了这人的手，出乎意料的是，铃铛没在这人的手上。三个黑衣人挥刀朝陶钧发起进攻。陶钧边躲闪，边在地上摸索铃铛。那三个人也突然明白过来，都蹲了下来，在地上乱摸。

其中一个家伙摸到了，这个家伙大喜，用蹩脚的汉语喊："我找到铃铛了！"

他的话音未落，陶钧的短刀就到了，这家伙被割断了喉咙，铃铛也落在了陶钧手里。

另两个家伙反应极其迅速，操刀朝陶钧就刺过来。陶钧连忙躲闪，没想到被割断喉咙的家伙竟然死死地抱住他的一条腿。陶钧无奈，躲过了一刀，咬着牙用后背接了一刀。

陶钧挥刀砍断了抱着自己那人的手臂，就在这时，一个黑衣人的长刀也刺进了他的肚子。

陶钧大吼一声，转身割断了这个人的喉咙，没想到另一个人的刀也同时跟进，几乎把陶钧的脖子砍断。

陶钧还是倒下了。剩下的这个黑衣人从他手里夺过铃铛，拼命摇着，指挥着乱成一团的恶狼。

乱哄哄的狼群重新集结起来，朝王队长等人发起进攻。

王队长和赵刚打了几枪，听到了几声人不人鬼不鬼的惨叫，然后看到狼群分散，以为陶钧大功告成了。众人正在惊喜中，却看到狼群又重新集结，朝他们攻了过来。

赵刚心下一凉，大喊道："陶钧，陶钧，你在哪里？"

没人回答。王队长叹了一口气："完了，完了，陶钧没了，咱只能喂狼了。"

火光越来越微弱，四周的狼都在蠢蠢欲动。李良转圈看着露出牙齿低吼着的狼，手足无措地说："这怎么办？这可怎么办好？"

看着奄奄一息的火苗，王队长喊道："别发呆了，赶紧跑吧！"

众人拔腿便跑，狼群随即跟上。没有了陶钧的带领，大家胡乱跑了一会儿，很快便被狼群撵上了。王队长和赵刚只好转身朝狼群开枪。

几只狼被打倒后，更多的狼汹涌而至。王队长和赵刚都被狼扑倒在地，两人吓得大声呼救。千钧一发之际，突然一道黑影冲来，黑影抓起围着两人的几只狼，把它们扔了出去。

众狼愤怒，正要向黑影发起攻击，黑影大声念出了几句咒语。众狼一下停住了，纷纷后退。

7. 十面埋伏

王队长和赵刚爬起来，两人惊魂未定，看着面前白胡子白头发的老人，不知说什么好。

孙铜头和张雷、皮子等人随后而至，张雷刚要跟王队长打招呼，一转头就看到了赵刚。张雷冲过来，一拳就把赵刚打倒在地。

王队长忙上去拉开张雷："张雷，你干啥？你干吗打人？"

张雷怒吼道："刚才他偷了我的铃铛，差点儿让我们被狼吃了！不信你问问皮子和苗路！"

皮子忙说："是，这个赵队长太阴险了！他偷了我们驱狼的铃铛，要不是这个老人家出现，我们现在都快成狼粪了。"

王队长惊呆了："什么？刚才？赵刚跟我们在一起好几天了。张雷，你开什么玩笑？"

张雷恼了："好几天？他怎么可能跟着你们好几天了？你是护着他吧？明明他跟我们走了好几天了，王队长，瞎话也不能守着这么多人说吧？"

孙铜头和皮子以及受伤的警察也都声援张雷。王队长和赵刚愣了，还是小周机灵，想起了之前他们看到的那个赵刚，说道："对了，赵队长，我们刚刚不是打死一个……您吗？"

赵刚这才想起来了，说："是啊，这是怎么回事呢？"

张雷举起拳头还要打，被众人拉开了。

曲铁看着他们争吵，走过来详细问了经过，对张雷说："我知道了。你别怪人家了，那个赵刚是假的。之前陆笑生还在八大茔的时候收了个徒弟，那个赵刚应该就是他易容的。"

张雷不相信："我们刚才明明跟这个赵刚在一起，怎么能是假的？前辈，您忽悠我吧？"

曲铁指着周围的狼，还有藏在狼后面的人，说："听我的，别自己人打自己人了，此事以后再说。那个铃铛在日本人手里早晚坏事。现在趁他没跟瞿正光的人马会合，赶紧去把他收拾了，把铃铛夺回来。"

曲铁带着他们经过狼群，朝那人包抄过去。让王队长等人惊讶的是，狼群看到众人冲过来，竟然自动让开了道路。那个摇着铃铛的家伙一看事情不妙，转身就跑。

张雷等人追了一会儿，没有追上，反而被一队举着日本刀的家伙给拦住了。张雷知道，这些人中有很多是当年侵略过中国的日本军人，日本投降后，他们就逃到林子里躲了起来。现在这些日本人还企图夺走属于中国人的金子，真不要脸！

没等张雷行动，孙铜头大吼一声，挥舞着大刀就冲了上去，张雷等人赶紧跟上。虽然日本人刀法精湛，但张雷等人也是猛打猛拼，一个回合下来，就有两个日本人躺在了地上，张雷这边的人却是毫发无损。

日本人变换队形，刚要继续与张雷等人拼命，突然从他们的后面跑过来一个黑衣人，黑衣人和这队人的头领嘀咕了几句日本话，这些日本人猛然转身，跟着黑衣人迅速隐入了黑夜中。

张雷有些沮丧，铃铛没了，想拼命人家又跑了，没办法，他们只得回去。

狼群已经散了，赵刚和王队长正在坐着歇息。看到张雷等人回来，曲铁对张雷说："坐下，歇息一会儿，日本人的大队人马就快来了。"

众人围着曲铁坐下，曲铁说："各位小兄弟，不管你们为了什么来到这野狼谷，现在面对的都是日本人。我可以告诉大家，我们周围至少有两百个日本人，他们的目的只有一个，那就是杀光我们所有人，包括狼孩和狼煞，把当年王进举留下的大清税金弄到手。"

经过这么多杀戮，众人对即将到来的危险其实都已经有了预感。但是听到曲铁这么说，还是有些惊愕，大家面面相觑，目瞪口呆。

曲铁说："废话我也不说了，大家要想活命，只有一个办法——跟日本人拼到底。如果一盘散沙，咱一个也别想活着出去。"

李良说："这么多日本人，咱能拼得过他们？我看还不如趁早分头逃命，能活一个是一个。"

曲铁笑了笑，说："当然，有愿意自己逃命的，我老头子绝对不阻拦。我就一句话，临死的时候别埋怨我老头子就行。"

众人扭头看李良，李良屁股抬了一半，看大家没有响应的，就又落下了。

王队长说："老先生，您是前辈高人，您就发话吧，我们该怎么办。他们说话都不好使，您说就行。"

曲铁说："简单，见到日本人，咱不能服软，杀了他们，咱就能活，他们杀了咱，他们就能活！"

王队长说："还有那个俄罗斯人，叫什么洛夫的，听说当年就是他杀了王进举，这个家伙一直在林子里找金子，后来又暗中投靠了日本人，潜伏到猎头族里，这次他应该也能出现。"

曲铁点点头说："已经出现了，这个老家伙杀了不少中国人，也该到报应的时候了。"

曲铁说话斩钉截铁，似乎胜券在握的样子。众人却惶惶不安，将信将疑，就这么十多个人，还要照顾三个伤员，怎么能是那些日本死士的对手？

曲铁说要趁日本人还没完成包围的时候，找一片适合他们的地形。于是他带着众人下了山坡，经过一片山谷，打算爬上对面山坡。

然而，他们刚走出山谷，就被二十多个黑衣人挡住了去路。这些黑衣人身形矫健，动作却不是很齐整，杀气也不是很重。

曲铁叹了一口气，对他们说："你们是八大茔的吧？我说，这日本人已经投降了，你们不好好做人，怎么还去给日本人当狗？"

其中一人骂道："你给老子闭嘴！我们是来给自己抢金子的，跟日本人一根毛的关系都没有！老东西，别废话了，乖乖等死吧你！"

这些黑衣人挥刀就冲了过来，曲铁骂道："不知死活的玩意儿！被日本人卖了还替他们数钱！"

一个黑衣人回骂："老子的事不用你管！都快死了，还跑来野狼谷，你这是嫌死得慢了啊！"

孙铜头大喊道："孙子，你敢骂我师父！"他挥刀便冲了过去。那人躲闪不及，孙铜头的大刀斜着劈下，竟然把这家伙一半肩膀给劈了下来。

这个刚吹完牛的家伙，躺在地上鬼哭狼嚎，剩下的人害怕了，畏畏缩缩不敢上前。曲铁正要带着大家爬上山坡，这时从山坡一侧突然又冲过来一队黑衣人。这队黑衣人也有二十多人，皆手持日本武士刀，行动异常迅捷，杀气凛然。

他们也不说话，挥刀直杀过来。

孙铜头、曲铁、张雷等人连忙挥刀迎战。赵刚和王队长开枪射击，两人慌里慌张，一会儿就把子弹打光了，手里又没有刀，只能躲到旁边的树林里。

孙铜头、曲铁和张雷三人最能打。日本人看出这三人不好对付，转而进攻苗路和李良等武功差的。他们分出几个人缠住张雷等三个高手，又分出几个人猛攻苗路等人。张雷和孙铜头要冲过去救援，日本人就从后面袭击。苗路和皮子、小周等人勇猛拼杀，却终究抵不过日本人的车轮战，在杀了几个日本人之后，他们便连遭毒手。凶狠的日本人连受伤的伤员也不放过，把他们的肚子一一刺穿了。王队长和赵刚各抢了一把大刀过来救援，赵刚被一个日本人扔刀刺穿了胸膛，王队长吓得又躲回大树后。

曲铁大怒，加大了攻势。日本人却很狡猾，遭到曲铁攻击的日本人急忙后撤，在曲铁后面的日本人则对他发起进攻。张雷喊了一声："前辈，我给你挡着，你不用顾虑后面！"张雷给曲铁护卫着身后，曲铁一路猛杀。

日本人变化着队形，继续进攻。张雷三人趁机连杀了五六人，剩下几个日本人看形势不利，迅速后撤。

张雷和孙铜头招呼剩下的人朝山上爬。刚爬了没几步，突然传来了几声惨叫。

曲铁问张雷和王队长："山里面还有咱的人吗？"

王队长犹豫了一下，说："应该还有猎头族的人，不过我不太确定。"

曲铁一挥手："受伤的藏好别动，孙铜头和张雷跟我去看看。"

8. 真假瞿正光

曲铁三人朝惨叫声传来的方向跑去。

穿过山谷，在他们刚才经过的山坡下，发现了被包围的赵亚铁等人。

赵亚铁率领的猎头族高手有二十多人，他们被几十名穿着黑衣的日本人和八大荎的人围住，正准备朝外冲。

三人迅猛地连杀几个日本人，冲进了包围圈。赵亚铁看见来人，问："你们是什么人？为什么要来帮我们？"

张雷回道："我叫张雷，是和王队长一起进来的，您就是王队长说的猎头族的人吧？"

赵亚铁说："原来你就是张雷。没错，我们是猎头族的。"

张雷接着问："兄弟，你们找到狼煞了吗？"

赵亚铁摇头道："还没有。这一路上净跟这些日本人打交道了，要不是还要躲着这些畜生，我们早就找到他了。"

曲铁、赵亚铁和张雷各带了几个人，互相配合，朝外冲杀。但聚集的杀手越来越多，他们冲了几次，都没有冲出去，反而折了好几个人。

赵亚铁看着周围黑压压的黑衣人，说："完了。最少有两百个日本人，咱这些人恐怕都得撂在这儿了。"

曲铁转圈看了个遍，好像是在找什么人的样子。

张雷看到曲铁的模样，有些诧异："前辈，我们这都快完蛋了，您怎么还这么悠闲啊？"

曲铁慢悠悠地说："放心吧，一会儿会有人来救咱们的。"

众人皆感到惊诧。张雷正要细问，日本人突然一齐举刀，朝他们发起了攻击。大家背靠背，准备还击。

就在这时，张雷突然看到了远处有一个人正朝他们比划着什么。张雷赶紧拉住曲铁，问道："曲老前辈，您看看那个是不是您要找的人？"张雷一边说着一边用手指向那个穿着黑衣、身形瘦削的汉子。

曲铁抬头看了看，猛然打了一个呼哨。声音刚落，他们就听到了一阵凄厉的狼啸声，仿佛是狼神的呼唤，不久，就听见远近的狼都随之嚎叫起来。狼嚎之声如汹涌波涛，此起彼伏，仿佛整个老林都成了狼的海洋。

那些日本人一愣，略停顿了一会儿，又在几个小头目的催促下，挥刀冲了上来。曲铁带领众人采取守势，顽强地抵抗着日本人的攻势，赵亚铁所率猎头族战士也凶猛异常，他们互相配合，日本人的第一波进攻没有占到什么便宜。虽然有两名猎头族战士失去了性命，但却有六个日本人倒在了曲铁等人的刀下。

日本人略微调整了一下攻击队形，再一次发起进攻。相比上一次试探性的进攻，日本人的这次进攻凶猛异常，众人无法互相配合，只得单兵作战。

曲铁和张雷、孙铜头尚能勉强对付，猎头族战士面对十倍于己的敌人，很快露出了颓势，一会儿工夫，就有七八个猎头族战士倒了下去。

正在危急之时，一道黑影冲了过来。黑影来势凶猛，冲到了中间，却站住了。曲铁对着黑影大喊："狼孩，快救我们，杀了他们！"

黑影像狼一般号叫了一声，朝身边的日本人就冲了过去。他不用武器，身形如狼，一双利爪专抓人喉咙，所过之处，一个个黑衣人排着队依次倒地。

狼孩连杀十多个人之后，日本人分出一部分人马，把狼孩围了起来，对其发起猛攻。狼孩反攻了几次，都没能突围，自己身上反而中了两刀，虽无性命之忧，却浑身是血。

与正常人相比，狼孩终究是缺少心机。接连几次进攻失利之后，狼孩失去了理智，不顾一切地追着一个砍了他一刀的日本人，跟在狼孩身后的两个日本人趁机又砍了他两刀，他都不管不顾。狼孩终于追上了那个几近崩溃的日本武士，一把抓断了那个日本武士的喉咙，而紧跟在他身后的另一个日本武士，这时也一刀砍下了他的一条胳膊！

狼孩猛然转身，用另一条胳膊撕断了身后这个日本武士的喉咙。曲铁对他大喊："狼孩，快招呼你的狼啊！这么多人，你杀不光的！"

狼孩这才想起来自己还有帮手，一边挥舞着独臂自卫，一边号叫起来。一阵令人恐怖的狼嚎之声随即响起，无数只恶狼从林子里猛冲出来，冲向人群。

日本人慌忙后退，曲铁等人跑到狼孩身边，张雷撕下了自己的一个袖子，给狼孩包扎。可是血流如注，一个袖子不够，张雷干脆把整件衣服脱了下来，才勉强帮狼孩把血止住。

无数只狼包围了日本人，它们的牙齿只要咬住了一个人，更多的狼就会涌过来，把这个人撕成碎片。这些无比凶狠的日本人，面对着这群野性的、带着浓重血腥味的恶狼也都害怕了，此时他们顾不得什么队形了，甚至有人崩溃得扔了手里的刀，朝不远的树林跑去，却被附近的狼扑倒在地，再也没能爬起来。有个人想朝后缩，却被一头狼猛然拖住了裤子，然后许多只狼冲过来，这个绝望的人在号叫了几声之后，便被撕得血肉模糊。

然而，就在张雷他们以为胜利的天平已经朝他们倾斜的时候，突然从树林里冲出几十个人，他们端着火铳，对狼群大开杀戒。几十只火铳一起开火，上百只狼就倒在了血泊中。那些正在撕咬日本人的狼听到响声和火光，一下子就从人身上跳开，退了回去。

这时从林子里又冲出几十人，他们手持喷火的喷壶，把那些狼又朝后逼退了十几步。

狼孩号叫了几声，给狼群下命令，有一部分狼犹豫了一会儿之后，又冲了上来。但一阵火铳响过之后，这些狼几乎全部倒在了血泊中。

剩下的日本武士像被打了鸡血，一边"哇哇"叫着，一边又朝张雷他们冲过来。

曲铁朝前走了一步，突然大喊："八大茔的兄弟们！听我说一句话，咱是堂堂正正的中国人，别替日本人卖命了！"

曲铁这一喊，别说是中国人，那些举着武士刀朝前冲的日本人也站住了。

有人说："老头儿，你说错了，我们没有替日本人卖命，我们是在替自己卖命。瞿大当家的说了，得了金子，我们人人有份！"

又有人附和道："我们没有帮日本人，我们是奉瞿大当家的命令来找金子的。这金子让我们抢了，总比让日本人抢去要好吧。"

曲铁冷笑着说："没有你们帮忙，日本人能进得了野狼谷？你说是瞿大当家的让你们帮日本人的，我曲铁是不信的。我跟瞿正光认识这么多年，我还不知道他是什么人吗？你们这些人里面，至少有八成是八大茔的人，我叫曲铁，是当年跟瞿正光过命的好兄弟，你们应该有人认识我吧？"

人群中有人稀稀拉拉答道："认识。"

曲铁说："认识就好。瞿正光是八大茔的英雄，行得正站得直，如果他还活着，他是不会让你们跟日本人搅和在一块儿的，可惜他死了！我可以告诉你们，现在这个瞿正光是假的，他是个日本人。当年，这个日本人杀了瞿正光，假扮成他，控制了咱的八大茔。瞿正光的好多兄弟都遭到了日本人的追杀，只有我躲了起来，我整整躲了三年啊，就是为了等到这一天，我要在段钢兄弟的面前揭穿这个家伙，给我冤死的兄弟报仇！"

曲铁话音刚落，人群中一阵骚动，然后人群朝两边闪开，几个人从中间走了出来。

走在中间的，竟然是瞿正光！张雷等人惊愕不已。

瞿正光朝曲铁抱拳说："瞿正光见过曲铁大哥。"

曲铁呵呵一笑，厉声道："李天飞，你这个王八蛋！你假扮瞿正光，蛊惑八大茔的诸位弟兄，你以为真的能瞒过所有人吗？"

瞿正光笑了笑，不说话。

有人喊道："曲老头子，你疯了？你凭什么说瞿大当家的是日本人？你是不是想找死啊！"

曲铁朝众人抱拳，说："大家请相信我，这个瞿正光是假的！真正的瞿正光被他杀了！这个人曾经是瞿正光的手下，叫李天飞！这个李天飞真正的身份是个日本人！他杀了瞿正光之后，逼着陆笑生给他做了一副面具，然后他就打算杀了陆笑生灭口。陆笑生从他手里逃出来，在八大茔杀了一个人，打扮成了那个人的样子，并设法取得了李天飞的信任，成了他的手下。要不是陆笑生给我报信，我怎么能知道这个假的瞿正光会来这里？陆笑生，你装扮成别人活了这么多年，现在该露出真面目了！"

9. 生死之战

曲铁话音刚落，一个黑衣汉子走了出来。孙铜头和张雷迅速跑到他身旁，保护着他来到曲铁面前。

汉子把脸上的面具一撕，露出一张五十岁上下的脸。

许多人惊呆了："真的是陆先生！"

曲铁说："陆笑生可是瞿正光的心腹兄弟，大家不相信我，也应该相信他吧？"

陆笑生朝众人抱拳，嘶哑着嗓音说："曲掌门的话句句是真！八大茔的兄弟们，咱八大茔被这个日本人控制了整整三年啊。这个李天飞杀了瞿大当家的，后来还找机会杀了大当家的两个心腹，还有……还有我的老婆孩子！我陆笑生要不是盼着为大当家报仇的这一天，我早就离开八大茔了！兄弟们，想给瞿大当家报仇的，就到曲掌门这边来！"

有一部分人走出来，站到曲铁身边。受这些人影响，更多的人陆陆续续走了过来。

没多久，有近一半的人站到了曲铁等人的身后，剩下的差不多都是日本人了。

两边人各自举刀，曲铁正要带头冲杀过去，假的瞿正光突然喊道："兄弟们，别听这两个家伙的！大家知道曲铁当年为什么离开八大茔吗？他是因为偷了方老大的东西，才被方老大和我撵出去的，他这是怀恨在心，觉得方老大死了，没人作证了，要报复我，报复八大茔！咱八大茔的兄弟不会答应的，兄弟们，你们答应吗？"

有的喊不答应，有的没说话，还有人问："你到底凭什么证明你是瞿正光？"

假瞿正光激动地说："我还用证明吗？我瞿正光在八大茔兢兢业业几十年，谁人不知，谁人不晓？方老大死了，就有人想要颠倒黑白！你们以为真正的八大茔人会答应吗？"

曲铁嘿嘿一笑，说："李天飞，如果我把方老大请到这里来呢？"

瞿正光一愣："你说什么？方老大……已经死了，你开什么玩笑？"

曲铁冷笑一声，说："我现在可以告诉你，方老大当初是假死的！我知道你去掘过墓，但是你看到的尸体不是方老大的，是我杀了一个日本人，然后扔进去的！李天飞，我已经调查清楚了，你杀瞿正光，是奉了那个入了日本籍的清朝王爷的命令，没错吧？当年是你们两个合谋杀了瞿正光，这也没错吧？"

瞿正光狠狠地说："胡扯！你不是说方老大没死吗？你让他来作证啊！让他来啊！来了我就信了，我就服了！但是如果他来不了，曲铁，今天我就让你死在这里！"

瞿正光的声音刚落，就听见有人在树林里应了一声，说："我来了！"

众人循着声音看去，只见一个老人在一个野人的扶持下，从林子里走了出来。两人经过狼群，缓缓地走过来。那些拿着火铳的日本人要拦他们，可没见那个野人怎么动弹，就有两个日本人摔出老远，再也没有爬起来。只这一招，吓得其余日本人只敢老远地围着他们。野人看都不看他们，只管扶着老人朝前走。

张雷一愣："狼煞！"

赵亚铁点点头，小声地说："是他。"

两人一直走到曲铁面前。八大茔的人一看见那个老人，"哗"地都跪下了。

这个假的瞿正光一看不好，拔刀就要砍，被狼煞一拳打出老远。落地之后，他已经站不起来了。

方虎子朗声道："八大茔的兄弟们，你们受苦了！我方虎子躲了三年，就是为了这一天！当年他暗杀了我的好兄弟瞿正光，半年之内，又杀了我身边十一个人，把我身边的弟兄都换成了日本人！我方虎子装死才逃过劫难。好了，不多说了。我方虎子下令，是我八大茔弟兄的，马上杀死这些日本人，为瞿正光和我们死去的弟兄们报仇！"

曲铁带头，张雷和赵亚铁，还有八大茔的人，向对面的日本人猛扑了过去。要说这些日本人也确实勇猛，面对曲铁和张雷这样的高手，丝毫没有害怕，挥舞着日本刀与八大茔的人杀在了一处。

狼煞没有动手，他扶着方虎子站在一旁，冷眼看着众人厮杀。

八大茔的人平素虽然好勇斗狠，却不是对面日本人的对手。幸亏有曲铁和孙铜头、张雷等高手，加上猎头族的人，这才勉强占了上风。

狼孩站在狼煞身后，焦急地喊："师父，让狼帮帮他们吧。"

狼煞摇头，说："八大茔的人和日本人穿得一样，狼没法分清他们，贸然让狼群出手，恐怕会误伤了他们。"

狼煞紧紧盯着众人身后的树林。此时天色渐明，地上的尸体越来越多，日本人只剩下了约二十人，曲铁带领众人，已经把他们包围了起来。

在他们身后的树林里，忽然有个高大的身影一闪，便朝树林深处跑去。狼煞陡然冲出，朝树林扑了过去。

曲铁要冲过去帮忙，被方虎子喊住了："曲铁兄弟，你不用插手，几十年的仇恨，让他们自己了断吧。"

狼煞冲进树林，向那个高大的背影追了过去。

莫德洛夫朝狼煞连开两枪，狼煞躲开了一枪，但他没有想到的是，莫德洛夫开的第二枪竟然是火铳。散开的铁砂打在了狼煞的身上，狼煞摇晃了几下，咬牙继续朝前追。

莫德洛夫好像早就谋划好了逃跑的路线和伏击地点。他边跑边找机会向狼煞开枪。

狼煞虽然没有再中枪，但他身上的伤却大大延缓了他追赶的速度。追了一会儿，莫德洛夫就不见了。

曲铁让张雷和孙铜头负责注意盯住李天飞，他带着八大茔的战士，再次对剩下的日本人发起了进攻。

日本人不甘束手等死，绝地反击，发起了自杀式攻击。面对八大茔战士的钢刀，他们不躲不闪，猛砍猛杀。因为没有了生死的顾虑，他们的进攻非常有效，即便自己受伤，也必定会让对手受重伤或者死亡。八大茔和猎头族的战士们竟然被这胡乱的攻势弄得慌了阵脚。

孙铜头和张雷四处寻找，终于找到了躲在后头的李天飞。李天飞看到两人追来，吓得乱叫，这时有两个日本武士挡在了他的面前。

孙铜头和张雷挥刀，干脆利落地解决了这两个日本人，李天飞害怕了，转身就朝后跑。陆笑生突然出现，挡住了他的去路。李天飞仗着武功高强，骂了一句，挥刀朝陆笑生砍了过去。

孙铜头和张雷要过来帮忙，陆笑生喊了一声："都靠后，这个混蛋就交给我了！"

陆笑生挥刀迎击李天飞，李天飞刀法勇猛凌厉，陆笑生连连受伤。

孙铜头忍不住冲过来，一脚把李天飞踹倒在地。陆笑生拦住了孙铜头，说："把这个混蛋让给我！我要给大当家的还有……还有我的老婆孩子报仇！"

孙铜头只得退到一旁。

李天飞已经站了起来，看看情况不妙，转身又逃。陆笑生追上去，挥刀朝李天飞的后背砍去，但他没有想到，这其实是李天飞的一计。李天飞一侧身，背朝陆笑生，双手握刀猛朝后戳，大刀的一半戳进了陆笑生的肚子。陆笑生咬牙站住，想提刀再战，手却已经不听使唤了，他眼睁睁地看着自己的手松了，刀掉在地上。

李天飞得手后想逃，孙铜头和张雷已经猛冲了过来。孙铜头的刀略微快点儿，麻利地削断了李天飞的脖子，张雷的刀随后而至，狠狠地戳进了李天飞的肚子。张雷拔出刀的同时，飞起一脚，把李天飞的尸体踹倒在地。

陆笑生一直站着，看到李天飞倒下后，他嘴里念叨了一句："大当家的，老婆，孩子，李天飞死了，死在我面前了，我也来找你们了。"

孙铜头和张雷看着陆笑生慢慢倒下，两人朝他鞠了一个躬，转身加入了与日本人的拼杀之战。

此时，无论是曲铁等人还是日本人，都疲累不堪，精神处于崩溃边缘。曲铁等人的每一次进攻，面对的都是日本人疯狂的抵抗。二十多个猎头族和八大茔的人，面对着最后八个张牙舞爪的日本武士，竟然不知所措，面面相觑。

曲铁终究是老了，累得不行了，在众人后面盘腿歇息。

孙铜头和张雷回来，改变了这种对峙的局面。两人冲进包围圈，挥舞大刀，那些像疯子一般冲杀的日本人根本就不是两人的对手。他们连砍了三个日本人之后，旁边的人又有了勇气，一哄而上。剩下的五个日本人虽然勇猛，却再也不是这些人的对手，一阵混战之后，八大茔的战士付出了三个人的代价，终于把这五个恶魔一般的日本人砍成了肉泥。

第八章／金子保卫战

1. 圈套

狼煞段钢最终还是没有追上莫德洛夫。

他召唤附近的狼参与搜索，然而莫德洛夫却好像凭空蒸发了一般，消失得无影无踪。

张雷等人找到狼煞的时候，他躺在地上，脸色苍白如纸。

张雷等人把他抬到山洞里，曲铁给他找了草药，包扎好伤口。

这时张雷赶紧回去接来了王队长等人。大家商量了一番，决定留下两个八大堃的战士照顾狼煞和狼孩，让赵亚铁带着剩下的几个猎头族战士回去向老族长复命。曲铁则带着孙铜头、张雷、王队长和八大堃的人，保护着方虎子，马不停蹄地赶回八大堃。

张雷等人走到离八大堃还有十多里路的时候，遇到了几个从八大堃逃出来的人。

他们告诉曲铁等人，八大堃已经变天了。莫德洛夫逃回了八大堃，把野狼谷的变故告诉了留守在八大莝的日本人。现在那些日本人已经控制了八大莝。

那些日本人还告诉不明真相的八大莝居民，说山外面的政府要派人来剿灭八大莝的"土匪"。八大莝已经全民皆兵，六十岁以下的男人都领了刀枪，由训练有素的日本人带头，分派到各个路口把守。女人和孩子都被集中到了日本人的居住区内，说是为了保护他们的安全，其实是把他们软禁了起来，当作人质。

有部分人看出了端倪，向莫德洛夫询问事情的真相，却都被莫德洛夫杀害了。

他们这几个是偶然看到了莫德洛夫和日本人杀人，知道事情不妙，好不容易找到机会偷偷跑出来的。

一个叫老五的光棍汉告诉曲铁："八大莝完了，到处是日本人，八大莝什么时候变成了日本的天下了。曲掌门，瞿大当家的不在家，您可得帮帮我们啊。"

曲铁把在野狼谷发生的事简单跟他们说了。老五却没有太惊讶，他指着回来的十多个八大莝的人说："你们这些年轻人，真是太年轻了啊。这几年，瞿大当家的……不，是那个日本人，他做的很多事，我就觉得哪里不对劲。八大莝里好多瞿大当家的左膀右臂，都被那个日本人以乱七八糟的借口撵走了，全换成了他的人。不瞒曲掌门，我以前是瞿大当家的保镖，枪也打得嘎嘎的，我琢磨着这事不对，就找个理由退了，开了几亩田，种地去了。"

曲铁说："老五兄弟，咱得想法把八大莝的日本人杀了，把咱中国人给救出来。不过，这不是一天两天的事，我们得先找个地方住下，还得找点吃的。我们都跟日本人杀了一天一夜了，不吃点东西实在是动弹不得了。"

老五想了想，点点头说："住的地方没有问题，离这不远有个山洞，原先是瞿大当家的安排的暗哨点，里面有炕，锅碗瓢盆都有，我们几个也正想朝那儿去呢。你们先去住下，吃的嘛……我再想想办法。"

众人跟着老五，找到那个山洞，清理了挡在洞口的树枝杂草。众人进洞，找地方坐下，一会儿就呼呼睡了过去。

老五他们解决吃的办法，就是出去打猎。这个也是张雷强项，所以他就和老五几人一起出去，一会儿便打了两只狍子回来。

张雷先休息了一会儿，老五几人把狍子收拾好了，又去附近的泉子里抬了水回来，放在锅里煮。

肉熟了，休息的人刚好一觉睡醒，大家分吃了肉和汤，又继续睡。

老五几人明白自己的责任，待众人睡下后，留下一人警戒，其余的又出去打猎。

张雷他们再次睡醒的时候，又有一锅野鸡野兔肉在等着他们。

他们饱餐一顿后，开始商量办法。

老五告诉大家："八大莛里的日本人最少有四百人，除了老人、孩子和女人，能打仗的得有一百多。还有原来八大莛的居民大概有两千人，能打的有四五百人，不过现在他们都相信日本人了，这个假瞿正光这些年很会拉拢人心，给八大莛的居民送吃的喝的，还送钱，给大家治病。咱就这么点人，恐怕不好使。"

方虎子说："老五兄弟，你放心，有我们这些老东西在，肯定能把八大莛从日本人手里夺回来。"

众人商议一番，决定兵分三路。王队长带上负伤的警察回去复命，并且请求军队增援。张雷、孙铜头和三个八大莛的战士，在老五的带领下，潜回八大莛摸清情况。方虎子和剩下的人在山洞里等着他们回来。

他们不敢耽搁，王队长连夜启程，张雷和孙铜头也带着人赶往八大莛。

在老五的带领下，张雷等人翻山越岭，避开日本人设的哨卡，一路平安无事，顺利地进入八大莛的地盘。

他们一路经过零零散散的外围居住点，俱是空空落落，人迹皆无。

八大莛的居住点非常分散，远的离核心区域有十五六里路之遥。走到离核心区域还有两三里路的时候，张雷突然觉得有些蹊跷。这一路上，他们没有遇到一个岗哨，也没有遇到一个巡逻的日本人，甚至连一个八大莛里的居民都没有遇到，这实在是有些说不通。

经过在山林里这些日子的历练，张雷变得十分谨慎。他把心里的疑虑跟孙铜头说了，孙铜头也深有同感，问张雷怎么办。

"马上回去，别中了日本人的圈套。"张雷很干脆地说。

张雷带着众人原路返回，刚走了不远，将要走到一处淘金人的居住点的时候，张雷发现问题了。老五变得殷勤了，一个劲儿地让大家快走。

张雷拍了拍孙铜头的肩，示意他注意这个老五。孙铜头点头表示明白，紧紧跟在老五的身后。

越来越接近居住点了，张雷发现居住点的一间屋子里，有一个微弱的红光突然闪了一下。走在前面的老五转过头，突然大声喊道："大家快点啊，过了淘金人的屋子，前面就安全了。"

老五喊完，猛然加快步子，朝前面跑去。看这个家伙要跑，孙铜头紧跑几步，把老五按倒在地。

几乎同时，他们的身前身后突然亮起了许多火把。有人喊："前面是张大爪子的徒弟吧？你识相点儿，乖乖投降吧。你们已经被包围了，如果反抗，只有送你们去见阎王爷了。"

声音是蹩脚的、带着俄罗斯腔调的汉语。张雷明白，这个人应该就是那个莫德洛夫了。

2. 破瓮而出

张雷他们别无选择，只能投降。

莫德洛夫走过来，他弯腰推开孙铜头，把老五从孙铜头的手下拽出来。张雷大骂："老五，你还算是个中国人吗？！"

老五不敢回声，躲在莫德洛夫的身后。莫德洛夫围着张雷转了半圈，问道："你就是张雷？张大爪子的徒弟？"

有人过来，把张雷他们带的刀枪给夺了过去。

张雷说："是啊，怎么了？"

莫德洛夫摸了下鼻子，说："我和你师父是老朋友了，他还好吗？"

张雷"哼"了一声，说："好着呢。"

莫德洛夫点头，说："那就好。你师父是一条好汉，不过，张大爪子当年败在了我的手里，现在你也被我抓住了。下一步，我要抓住段钢，找到金子，这个几十年的故事就算完美结局了。年轻人，我很感谢你能到这里来，我现在只要把你们被我抓到的消息送给段钢，他就会来救你们。这里可不是野狼谷，他只要来了，我就有办法抓住他，然后就能把他当年藏的金子给找出来。"

莫德洛夫一挥手，几个日本人冲过来，把张雷几人五花大绑，拖着走进了八大茔，关进了当年用来关押犯人的铁笼子里。

莫德洛夫得意地对张雷说："小兄弟，段钢隐藏了几十年，就是为了杀我，你又是他结拜兄弟的徒弟，现在不管是为了救你，还是为了杀我，我相信他都会很快赶过来的，你说呢？"

张雷骂道："'老毛子'，你不要脸，无情无义！你就是个畜生。"

莫德洛夫毫不生气，摇摇头，叹了一口气说："年轻人，这是个丛林社会，你要想生存，只能不择手段打败周围的人。就说这八大茔，能在这里生存下来的人，哪个人身上没有几条人命？瞿正光是这里大当家的，你知道他为了当上这个大当家，杀了多少人吗？不，你不知道，所以，你这种人只配乱喊乱叫，活得稀里糊涂。"

莫德洛夫走后，众人垂头丧气。孙铜头说："这个老五是莫德洛夫的奸细，跟他一起的那几个人估计也够呛，师父他们危险了。"

张雷说："我们得想办法，让人送信给前辈。"

"怎么送信？我们都被关在这里，控制这里的都是日本人。"

张雷看了看旁边一起被抓的八大茔的人，问道："兄弟们，你们在这儿有亲戚朋友吧？"

三人都点头说："有啊。"

紧接着其中一个人说："有也没用，他们现在都被莫德洛夫的人看了起来，谁敢出来？"

张雷说："这也说不定。八大茔到底有多少人，谁也没个准。这个'老毛子'把人抓起来，也只是抓了这周围的，外面他不知道的人多了去了。这附近山沟里，哪个山沟没几个人？"

孙铜头点头，说："你说得有道理，有人是有人，那也得敢过来才行啊。"

张雷信心十足地说："会有人来的。"

莫德洛夫每天派人送两顿饭，张雷他们倒是饿不着。不过没有放风的时间，大小便他们都只能在笼子里解决。

他们就这样被关了两天，这两天，居然没有一个人经过附近，不过曲铁他们也没被莫德洛夫抓过来，众人这才安心了一些。

第三天夜里，突然刮起了大风，下起了大雨。大风刮得铁笼子晃来晃去，负责看守张雷他们的两个人，一个是年龄大些的日本人，一个是年轻的八大茔的人。被关着的一个八大茔战士哀求那个年轻人，把他们放出来找个地方避雨，年轻人有些犹豫，跟日本人商量了一下，日本人不同意。于是被关的三个八大茔战士便开始破口大骂，日本人走过来，竟然朝他们三个连开三枪，三个战士就这样倒在了血泊中。

年轻人被日本人的行为惹怒了，一枪结束了这个日本人的性命，用钥匙打开了铁笼子。张雷和孙铜头抢了已经死了的日本人的枪，跟着年轻人跑进了山里。

张雷三人冒着倾盆大雨，一口气跑出了八大茔的地盘，找了个山洞歇息，一直等到天光大亮，三人才回到曲铁他们待着的山洞。

让他们失望的是，曲铁他们不见了，山洞里空空如也。张雷和孙铜头都猜不出他们的去向，加上疲累之极，三人决定先在山洞里住下。曲铁他们不管到哪里去了，都应该会派人来联系他们。

救了张雷的小伙子叫孙富春，据他说，他是大名鼎鼎的山东莱阳孙孔阳的后人。张雷听师父说过此人，据说孙孔阳善用九节鞭。江湖中有一个传说，说孙孔阳让人在八仙桌上放一瓷碗水，他蹲在八仙桌底下，挥舞九节鞭打碗里的水，能把碗里的水都打干净，瓷碗还完好无损。

不过这个孙富春不会用九节鞭，武功平平，他对莫德洛夫的行为也不大了解，是一个典型的糊涂蛋。

张雷三人在山洞里待了三天，也不见曲铁派人来联系他们。张雷猜测曲铁肯定是遇到麻烦了。孙铜头坐不住了，和张雷商量要出去找人，张雷同意他的想法。

三人把洞口伪装好，白天在八大莛附近转悠，晚上就偷偷回来。他们找了两天，没有任何收获。第三天晚上回来的时候，发现早上出发时伪装好的洞口被人扒开了。

张雷和孙富春子弹上膛，孙铜头提着刀，三人靠近洞口，发现有一个人躺在洞口一侧。

孙铜头跑过去，把趴在地上的人扶起来，竟然是曲铁！

张雷蹲下，仔细察看了一下。曲铁脸色苍白，衣衫破烂，左腿有枪伤。不过幸运的是，腿上的伤是贯通伤，子弹没有留在体内。曲铁的昏迷应该是流血过多所致。

张雷在山洞里找到半瓶酒，把曲铁伤口处的烂肉清理掉，用酒消毒后，带他包扎了起来。

经过这一番折腾，曲铁终于醒了。他喝了一碗热水，向张雷他们简单说了他这几天的经历。

张雷几人一宿都没有回来，曲铁他们商量了一下，留下方虎子和一个跟老五一起逃出来的老人在山洞等他们，其他人由曲铁带领，出去寻找张雷等人。

带路的是两个跟老五一起逃出来的汉子。

让曲铁没有想到的是，这两个说着流利中国话的家伙竟然是日本人。他们带着曲铁直接走进了莫德洛夫的伏击圈。这个狠毒的"老毛子"，在山谷里埋了地雷，十多个八大莛的兄弟直接就被炸飞了。曲铁带着几个人冲出来，莫德洛夫带人在后面追击，大家都跑散了，那些兄弟也不知死活。他受了伤，躲进一条干沟里，这才没被那些搜山的日本人发现。

张雷把他们的经历也简单跟曲铁说了，又把孙富春介绍给曲铁。

曲铁闭着眼听完，睁开眼说："方虎子如果没死，现在估计也落到他们手里了。张雷，我们得赶紧走！这个'老毛子'比李天飞狠多了，他很快就会找到这里。走，快走！越快越好。"

张雷自然知道此事的严重性，他收拾了一点东西，孙铜头背起曲铁，就和孙富春一起出了山洞，跑进了旁边的林子里。

3. 灭族之祸

张雷对莫德洛夫的印象，起初并不深刻。他只是偶尔听师父提起这个俄罗斯人，都是当故事听。在他的印象中，这个俄罗斯人即使没死，几十年过去了，也应该是弯腰驼背，行动困难了。

但张雷万万没有想到，这个老家伙竟然还这么强壮。他更没有想到的是，这家伙比师父当年遇到他的时候更加凶残，得到金子的欲望，不但没有随着岁月的流逝而消逝，反而更加强烈。

张雷终于明白，像莫德洛夫这种人，只有把他消灭了，他的凶残和欲望才会消失。他只要还有一口气，都会疯狂地执行他的想法。为了这一天，这个"老毛子"等了三十年。如果不是张雷他们进来，打破了老林子里各种力量的平衡，也许他等到老死也等不到机会。现在机会就在他的面前，这次他如果不紧紧抓住，那他至死也不可能再找到那些金子了。因此，这个"老毛子"肯定是不会善罢甘休的。

张雷边跑，边想着要怎么对付这个混蛋。

他们一口气跑出了五六里路，一路上并没有发现异常。张雷觉得莫德洛夫应该没发现他们，他们应该是安全的，就停了下来。

此时月挂中天，孙铜头让师父半躺在自己腿上，他和张雷背靠背歇息。

经过几个月的奔波，他们找到了失踪的警察，杀了一路跟踪他们的日本人，本以为已经胜券在握了，没想到现在却被这个半路杀出来的俄罗斯人搞到这种地步。看着天上的月亮，张雷想到了在家里等着自己的妻子，忍不住叹了一口气。

孙铜头听到了，问："咋了，想老婆了？"

张雷幽幽地问："你怎么知道？"

孙铜头呵呵一笑，说："人在这种时候，最容易想家。"

张雷说："我们一开始进老林子的时候，就想着怎么找到那几个警察，抓到犯人。真是想不到，我们会遇上这么多事，死了这么多人，现在又到了这种地步，想起来真像是做梦。"

孙铜头说："我们常年在老林里的人，早就没这些想法了。能活一天，就高兴一天，想多了没用。"

张雷说："孙大哥，这附近有没有合适的地方？咱先住下，曲老前辈这身体，得找地方好好养一养。他年龄大了，这么折腾下去会出事。"

孙铜头抓着脑袋想了想，说："离这儿最近的，就是几个金户子。路不好走，差不多有十里远。"

张雷正要说话，曲铁咳嗽了几声，说话了："别耽误时间了，赶紧去找段钢。莫德洛夫的最终目标还是他，咱得赶紧告诉他做好准备。这个'老毛子'掌握了八大茎，很快就要算计段钢。"

张雷说："我听王队长说，猎头族的人也会帮助段钢，莫德洛夫想进入野狼谷，应该没那么容易。"

曲铁说："你们还是不了解这个'老毛子'。当年瞿正光让猎头族独立出去，最主要的目的就是让他们帮助段钢。这个'老毛子'改了一个中国名字，投奔了猎头族，背后肯定有人指使，猎头族里也肯定有不少的日本人和俄罗斯人。莫德洛夫现在在八大茎得了手，必定会派人去袭击猎头族。唉，猎头族的这些汉子，这次恐怕危险了。"

张雷急了："那我们赶紧走，给他们报信去！"

曲铁摇头，说："我们能想到的，这个莫德洛夫肯定比我们早一步想到。如果我没有猜错，现在猎头族应该已经被莫德洛夫控制了。"

孙铜头张大了嘴巴："这么狠？"

曲铁说："能为金子等三十年的人，他能不狠？三十年了，他能做多少事？以前是我们太忽视他了，现在没别的办法，只能赶紧去找段钢。只有段钢才能对付这个家伙。"

孙铜头问："师父，这路可不近呢，您受了伤，我们……"

曲铁说："别磨叽了，这点伤我还能扛得住，赶紧的。"

孙铜头背着从山洞带的吃的用的，张雷背起了曲铁，几个人朝野狼谷的方向前进。

走了一会儿，孙铜头突然听到了轻微的脚步声，他赶紧拉着张雷躲到了旁边。

脚步声越来越近，没多久，一队急速行进的队伍出现在他们的视野里。这支队伍有近五十人，皆一身黑衣，前头几个扛着钢枪和火铳，后面的则一色背着日本刀，偶尔还有腰里插着王八匣子的。

这些人行色匆匆，整齐有序，一看就是常年在山林行走的人。

队伍过去，四人继续赶路。

孙铜头说："是八大莝的人。"

曲铁说："是去打猎头族的，他们应该不止这些人，肯定是留下了一部分在猎头族，这些是回来复命的。"

张雷还是不肯相信："前辈，您怎么能这么肯定？"

曲铁说："别人我不敢肯定，这个莫德洛夫我敢。"

张雷犹豫道："那我们是不是要去猎头族看看？那些汉子可不是孬种，'老毛子'应该不会那么容易得手。"

曲铁说："他们身手不错，脑袋可不一定管用。要是管用，猎头族的老族长能留着这个祸害在他们那儿住了这么多年？你以为八大莝的人就不是好汉了？无论是猎头族还是八大莖的人，他们都是好汉，可是脑袋早就被这个'老毛子'灌迷糊了，都想着分金子。要是他们知道这个'老毛子'会玩死他们，他们能跟着这个'老毛子'干吗？别啰唆了，赶紧走！"

一直走到天蒙蒙亮，几人才找了一处山坡歇息。孙铜头把一个土豆剥了皮，让曲铁吃。张雷拿了一个土豆，边吃边朝前探路。

他走了一会儿，正要转身回去，突然听到有人喊："是张雷大哥吧？"

张雷一愣，觉着这声音有些熟悉，又不是很熟悉。他拔出刀，警惕地观察着四周，不说话。

那人继续说："我是赵亚铁啊，张雷大哥！"

话音刚落，从树林里走出一个头顶着树枝、脸上画着白条的汉子。张雷走过去一看，没错，正是赵亚铁。

张雷转着圈，围着赵亚铁看。赵亚铁纳闷地说："张大哥，你看啥啊？"

张雷说："那个'老毛子'没进攻你们猎头族？你怎么好好的啊？"

赵亚铁低下头，说："去了。不过不是他打的，是我们自己人打自己人。那个'老毛子'带着人在外面围着，他们没动手，那些内奸在里面动手了。我们没有准备……败了。"

张雷还是狐疑："你咋好好的？你们族长呢？"

赵亚铁说："我们族长……被他们杀死了，全家人一个没剩。我找到族长的时候，族长还有一口气，让我带着这些人冲出来找你们。张雷大哥，你得带我给族长报仇啊！"

张雷叹口气，说："兄弟，不瞒你说，我们现在……算了，走吧，我带你见曲老前辈去。"

赵亚铁朝身后一挥手，三十多名头顶树枝的壮汉从树林里走出来。张雷对着众人点点头，带着他们来到曲铁和孙铜头休息的地方。

曲铁老远看到这么多人过来，努力坐直了身子。赵亚铁过来，朝他鞠躬："赵亚铁拜见前辈。"

曲铁长出一口气，摇摇头，问："你们族长，我那兄弟……还好吗？"

赵亚铁低声说："被那个没良心的'老毛子'派人杀了。前辈，族长有封信，让我交给您。"

　　张雷接过信，递给曲铁。曲铁看了看，仰天长叹："我竟然没有想到，那个叫李天飞的日本人，跟这个'老毛子'竟然是同伙！他们……他们竟然都是受命于那个老不死的清朝王爷！"

　　4. 大清王爷

　　曲铁告诉张雷和孙铜头，猎头族的族长跟他和瞿正光，当年都是好朋友。他们发现了日本人的阴谋，却都忽视了那个莫德洛夫。当年，王进举带着张大爪子和段钢出来找清朝王爷交税金，遭到了莫德洛夫的袭击。这个已经逃到日本去的老王爷听说了此事后，派人通过留在老林子里的黑龙会成员找到了段钢。段钢听说老王爷投靠了日本人，不肯把金子交给老王爷，老王爷恼了，派人追杀段钢。段钢受到了瞿正光的保护，老王爷这才派了李天飞进入八大茔，并找到了莫德洛夫。莫德洛夫当时正走投无路，便投到了这个老王爷麾下，成了他的走狗。

　　张雷点头："我就说嘛，要是没有人当'钩子'，莫德洛夫怎么会这么快就控制了八大茔，这个老王爷，真不是啥好玩意儿。"

　　有赵亚铁带的这三十多个猎头族汉子加入，张雷他们行进的速度快了不少。赵亚铁很麻利地用树枝给曲铁做了一副担架，担架上铺了他们带出来的皮褥子，曲铁躺在这个担架上，比让张雷他们背着舒服多了。

　　他们紧赶慢赶，走了十多天，就在离野狼谷还有半天路程的时候，突然出了一件大事。

　　张雷失踪了！确切来说，是张雷被人劫持了。

　　那天下午，张雷走在最前面，突然听到师父张大爪子的声音："张雷，你别过来！"

张雷一愣，喊了一声："师父？"

师父没答应，却又喊了一声："张雷，你别过来……"

后面的声音张雷听不清楚，仿佛有人捂住了师父的嘴。张雷怕师父有危险，来不及跟后面的人打招呼，拔出刀，循着声音就走进了树林。

他刚进去，头上就挨了一棒，晕了过去。

张雷醒来的时候，已经是晚上了。他睁开眼，发现面前点了一根蜡烛。这让他有些恍惚。他至少有两个月没有见过蜡烛了，甚至已经没有了晚上要点蜡烛的念头。这段日子，他习惯了晚上在山林里跋涉，眼睛似乎也进化了，即便是漆黑的晚上都能看见东西。

此时，张雷看到蜡烛，恍然有种回到正常生活、回到家的感觉。

张雷再朝周围看，愣住了。他果真看到了师父！不过师父是坐在地上，被人反手绑在一根柱子上。师父的胡子老长，闭着眼，好像是睡了过去。

张雷想喊，这才发现自己的嘴里被人塞了东西，发不出声音。他想站起来，又发现自己也被人反绑在柱子上。

张雷以为自己是在做噩梦，他拼命挣扎着，想让自己醒过来。张雷挣扎了好长时间，终于看到有个穿着一身西装的男子走过来，踹了他一脚："老实点儿！再耽误老子睡觉，老子杀了你！"

张雷"呜呜"叫着，示意这人把他嘴里堵着的东西弄出来。那人厌恶地看了他一会儿，把他嘴里的破布拽了出来。

张雷猛吐了几口，把嘴里残余的线头什么的吐出来，问那男子："我这不是做梦？"

男子冷笑一声："是，看到对面的老头儿了吧？你不做梦能看到你师父？"

虽然听见这人这么说，但张雷从这个人冷酷的表情上看出来，这不是做梦，他就这么稀里糊涂被人抓了。他刚要说什么，男子猛然捏着他的鼻子，趁他喘气的工夫，把那块破布又严严实实地塞进了他的嘴里，说："为了抓你，老子两天两夜都没睡好觉了。我告诉你啊，你再叫唤，我就弄死你！反正王爷也不知道我抓的是死人还是活人，弄死你我照样领赏钱。"

张雷说不出话，可是耳朵照样好使。他说的王爷是谁？难道就是指使莫德洛夫和李天飞的那个老王爷？

张雷看着对面的师父，张大爪子似乎被灌了药，一直处于昏迷当中。张雷此时心里暗想：老王爷把师父抓到这里干什么？师父现在就是一个普通的乡下老头儿，又老又穷，手里也没有黄金，难道让他来跟狼煞分金子？

张雷脑子里乱七八糟想了好长时间，什么事都没想明白，又稀里糊涂睡了过去。

张雷再次醒来的时候，天已经亮了。外面传来一阵阵清脆悦耳的鸟叫声，这让张雷明白了自己所处的位置，果然他们还在林子里。

师父仍旧被绑在对面的柱子上，依然是闭着眼，仿佛睡过去的样子。

不过张雷能看出来，他们对师父比较放心，不像对自己那样五花大绑。

张雷"呜呜"叫了好长时间，那个穿着西装、头发抹得锃亮的家伙，才打着哈欠走了出来。他围着张雷转了一圈，没说一句话，转身就走了。

张雷接着发出"呜呜"的声音，穿西装的男人刚走出去，就又回来了，他对张雷说："别急，等着哈，我估摸着中午的时候，你们就自由了。"

张雷一愣。自由？什么意思？这人难道要把他们放了？

事实证明张雷想错了。中午的时候，果然来人了，来人还不少，却丝毫没有放了他们的意思。

有点怪的是，在人还没来之前，穿西装的男人看起来好像还很紧张。他在张雷他们待着的这个茅屋里洒了水，还用树枝打扫了两遍，然后他就站在茅屋外面，毕恭毕敬地等人。

他站得笔直，在外面等了好长时间，张雷都替他感到累。最后，终于把人等来了。

来人非常有派头。首先是一队穿着青衣的人跑进屋子，进屋后马上分成两队，每队五个人，沿着门口排开。然后又跑进来两个年龄大些的、手持大刀的壮汉，站在了张雷和他师父的面前。

这些人都站好后，一个穿着长袍马褂、瘦高个儿、两只小眼射着精光的老头儿才慢悠悠地走了进来。那个穿西装的家伙跟在他后面，点头哈腰，像个孙子似的。

老头儿先是走到张大爪子面前，围着他转了一圈，点了点头，然后才捎带着看了看张雷。

他很和蔼地问张雷："听说你是张大爪子的徒弟？"

张雷这才看见这个王爷的正脸，原来就是之前他在林子里见到过的那个自称王爷的人。

张雷冲他点头，喉咙"呜呜"叫，希望这个老王爷听到声音，能把堵在他嘴里的东西拽出来。老王爷却似乎根本没拿他当回事，直起腰，对张大爪子摆摆手，便走出了屋子。穿西装的那个家伙解开了张大爪子身上的绳子，那两个站在旁边的壮汉一人一条胳膊，架起了张大爪子便朝外走。

张雷以为他们要杀人，在后面拼命地叫。穿西装的家伙走过来，小声说："急啥？一会儿就轮到你了。"

听到这话，张雷像被扎了一针的皮球，迅速泄了气。直到这时，他才发现，自己原来也是怕死的。他想到了还在家里等着自己的妻子，不知她现在在干什么？还有门前的那块小菜地，种上菜了吗？应该没人欺负她吧？师父被抓到这里来了，她是否知道？张雷想，最好她什么都不知道，这样，她就不用担心了。但是，她早晚会知道自己的死，那……那也是没有办法的事了。

张雷心里胡乱猜疑了一会儿，两个壮汉就又回来了。穿西装的男人麻利地解开了他身上的绳子，这两个壮汉便架着他，走出茅屋。

茅屋外，鲜花盛开，高大的树木遮天蔽地。张雷仰头呼吸了几口带着香味的空气，便被这两人拖着，朝前走了一会儿，钻进几棵大树遮掩下的帐篷里。

帐篷内外都站了一圈人。张雷知道，这个老王爷不是一般人。但是他到底想干什么，张雷也想不明白。

帐篷里铺着猩红的地毯，两边摆放着几把可折叠的椅子。老王爷坐在面对帐篷门的椅子上，他的前面摆放着一张小巧的白色桌子，桌子上摆放着茶杯茶壶。

　　两个壮汉把张雷按在离老王爷最近的一把椅子上，然后把他双手绑住，其中一人伸手把他嘴里的破布给搋了出来。

　　张雷"哇哇"地干呕了一会儿，老王爷招呼旁边的壮汉给张雷端了一杯水，张雷抻着脖子喝了几口，这才感觉好多了。

　　老王爷朝张雷笑了笑，说："壮士，我知道你叫张雷，是张大爪子的徒弟，你知道我是谁吗？"

　　张雷摇头。

　　老王爷站起来，走到张雷旁边，说："三十多年前，像你这样的土包子，做梦都想不到，能跟堂堂的大清王爷这么说话。那时候，全天下都是我们的，本王出行前，要黄土垫路，封路鸣锣，前有我们满族八十名武士开路，后……"

　　老王爷说到这里，眼神突然哀伤起来："唉，可惜啊，现在想到过去，本王感觉就是在做梦。世事沧桑，造化弄人，如今我老头子也不得不钻到这老林子里，来找回原本属于我的东西。"

　　张雷明白了："我知道你是谁了，你是管东北税金的大清王爷！"

　　5. 忠义之论

　　老王爷点头，说："正是本王，年轻人，你是怎么知道本王的？"

　　张雷说："听我师父说的。他说当年他和段钢护送王进举从老林子里出来，就是要去找一个王爷，这个王爷负责东北税金，倒霉的是，他们半路遭到了莫德洛夫带领的一帮土匪的袭击，税官王进举被杀。王爷，王进举可是您忠心耿耿的属下啊，王进举被人杀了，您这么厉害，是不是应该给王进举报仇啊？"

　　老王爷一愣，又恼了："本王怎么做，不用你这个后辈小子评价！本王把你和你的师父请来，是让你们给我找回属于我大清的金子。找到后，本王重重有赏，如果你们愿意，本王让你们去日本定居，如果找不到，那可就别怪本王不客气了！"

张雷问："王爷，您打算怎么个不客气？"

王爷逼视着张雷："本王会要你们的小命！我可以告诉你，我的手下不止抓到了张大爪子，还有人严密监视着你的老婆，她就住在山下的一个茅屋里，茅屋前面还有一小片地。怎么样，我说得没错吧？如果找不到我的东西，她也活不成！"

张雷气得浑身哆嗦，他想要站起来，却被身边的两个壮汉按住。张雷跺着脚骂："你这个老不死的，你要是敢动我老婆，我张雷做鬼也要杀了你！"

老王爷笑了笑，摇头说："年轻人，自大清末年至今，本王杀人无数，也无数次历经生死劫难，用这个吓唬本王，毫无用处。你就告诉本王，你是否愿意跟你师父一起，帮本王找到那批金子。"

张雷怒骂道："滚！你现在已经成了日本人，凭什么来要金子！这金子是属于我们中国人的！"

老王爷走到张雷面前，恶狠狠地说："这些金子，是大清的税金！我是大清负责这批税金的王爷，当年王进举带着张大爪子和段钢出去找我，他们没有完成任务，现在，你和你师父必须完成当年他们没完成的任务，把这批金子交到我手上！"

张雷哼了一声："要是我不愿意呢？"

老王爷说："你不愿意，我也能找到金子！现在八大莛和猎头族都被本王控制了，这老林子里，再也没人能帮助段钢了。现在只要我一声令下，就能抓到狼煞。"

张雷冷笑道："你以为你抓到狼煞，他就能把金子给你？狼煞最恨莫德洛夫和日本人，他要是知道你利用莫德洛夫，还勾结日本人杀害了瞿正光，控制了八大莛，他宁可一死，也不会把金子交给你。"

老王爷点头，说："所以，我要你跟你师父一起去找狼煞。现在张大爪子已经同意，就看你的了。当然，即便你不同意，张大爪子也能帮我找到税金，但是，如果那样，你会害了你的家人。年轻人，我可以告诉你，这个世界上最宝贵的还是自己的家人，什么忠义之心，那都是扯淡。你听我的，我不但会放了你的家人，还会给你一大笔钱，保证你这辈子都花不完，怎么样？"

张雷想了想，问："我师父真的答应帮助你们了？"

老王爷有些得意地说："当然。识时务者为俊杰，你师父可是一个真正的英雄。何况把金子送到我手里，是当年王进举留给他的任务。"

张雷说："那我要见我师父。"

王爷把两个壮汉叫到一边，三人商量了一会儿。两个壮汉就走过来，蒙上了张雷的眼睛，对他说："王爷同意了，我们这就带你去见你师父。"

张雷被两人带到另外一个帐篷里，摘下了眼罩。张大爪子正盘腿坐在地上，看着张雷等人。

两个壮汉解开了绑着张雷的绳子，转身走了出去。

张雷朝外看，张大爪子咳嗽了一声，示意他别看。

张雷过去，鞠躬道："师父，您怎么到这儿来了？您没事吧？"

张大爪子说："我这么大年纪了，能有什么事？没事。"接着他朝帐篷外看了一眼，低声说："外面这些人都是高手，别惹他们。"

张雷小声说："师父，那个王爷说您同意帮他找金子。您真的同意了？"

张大爪子点点头，说："同意了。要是不同意，咱两家人现在都没了。"

张雷惊愕道："师父，那个王爷现在可是日本人了，他还让莫德洛夫杀了瞿正光，控制了八大莖，您……"

张大爪子示意张雷小声一点，说："这些我都知道，听师父的没错。我们先答应这个老家伙，等到了野狼谷，我再想办法。金子是咱中国人的，我要是帮日本人把金子弄到手，我还算人吗？"

张雷小声说："师父，外面就两个人。我干脆弄死他们，带你跑算了。这后面两步远，就是树林子。"

张大爪子怒目道："那咱家里人怎么办？你能想到的，你以为那个王爷会想不到？别乱想了，你回去告诉那个老东西，就说你答应帮他找金子，别的不要多说。见到段钢后，看我眼神行事。"

张大爪子年纪大了，行走缓慢，老王爷让人做了一顶简单的轿子，抬着他，便开始朝野狼谷行进了。张雷这才知道，老王爷竟然带了百人左右。他目测了一下，这一百人中，至少有六十个日本人，剩下的四十个也大都是武功高手。他们寡言少语，除了跟在老王爷身边的两个壮汉，其余众人腰里皆有手枪，手中有刀。

这一行人虽然身手矫健，却不太善于在山林里行走，他们走上两个小时，就要歇息一会儿。日本人带的食品非常丰富，有各种鱼肉罐头、饼干蛋糕，张雷和张大爪子敞开肚皮吃，竟然觉得有些惬意。

张雷一开始担心会遇到赵亚铁一行人，走了两天后，他知道他们明显是落在了赵亚铁后面，于是也就放心了。

张雷知道，以曲铁的做事风格，在他失踪后，又在附近搜寻不见，一定会加快速度去找段钢，让段钢帮忙找人。

这让张雷很放心，以赵亚铁他们的实力，现在还不是老王爷的对手，如果两方相遇，吃亏的会是赵亚铁他们。

晚上，老王爷心情好了，还会让人叫上张雷和张大爪子一起喝酒。老王爷带的都是好酒，喝起来那叫一个爽。

三杯酒下肚，老王爷还会跟张大爪子唠起王进举："王进举是大清国的忠臣啊！我听说他为了找我被杀了，本王好多天没睡着觉啊。我后悔，他这么一个不起眼的小官，当年都没有机会见到我，却能在大清倒台后，还去找我送税金，这种人，现在不多见喽。"

张大爪子说："王爷，既然这样，您为何不杀了莫德洛夫，给他报仇呢？"

老王爷摇头，叹气道："要是在大清朝，我早就把这个'老毛子'碎尸万段了。可现在不行啊，不能为了一时之气，杀了人才。等我忙完此事，这个'老毛子'也就没啥用处了，到时候我会杀了他，给王进举报仇的。"

张大爪子问："王爷，如果这个'老毛子'还有用呢？"

老王爷沉默了一会儿，说："有用那就得继续用啊！张大爪子，我们都是这么大年纪的人了，凡事要懂得权衡利弊，最忌意气用事。王进举已经死了，杀了这个'老毛子'，王进举也活不过来。杀不杀他，就看他能不能继续给本王服务了。来，喝酒。"

张雷说："王爷，您以前可是大清的王爷。您现在投靠了日本人，您觉得这合适吗？您可别忘了，大清就是被这些日本人弄成这样的，照理说，您应该是最恨日本人的，怎么现在反过来帮他们做事啊！"

老王爷笑了笑，摇摇头，说："年轻人，你要是多读点儿书，再活到我这个岁数，你就什么都明白了。这个世界上什么都会变，只有利益永远都不会变。日本人确实可恨，可现在我只有靠着日本人才能找到这些金子，而且日本人给了我优渥的生活条件，为此，我也只能和他们合作，懂吗？"

张雷"哼"了一声，不说话了。

老王爷摇摇头，继续说："人皆自私，自己脖子后面的灰，谁都看不到。这个世界上，根本就没有绝对的好人和坏人。我曾经是大清的王爷，这里面的门道我看得最清楚了，我告诉你们，别让人忽悠着去想什么忠义气节，那都是扯淡。没人在乎你的大义，他们看到的只是他们的利益。算了，说这些你们也不懂，喝酒。"

张雷问："王爷，您也不在乎王进举的大义吗？"

老王爷很严肃地点头，说："在乎，不过要看时辰。现在本王自身难保，只能先顾着自己了。"

王爷对张大爪子和张雷看起来很客气，但实际上却对他们两个充满了警惕。赶路的时候，张雷和张大爪子都是分开的，晚上歇息的时候，两人也被分开，各有八个人守着他们。两人很难找到机会交流。

给王爷带路的向导，是八大叁的一个老猎户。老猎户寡言少语，张雷几次试图跟他搭话，他都是一副爱搭不理的样子。

终于到了野狼谷附近，老王爷下令早早歇息，明天一早进野狼谷。众人早早吃饭，早早躺下歇息。

6. 交锋

　　第二天，张雷起来后，发现除了老王爷身边的十多个随从，竟然每人都扛着一挺崭新的捷克式轻机枪！张雷跟周围的人打听才知道，昨天晚上有一支神秘的马队突然来到，他们从马背上卸下东西，便匆匆离去。除了老王爷和他的几个随从，没人知道这些人的来历。他们卸下的东西，除了补给，便是这些轻机枪。

　　张雷这才发现，自己低估了这个老王爷。他原先的想法是，这一百人进入野狼谷，根本不是那些野狼的对手。只要那些狼发起进攻，老王爷的人马必定大乱。到那时候，他就有机会联系狼煞，对付老王爷了。

　　他没有想到，老王爷竟然还有这么一招。

　　"狼煞是什么人？他肯定知道我老头子到这儿了。到了野狼谷，我才让人连夜把这些硬家伙弄进来，就是要给狼煞一个措手不及。我倒要看看，是他的狼厉害，还是我的这些机枪厉害。"老王爷得意地对张雷说。

　　张雷无言以对，他老远看了看师父。张大爪子坐在简陋的轿子上，正闭目养神，好像这些事情都跟他没有关系似的。

　　张雷心里稍微安稳一些。他了解师父，师父的这种状态，表明事态都在他老人家的掌控之中。

　　一直带路的向导这时候却害怕了。他想逃跑，但被老王爷的手下追了回来，用枪逼着，带着众人走进了野狼谷。

　　野狼谷的狼群似乎也知道这些人的厉害，皆不见踪影。进入野狼谷后，向导的使命完成，从老王爷处领了赏钱，转身就走了。老王爷朝身旁的壮汉点了一下头，壮汉尾随而去。他们走后不久，众人便听到两声枪响。张雷浑身一抖，终于知道这个老王爷到底有多阴狠了。

　　带路的任务交给了张雷。为了防止张雷跑掉，老王爷在他的后面安排了两个握着手枪的和两个提着机枪的壮汉。张雷带着老王爷一行人在野狼谷绕着弯走，边走边思考对策。

张雷其实能找到狼孩住的山洞，但实际上他对野狼谷也不熟悉。他基本上是带着老王爷的人在山里瞎转。有一次，张雷突然发现前方不远处就是狼孩住的山洞，他吓了一跳，幸亏老王爷没有发现，他赶紧带着他们离开。

老王爷不傻，第三天下午，他让人把张雷叫到面前，对张雷说："玩够了就带着本王干正事吧，我可没有时间一直跟你这么玩下去。"

张雷正要申辩，老王爷指着他身后的人说："我这里的人，有不少是经过山地战训练的军人。刚刚经过的山坡，我们已经两次从这里走过了。你敢说不是？"

老王爷一声令下，让人把张雷结结实实地绑了起来。老王爷看着扭动挣扎的张雷，说："你心里打的什么算盘，本王看得一清二楚。我再给你一天时间，如果到了明天晚上还找不到狼煞，你和你师父就没必要活着了。当然，还有你们的老婆孩子。"

老王爷念及张大爪子当年的忠诚，没有绑他，但也对他说："张大爪子，你去跟你徒弟说，不要跟本王耍心眼，他那是找死！"

张大爪子被人带到张雷面前。两人沉默了一会儿，张雷说："师父，您现在还有什么办法吗？"

张大爪子闭着眼，一副听天由命的样子，却小声说："我闻到段钢的味儿了。你明天只管带着他们去，机灵点儿，该跑的时候跑得快些。"

张雷说："我不能跑，还有您呢。"

张大爪子说："你真的以为我跑不动了？哼！到时候不用我带着你跑，就算我烧高香了。"

师父依然很安稳的样子，这让张雷再次有了安全感。

晚上，他们住在一处山坡上。因为是在狼煞的地盘，老王爷让人安排了密集的岗哨，又在外围布置了十多挺机枪。

但是，还是出事了。

张雷睡到半夜，突然听到一阵惊恐的惨叫声，然后，就是一阵乱哄哄的枪声。

张雷想去看个究竟，但是他被人绑在一棵树上，又被四个壮汉持枪围着，一动都不能动。

周围的人朝出事的地方跑去。随后，张雷听到了更多的枪声和人的喊叫声，中间还有狼嗥声。没错，是狼嗥的声音，张雷知道，这是狼煞开始出手了。

天光大亮之后，老王爷让人收拾残局，张雷这才知道，昨天晚上有三十多人被杀。进来杀人的是像鬼一样行动迅速的人，还有狼。

派出去的岗哨和十多个执勤的机枪手，全部被人割喉。张雷听情形就知道，进来杀人的应该是猎头族的人，这些人中还应该有孙铜头和赵亚铁。很显然，他们是找到狼煞了。

这些自以为武装到牙齿的日本武士们，显然没有料到狼煞的进攻竟是如此凶猛。狼煞只付出了三只狼的代价，就让他们付出了三十多人的性命。昨天还不可一世的武士们，面对三十多具尸体，变得有些不知所措。

老王爷让人埋了死人，让张雷带路继续前进。路上，老王爷让人不时朝周围射击，以壮声威。

到了狼煞居住的山洞的山坡下，老王爷让众人各自找地方藏好，摆开火力阵势，让张雷独自去山洞里找人。

山洞里自然没人。老王爷在众人的层层保护下，进到山洞里看了看，然后对着周围的山坡喊："段钢，我就是王进举托付你要找的大清朝的王爷啊。我现在来了，你应该赶紧出来见我，你为什么要躲着我？"

没人回声，除了偶尔林子里传来的鸟叫声，整个山谷安静极了。

老王爷喊了一会儿，好像是累了，手下拿了一个垫子，放在石头上，刚想要坐下，突然一声枪响，站在老王爷旁边的一名壮汉倒在地上。同时，一个沙哑的声音响起："大清的王爷，我是段钢。这一枪是警告你，赶紧从野狼谷滚出去！你现在已经是日本人了，我们中国人的金子，跟你没有丝毫关系。你利用莫德洛夫和日本人杀了瞿正光、八大莹和猎头族的那么多兄弟，我段钢本来应该杀了你，替他们报仇，不过我看在王进举大哥的面子上，饶你一条狗命。赶紧滚！否则，别怪我段钢不客气了！"

老王爷略微顿了顿，陡然喊道："你不是段钢！你是什么人？"

对方喊道："老子不是段钢，那老子是谁？老王爷，你是害怕了吧？"

王爷"哼"了一声，说："我没有见过段钢，但是我比任何人都了解他。段钢三十多年没跟人说话，现在说话结巴，很难流利地说成一句话。何况，即便是三十年前的段钢，也没有你这般好口才。我不管你是谁，你现在乖乖地给本王滚出来，本王可以饶你一条命，要是再装神弄鬼，信不信本王弄死你！"

张雷早就听出来了，说话的是曲铁。曲铁的声音中气十足，张雷因此知道，曲铁的身体应该恢复得不错。他也知道，曲铁这是找到段钢了。但即便是段钢，面对武器精良的王爷，能否对付得了，张雷心里还是充满不安。

曲铁干脆也不藏着掖着了，说："不愧是王爷，那我也跟王爷透个底儿，我不是段钢，但是段钢就在我旁边，我现在是代表段钢在跟你说话。王爷，你是不是要听段钢跟你说两句呢？"

老王爷说："本王当然要听。"

老王爷话音刚落，几句嘶哑的、吐字不清的、仿佛狼嚎一般的话传了过来："给……我……滚……报仇……为瞿……大哥……报仇……"

老王爷点点头，说："这才是段钢的声音。段钢，你既然在这里，那就赶紧出来见本王。你为本王守卫这些税金三十年，本王大大有赏。如果你愿意跟本王一起享福，本王可以带你去日本，我给你准备别墅汽车，你将享受到你做梦都想不到的好日子。"

段钢愤怒地"呜呜"喊叫。

曲铁说："王爷，我把段钢的话翻译给你，你听好了。段钢说，你这个狼心狗肺的王八蛋，如果再不马上从这里滚出去，他就要让他的狼吃了你！"

曲铁话音刚落，一阵排山倒海的狼啸之声便传了过来。

老王爷害怕了，连滚带爬地从山坡上跑到众护卫身后，朝曲铁喊："你们两个好好看看，要是不把金子给我交出来，我就先杀了段钢的结拜兄弟张大爪子，还有张大爪子的徒弟张雷！等我出去，我还要杀了他们全家人，还有……还有八大荎的那些人！你们想贪污我的金子，我就让你们欠下永远还不清的血债！"

曲铁冷静地说："王爷，既然如此，那我就更不能把你从这里放出去了。张大爪子是我多年好友，他是一个不怕死的人，你用这个吓唬他，你是真想错了。至于他的小徒弟张雷，死在这里，只能怨张雷的命不好了。王爷，还是那句话，你现在赶紧从这里滚出去，我们绝对不会伤害你们。否则……"

突然，一个信号弹尖叫着，拖着粉红色的光芒飞上半空。

老王爷狞笑了一声："别否则了，曲铁，听本王一句话，你转身，朝后看看吧。"

7. 魂归山林

曲铁转身，看到一队举着枪和大刀的八大荎人，在莫德洛夫的带领下，正朝他们涌来。他的左右两侧，目光所及的地方，都是穿着各种衣服举着刀枪的人。

曲铁朝他们喊道："兄弟们，咱们都是中国人，你们不要替'老毛子'和那个成了日本人的王爷卖命啊。"

莫德洛夫得意地说："曲先生，您多虑了，这些都是勇猛的大日本武士，一个中国人也没有。八大荎早就成了日本人的八大荎了，这个您还不知道吧？"

莫德洛夫一挥手，漫山遍野的日本人就朝他们冲了过来。

赵亚铁刚要下令开枪，被曲铁拦住。段钢猛然长啸一声，周围便有此起彼伏的狼跟着呼应。

朝他们扑过来的武士有些害怕，都停下来四处观望。莫德洛夫喊道：

"都不要害怕，王爷的机枪队会在狼赶来之前把它们驱逐出去。大家继续冲，还是那句话，杀一个赏黄金一两。杀了段钢，黄金十两！兄弟们冲啊！"

众人呼叫着冲上来。赵亚铁等人边开枪，边朝后退。

日本人的火力很足，不断有猎头族的战士中枪倒下。正在危急之时，只剩下一条胳膊的狼孩突然带着一群狼冲了过来。他们从日本人的后面，对日本人发起了攻击。

然而，几十只狼根本不是几百个日本人的对手。转过身来的日本人一顿猛射，几十只狼全部倒在了血泊中。狼孩显然还没有痊愈，他用一条胳膊跟日本人搏斗，在杀了两个日本人之后，被一个日本人用刀砍断了喉咙，喷出一股热血后，倒在地上。

狼煞号叫着，要冲上去为狼孩报仇，被孙铜头和赵亚铁死死拦住。众人继续朝前跑。

老王爷的机枪队从山的一侧攻上来，刚好遇到了从另一侧冲上来的一群狼。机枪队端着机枪，朝狼群疯狂扫射，转眼间上百只狼就倒在地上。

然而，就在狼群倒地的瞬间，另一群狼猛然从机枪队的身后冲了出来，它们以迅雷不及掩耳之势把这二十多人全部撕碎了。

莫德洛夫带着武士们冲上来，在付出了几十人的性命之后，用枪和刀把这一百多只狼杀死了。

此时又有一支机枪队冲过来，截住了赵亚铁他们，朝他们猛烈扫射。二十多名猎头族战士瞬间就倒在了地上，只剩下十多个人，保护着曲铁等人继续朝前跑。

莫德洛夫率领武士们随后猛追，赵亚铁几次瞄准了莫德洛夫射击，可惜都没打中。没想到最后一次瞄准莫德洛夫射击的时候，赵亚铁反而被一枚流弹击中胸部。孙铜头带着几个人过来，要抬他走。赵亚铁朝他们大喊了一声，开枪自尽了。

孙铜头忍无可忍，带着几个战士向敌人还击。跑在前面的日本人倒在地上，莫德洛夫也被孙铜头开枪打中了大腿。

孙铜头正要带人撤退，就被从一侧冲过来的机枪队包围了，对方一阵机枪猛射，孙铜头等人全部中枪倒地。

此时，更多的狼冲了过来，却被机枪队用凶猛的火力给压制住了。看到无数的狼倒在机枪下，狼煞猛然长啸一声，从侧面出击，向躲在机枪队后的老王爷冲了过去。

护卫在老王爷身边的十多个武士立刻向狼煞开枪。狼煞只得躲到旁边的大石头后。老王爷一挥手，武士们朝大石头围拢过去。

此时，坐在一侧的张大爪子猛然跳起来，向老王爷冲过去。老王爷大惊道："张大爪子，你要造反？"

张大爪子不声不响，一只手伸出，朝老王爷的喉咙就抓了过去。老王爷吓得大喊："救命！救命啊！"

正向大石头围拢过去的武士听到老王爷的叫喊，赶紧回头，边跑边朝张大爪子射击。张大爪子眼看就要抓住老王爷了，突然连中数弹，人倒在地上。

狼煞大怒，从藏身处跳出，闪电般连杀数人。剩下的武士朝他开枪，狼煞再次躲进树林中。刚刚老王爷有危险的时候，看守张雷的两个手拿轻机枪的人去救老王爷了，现在只剩下两个拿着手枪的，却也只顾盯着狼煞看。张雷趁机猛然冲进旁边的树林里，待到两个武士回过神来，朝树林开枪，张雷早已跑得无影无踪了。

张雷在山上一阵猛跑，一直跑到赵亚铁等人身边，他让还剩下一口气的赵亚铁帮他解开了绳子，跟赵亚铁要了一杆枪，就跑进了树林里。

张雷找到一个方便瞄准的地方，瞄准了莫德洛夫。莫德洛夫正指挥着手下朝狼群开枪，张雷朝他的胸部连开两枪。这个罪恶深重的"老毛子"终于倒了下去。

日本武士们一愣，被阻击的狼群终于有了机会，在几只狼的带领下，冲进了这些日本武士的队伍里。

武士们连忙朝狼群开枪。而不远处，狼煞正在用号叫召唤更多的狼。无数的狼冲过来，这些日本武士很快被狼群围住，人越来越少。

老王爷意识到，他们已经失败了。他把剩下的机枪手召集在一起，边开枪边朝外撤。

越来越多的狼围住了他们。剩下的几个猎头族人也在外面用冷箭袭击他们，老王爷身边的人越来越少。

老王爷一行人缓慢地撤退，一路上留下了一堆一堆的狼尸。

傍晚时分，机枪手们终于没有子弹了。狼煞等到了机会，他从一侧山上带着一群狼呼啸而下。随后狼煞再次出现，他带着一群狼，正面挡住了老王爷等人的退路。

老王爷让众人分头抵抗群狼，他则在两个护卫的保护下，朝另一侧的山沟跑去。

张雷和狼煞看到想要逃跑的老王爷，立刻追赶过去。

狼煞腿快，躲开了老王爷两个护卫的子弹，把两个护卫的喉咙硬生生地扯断，追上了吓得屁滚尿流的老王爷。

老王爷转身，朝狼煞连连磕头求饶。

狼煞想要怒斥老王爷，却说不出话，只能朝老王爷"呜呜"叫。

就在这时，一直跪地磕头的老王爷突然掏出手枪，朝狼煞连开两枪。

狼煞腿上和腹部中了枪。他长啸一声，抢上一步，一把举起老王爷，把他狠狠摔在了旁边的山石上。老王爷的头被大石磕瘪，红的血白的脑浆子溅满了石头。

随后赶来的人赶紧给狼煞止血。狼煞示意要见张大爪子，张雷背着他，来到张大爪子身旁。

可惜，张大爪子已经身亡。

张雷永远不会忘记师父死的这个日子，一九四六年八月十六日。

狼煞挣脱众人的扶持，跪在张大爪子身旁，失声痛哭。

张雷等人抬着张大爪子的尸体和狼煞，朝山外走，半路遇到了王队长带领的警察队。随队的队医要给狼煞取出子弹，却发现子弹紧靠脾脏，他们不敢动手术。只能给他包扎一下，继续朝外走。

一路上，大家依靠曲铁的翻译，才知道了当年段钢成为狼煞的内中曲折。

原来，当年段钢和张大爪子分手后，带着人跑到他和张大爪子说好的会合地点，却没等到张大爪子。

段钢在那里等了两年，并四处寻找，也没有得到张大爪子的音信。后来，日本人不知道怎么得知了他藏身的地方，带着大批人马围剿他，他只好逃进了野狼谷。

野狼谷里到处是狼，他差点儿就成了狼的口中餐。幸亏遇到了那个萨满巫师，他成了萨满巫师的徒弟，才得以生存下来。

王队长见段钢快不行了，向他询问金子的下落。狼煞告诉王队长，金子待在它该待的地方，将来会有人发现的。

狼煞还告诉张雷，等他死了，要把他跟张大爪子埋在一起。这三十年，他太孤独了，死后他希望有兄弟能跟他做个伴。张雷含泪答应了下来。

就在他们将要走出森林的最后一个晚上，段钢多次昏厥，又被军医救醒。他在众人都睡着之后，偷偷塞给张雷一块小木板。张雷正不解其意，段钢用短刀决然割破了自己的喉咙。

那块木板上，画着一张离奇古怪的路线图。

后　记

　　中华人民共和国成立后，50 年代初，张雷亲自把一块木板交给了县政府。县政府与当地解放军驻军联系后，出动解放军部队，在一个深山里破旧的山神庙遗址下，挖出了两具红褐色大棺材。黄金秘棺，终于重见天日。

（全文完）